光文社古典新訳文庫

フォンタマーラ

シローネ

齋藤ゆかり訳

kobunsha classics

光文社

目次

フォンタマーラ

ロモロ・トランクイッリと
ガブリエッラ・ザイデンフェルトに

はじめに

これから私が語る奇怪な出来事は、昨年の夏、フォンタマーラで起きた。

フォンタマーラ（苦い泉の意）という名前は、イタリア中部マルシカ地方の干拓されたフーチノ湖の北岸、山や丘に挟まれた谷の斜面にある古い寒村に私がつけたものである。ところが、あとになってからわかったのは、同じ地名が一部若干のバリエーションを伴いつつもイタリア南部の村落にすでにいくつか実在し、しかも由々しきことに、この本で忠実に描写されている出来事が、時代や順番こそ異なれ、複数の場所で起きていたということだ。もっとも、それがこの事実について黙っていてよい理由になるとも思われない。人の名前でいえば、マリアとかフランチェスコとか、ジョヴァンニやルチア、アントニオのようにありふれた名はいくらでもあるし、人生で本当に重要な出来事、たとえば、誕生、愛、苦しみ、死といったことは、みんなに共通している。しかし、それで人が語り飽きるかといえば、そんなことはないのだから。

さて、そのフォンタマーラだが、多くの点で、イタリア南部によくある村、やや辺鄙な山間の、交通の要路から外れているために時代遅れで貧しくほったらかしにされた村々に似ていた。でも、それなりの特徴もあるにはあった。ちょうど、土地を耕して作物を育てながらも飢えに苦しむ貧しい農民が、アラブではフィッラハ、インドではクーリー、南米ではペオン、ロシアではムジーク、イタリアならカフォーネと、それぞれ呼び名こそ違えど、あたかもこの地球上に彼らだけの国や人種や宗教があるかのごとく、世界のどこの国でも至極似通っているように。にもかかわらず、完全に瓜二つの貧乏人というのは、未だ見たためしがないのと同じだ。

フーチノ平野からフォンタマーラに上ってくると、村は灰色のはげ山の斜面に張り付いた階段さながらだ。ほとんどの家の出入り口や窓が平野からよく見える。百軒ほどある小さな家々はだいたいみな不揃いな平屋建てで、時とともに黒ずみ、雨風や火災にさらされてぼろぼろ、屋根は瓦やありとあらゆるガラクタで覆われている。

あばら家の大半は、開口部といえば一つだけ、それが出入り口と窓と煙突を兼ねている。家の中は、たいてい床材もなく壁の石はむきだしで、男と女とその子らが、山羊や鶏や豚や驢馬《ろば》と、時には同じ部屋に住み、寝て、食べて、子をつくる。例外は、小さな土地を所有する家がおよそ十軒、そして今は空き家の壊れかけた古い屋敷が一軒。フォンタマーラのてっぺんには鐘楼のある教会と平らな広場が陣取っていて、そこへ行くには、村で馬車が通れる唯一の道、集落を横切る急な坂を登っていく。その道の左右には、でこぼこの段がある短い路地が走り、互いにくっつきそうな軒の隙間から辛うじて空が見える。

遠くフーチノの封地から眺めると、フォンタマーラは、まるで黒っぽい羊の群れ、教会の鐘楼は羊飼いのようだ。要するに、どこにでもありそうな村である。とはいえ、そこで生まれ育った者にとっては、それが全宇宙。誕生と死、愛と憎しみ、妬み、たたかいと絶望、歴史のすべてがそこで展開する。

フォンタマーラについて語れることは、ほかには何もなかった。少なくとも、これから話す奇怪な出来事が起きてさえいなければ。私はこの土地で人生の最初の二十年ほどを過ごしたのだが、ほかには何ら話すことが思い浮かばない。

そこでの二十年間、フーチノの領土を出口のない柵のように弧を描いて取り巻く山並に縁どられた空は、相も変わらぬ空で、畑も相変わらずの畑なら、雨も風も雪もまた然り。行事も食べ物も不安も苦労も、二十年間ずっと、いつもながらの行事と食べ物と不安と苦労なら、貧しさも同様。父親がその父親から受け継いで息子に受け継がせる貧しさだ。どんなに律儀に働いても、笊で水を掬うに等しい貧しさ。不当な扱いの最も過酷なものでさえ、かくも昔から続いているために、もはや雨や風や雪と同じように自然な存在になってしまっていた。人間、動物、土地の営みが動かない輪の中に封じ込められ、山々と時の流れの万力で固定され、まるで一種の終身刑のごとく自然で不変な輪の中にしっかり固着されているかに見えた。

まず種を蒔き、次に葡萄《ぶどう》畑に硫黄を撒いて、小麦を刈り取ってから葡萄を収穫する。それから？　それからまた振り出しに戻って、種蒔きに鍬入れ、剪定と硫黄撒き、小麦の刈り取りに葡萄狩りだ。メロディーと歌詞はいつも同じ。繰り返しに繰り返し。時は過ぎ、年は重なり、若者は年寄りになって、年寄りは死んでいき、種蒔きに鍬入れ、葡萄に硫黄をやり、実れば収穫する。その後は？　その後も、またいつもの振り出しに戻るだけ。どの年も前の年と同様、どの季節もその前の年の季節と同様なら、世代も前の世代と同じである。フォンタマーラでは、この古来の生き方が変え得るものだとは、未だかつてだれも考えたことがなかった。

フォンタマーラでは、社会的な階層も二段あるのみだ。地を這うどん百姓《カフォーネ》と、それよりほんの少しだけ高いところにいる小土地所有者の身分だ。職人もまたこの二つの階層に分かれる。ちっぽけな工房と原始的な道具がある者と、それさえもなくて路上で営む残りの連中だ。貧しい職人、どん百姓、日雇い、人足は、何世代にもわたりこのほんのちょっぴり上の階層に這い上がるべく途方もない苦労、欠乏、犠牲を甘受してきた。が、うまくいくことは稀だった。恵まれた連中の仲間入りを保証してくれるのは、土地をもつ者の娘との結婚だ。とはいえ、フォンタマーラ周辺には、時として小麦を百キロ蒔いても百キロしか収穫できない土地もあることを考えれば、苦心惨憺の末に這い上がった小土地所有者の地位から再びどん百姓に転落するのも珍しくないのがわかる。

（どん百姓《カフォーネ》という名詞が、田舎であれ都会であれ、私の国で現在使われている言葉では攻撃的な蔑称だということは充分心得ている。それをあえてこの本で用いるのは、私の国で苦労が恥ずべきものではなくなる時が来れば、きっとこの表現も尊重され、多分、誇るべきものにさえなるだろうと確信するからだ）。

フォンタマーラのどん百姓の中で恵まれた連中は、驢馬あるいは騾馬《らば》を一頭所有する。秋が来ると、前年の借金を辛うじて返し終えた彼らは、冬の間飢え死にしないように、いくばくかの芋や豆、玉ねぎやとうもろこしの粉を借りる手立てを探さなければならない。かくして彼らの多くは、飢えないためのわずかな借金とそれを返すための並々ならぬ苦労を重い鎖のように一生ひきずっていく。だが、収穫が例年になく多くて予想外の利益をもたらせばもたらしたで、今度は利益をめぐり喧嘩が起こる。というのも、フォンタマーラには家族間に血縁関係のないケースが存在しない。山村ではみんなが遅かれ早かれ互いに親戚になるものだ。どこの家庭にも、最も貧しい家庭にすら、何かしら主張すべき権利があるし、財産がなければないなりに貧しさを分かち合う羽目になる。そんなわけで、フォンタマーラではどの家庭も争いごとを抱えていた。争いごとというのは、知ってのとおり、景気の悪い時にこそ眠っているが、わずかでも弁護士に払う金ができるや否や息を吹き返す。争いごとはいつも同じで、何を取り合っているのかといえば、ほんのちっぽけな茨の茂みなのに、それが延々と続き代々引き継がれて、裁判も延々、支払いも延々、怨恨は聞く耳をもたず消えることもない。茂みが灰燼に帰しても喧嘩は収まらず、恨みは深まるばかり。

そこから抜け出す道は存在したためしがない。かつては、毎月一リラ、一リラ半ずつ、夏なら月に五リラほどの金をためて、秋に三十リラにすることができた。だが、それも、やれ手形だのやれ弁護士だの神父だの薬屋だのといっているうちに瞬く間に消えてしまう。そして翌春にはまた毎月一リラ、一リラ半、五リラとゼロから出直しだ。

平野では少なくとも見た目には世の中が変わりつつあったことは周知のとおりである。しかし、フォンタマーラでは何一つ変わらなかった。フォンタマーラの村人たちは、平野における変化を自分には関係ない芝居のように眺めていた。山の土地は狭くて不毛で石ころだらけだし、気候も厳しい。八十年ほど前に行なわれたフーチノ湖の干拓は、平野にこそ利益をもたらしたが、山岳地にとっては百害あって一利なしだった。マルシカ地方一帯に気温の低下を引き起こし、古くからの農作を破壊してしまったのだ。古来のオリーヴ林は全滅し、葡萄畑もしばしば病害に冒され実が完熟しなくなった。初雪の被害に遭わないよう十月末には大急ぎで収穫せざるを得ないため、酒はレモンジュースのように酸っぱかった。作った本人が飲むしかないような代物である。

これらの被害も、もし、フーチノ湖の干拓から浮上した極めて肥沃な土地が封地化されずに利用できていたなら、十二分な埋め合わせになっていたにちがいない。ところが、その土地から毎年得られる膨大な富は、地元でごく限られた階層を肥えさせたかと思いきや、大方が大都会へ持っていかれてしまう。ここで知っておく必要があるのは、フーチノの一万四千ヘクタールの土地が、ローマ近郊のポンティーノやトスカーナのマレンマに広がる広大な土地と同じく、十九世紀初めにフランス軍にくっついてローマに南下して来たトルロニア大公《プリンチペ》と称する一族の所有地になっていることだ。もっとも、これはまた別の物語。なんなら、フォンタマーラの村人の悲しい運命を語り終えたあとで、読者に元気をだしてもらうために、元はトルローニュという名だったこの一家の栄華物語を書くことにしよう。きっとこの本より面白くなるにちがいない。なにしろ、フォンタマーラの村人たちをめぐる奇怪な出来事は、何世代にもわたって猫の額ほどの不毛な畑をなんとか大きくしようと暁から日暮れまで血の汗を絞り続ける飢えた田舎のどん百姓たちの単調な十字架の道行き《ヴィア・クルチス》なのだ。一方、トルローニュ一族の命運ときたら、その正反対。一族のだれ一人として趣味でさえ土に触ったことがないのに、果てしない何万ヘクタールもの豊沃な土地を領しているのだから。

トルローニュ家は戦乱の最中《さなか》にやって来て、それにつけこみ利益を貪った。戦乱が終わると、今度は平和の利を得て塩の専売で大儲けし、一八四八年の動乱[1]と一八五九年の戦争[2]、ナポリ王国のブルボン王家の盛衰[3]でも漁夫の利を得た。そしてのちには、サヴォイア王家[4]や民主主義や独裁をも利用した。こうして、手袋を外すことなく巨大な富を得たのである。一八六〇年、フーチノ干拓のために河川建設に関わったナポリと仏西両国の金融企業が王家の没落で危機に陥ると、一族の一人がその株を二束三文で買収。ナポリ王が会社に認めた権利によれば、トルローニュによる干拓地の利用期間は九十年間のはずだった。ところが、イタリア国王となった脆弱なピエモンテの王家への政治的支援と引き換えに恒久的な所有権を与えられて、公爵位に次ぐ大公《プリンチペ》の称号も授かった。要するに、ピエモンテの王家は自分の所有物でもないものを彼らに

1 一八四八年にイタリアの各地で起きた市民蜂起。
2 第二次イタリア独立戦争。
3 一八六一年のイタリア王国成立まで、この地方を含む南イタリアを統治していた。
4 北イタリアのピエモンテに君臨し、一八六一年の国家統一時、イタリア王国の君主となった。

与えたのだ。平野で起きたこの顚末を見ていたフォンタマーラの村人たちは、はじめてのことでありながら、古来の横暴とあまりに調和していたので、ごく自然ななりゆきとして受け止めた。山では以前と変わらぬ暮らしが続いていた。

昔だったら、山の人間には少なくともアメリカに逃げるという道があった。大戦の前には、フォンタマーラにさえ一か八かでアルゼンチンやブラジルに渡る者がいた。でも、シャツとチョッキの間、心臓のある側に紙幣を何枚か挟むことができてフォンタマーラに戻って来た者は、何年も経たないうちに生まれ故郷の不毛な土地にわずかな貯金を注ぎ込んでしまい、またすぐ古来の冬眠状態に陥って、海の向こうで垣間見た暮らしは失われた楽園の思い出としてのみ残るのだった。

ところが、昨年になって、予期せぬ不可解な出来事が相次ぎ、大昔のままだったフォンタマーラの暮らしを揺るがした。直後にはだれもその出来事に注意を払わなかったものの、数ヶ月経ってから断片的に知られるようになり、イタリアのほかの地方や、ひいては哀しいかな私もやむなく身を寄せている外国にまで伝わった。地図にさえ載っていない土地フォンタマーラが、こうして奇妙な憶測や議論の対象になった。何年も帰っていないにしても、かの地で育った私に言わせれば、フォンタマーラで起こったとされるそのエピソードは眉唾物。どうせ遠くて確認なんかできまいと、いかがわしい理由でしばしばでっち上げられる作り話に過ぎないのだろうと考えた。私は現地からの情報を得ようと何度か試みたものの、うまくいかなかった。それでも、来る日も来る日もそのことが頭から離れず、なじみ深いあの村を思い描き、今はどうなっているのか、知りたさに身を焦がしながら過ごしていた。その状態が、ある予期せぬことが起こるまで続いた。郷愁が嵩《こう》じたある晩のこと、自宅の玄関先で、なんと、ひと目でフォンタマーラのどん百姓とわかる男二人と女一人がしゃがみこんで扉に寄りかかり居眠りしているのに出くわしたのだ。彼らは、私の姿を見ると立ち上がり、後について建物の中に入った。電気をつけてみると、顔見知りだった。男は背の高い年寄りで、痩せていて土色の脂ぎった顔に灰色の毛を生やしていた。その横に妻と息子がいた。彼らはわが家に入ると、腰を下ろして話し始めた（その声にも聞き覚えがあった）。

まず老人が話し始め、次に妻が話した。それからまた老人、そして妻の番になった。が、その妻の話の途中で、どうやら私は眠ってしまったらしい。しかし、実に不思議なことに話し声が私自身の奥深いところから聞こえていたかのごとく、物語の筋がわからなくなることはなかった。夜空が白みかけて来た頃、私は目を覚まし、老人が再び話を続けた。

彼らが語ったこと、それがこの本の中身である。

ここで、あらかじめ断っておかなければならないことが二つある。この物語は、最初に読むことになる外国人読者の目に、ある種の文学でおなじみのイタリア南部の美しい情景とはかけ離れたものに映るだろう。周知のとおり、一部の書物によれば、南部イタリアというのは百姓たちが喜びにあふれる歌を歌いながら畑仕事に繰り出して、伝統的な衣装をまとった村娘たちの歌声がそれに呼応し、近くの森ではナイチンゲールのさえずりが聞こえるといった大変に麗しい土地である。

残念ながら、フォンタマーラでは、このような素晴らしいことは未だかつて起きたためしがない。

フォンタマーラの人間は世界中の貧乏人と変わらぬ身なりで、山は禿山、アペニン山脈の大半と同様、森がない。鳥といえば、情け容赦ない狩猟のせいで数は少なく警戒心が強い。方言にはナイチンゲールに相当する言葉すら存在しない。百姓たちは、コーラスはおろか一人でも歌わない。酔っ払っている時ですら歌わないのだから、働きに行く時はなおさらだ。歌う代わりに何をするかといえば、罵詈雑言を吐くのに余念がない。喜びでも怒りでも、敬虔な気持ちを表す時でさえ、神を誹る言葉を吐き散らす。もっとも独創性には乏しくて、いつも同じ身近な二、三の聖人を相手に汚い言葉を吐き捨てる。

私の子ども時代、フォンタマーラで歌を、それもかなりの執拗さで歌っていたのは、靴直しの職人ただ一人だけだった。歌う歌はいつも同じ、最初のアフリカでの戦争[5]の初期をふり返るもので、冒頭はこうだ。

油断するなよ、バルディッセーラ[6]
油断できんよ、黒い人たちにゃ

5　一八八〇年代末から一八九〇年代半ばにかけて、エチオピア、エリトリアを舞台にした植民地戦争。
6　アントニオ・バルディッセーラ（一八三八〜一九一七）。一八八八年のエリトリア遠征を指揮したイタリアの軍人。

靴直しが一年中毎日朝から晩まで、歳とともにますます陰鬱になる声で歌うこの警句を耳にしているうちに、フォンタマーラの子どもたちは、バルディッセーラ将軍が、無謀さゆえに、あるいは不注意か軽はずみから、本当に黒い人たちに油断してしまうのではないかと不安に駆られたものだ。それが、私たちの生まれるよりもずっと前に起きたことだったと知ったのは、かなり後になってからである。

もう一つの釈明は、この物語を何語で語るべきかという問題だ。

まかりまちがってもフォンタマーラの村人がイタリア語を話すなどとは考えないでもらいたい。イタリア語はわれわれにとって、ラテン語やフランス語、エスペラント語と同様、学校で習う言葉なのだ。語彙も文法もわれわれとはなんの接点もないところで成り立った、いわば外国語、死語で、われわれの行動や考え方、表現方法とは縁がない。

いうまでもなく、私以前にも、イタリア語で話したり書いたりした南部の百姓は存在したが、それは、われわれが街に出かける時に靴を履き襟のあるシャツを着てネクタイを締めるのと同じである。とってつけたように変てこなのは、一目瞭然。われわれの考えは、イタリア語にして伝え表そうとすると、どうしても歪みや変質が生じて、いかにも翻訳然としたものになってしまう。だが、率直な気持ちを表すには翻訳していてはだめなのだ。ある言語で上手に表現するには、まずその言葉で考えることを学ばなければならないのが事実であるとすれば、イタリア語で表現するのに苦心惨憺するわれわれは、明らかにイタリア語で考えることができていない（そして、イタリア文化はわれわれにとっては学校の文化にすぎない）ということになる。

とはいえ、ほかに理解してもらえる方法がない（そして、目下、伝えることは私にとって絶対的な欲求である）以上、みんなに知ってもらいたいこと、すなわち、フォンタマーラで起きたことの真相をできるだけうまく翻訳するよう努めたいと思う。

もっとも、使う言葉は借り物でも、語り方はわれわれのものだと言ってよいだろう。フォンタマーラ流の物語り。子ども時代、通夜の長夜に家の前や暖炉のそばに座り、あるいは機織り機の横でペダルのリズムとともに耳を傾けた昔話に学んだのと同じ語り口の物語り。

言葉の後に言葉をおき、行を重ね、文の後には文を続けて人物を一人ずつ描き、隠喩も暗示もなく、パンをパン、葡萄酒を葡萄酒と呼んで一つずつ説明していくこの語り方は、古くから伝わる機の織り方、糸を一本ずつ、色を一色ずつ、綺麗に整然と根気よく確実においていく織物の技と少しも異ならない。まず薔薇の茎が見え、次に蕚が、それから花びらが現れるが、最初から薔薇だということはだれにでもわかる。だから、われわれの作ったものは、都会の人間の目に単純無邪気で粗野に見えるのだ。しかし、われわれがいったいいつそれを都会の人間に売りつけようとしただろうか。都会の人間に彼らのことをわれわれのやり方で語ってくれと頼んだことが一度でもあるだろうか。われわれは、そんなことは全然していない。

おのれの物語を自分なりの話し方で語る、その権利が一人ひとりに認められること、それが私の願いである。

イニャツィオ・シローネ

ダヴォス（スイス）　一九三〇年夏

一

去年の六月一日のこと、フォンタマーラではじめて電灯がつかなくなった。六月二日、六月三日、六月四日も電灯なしの日が続いた。それに次ぐ日も、次の月も同じで、そのうちフォンタマーラは、月明かりの暮らしに戻って、再びそれでも平気になった。フォンタマーラでは、月明かりの暮らしからオリーヴオイルと石油を経て電灯の暮らしに至るのに百年かかったが、電灯から月明かりに戻るのには、一晩で足りた。

若い連中は昔のことを知らんが、わしら年寄りは知っておる。ピエモンテの連中がこの七十年にもたらした新しいものといえば、要するに二つ、電灯と紙煙草だ。電灯は取り上げられちまったが、はて、紙煙草は？　一度吸ったら、運の尽きさ。もっとも、わしらは、パイプがあれば充分だがな。

フォンタマーラでは、電灯も月明かりみたいに当たり前のものになっておった。つまり、だれも電気代を払わなかったんだ。みんな、何ヶ月も払わないままだった。そもそも何で払えっていうのさ？　近頃じゃ、滞納分を記した月々の請求書、わしらが用足しに使う紙を配りに来る役所の使い番も姿を見せなくなっておった。最後に来た時には、かなり危ない目に遭ったからさ。もうちょっとで鉄砲の弾が当たって村の出口に屍を晒しちまうところだったんだ。

やっこさん、そりゃあ用心深かった。フォンタマーラに来るのは、男たちがすでに仕事に出払っていて、家におるのは女子どもだけの時だ。それでも用心に越したことはない。いつも馬鹿みたいに愛想がよくて、情けないほどにやけた顔で紙を配っておった。

「さあ、後生だから、気を悪くせんでもらっておくんなさい。紙はいつだって、家では重宝するもんでっせ」

愛想はよくし過ぎても毒にならん。何日か経ってから、フォンタマーラじゃなくて(以来、やっこさんはもうこっちに寄りつかなくなっておった)、役所のある町で、馬車引きの一人がこう言ってやったさ。鉄砲の弾はやっこさん自身、ホーニ・ツミナシ[7]を狙ったわけじゃなくて、税金に対するものだったんだ、とね。まあ、だけど、弾が当たってたら、税金じゃなくてやっこさんを殺めてしまうところだった。だから、もうやって来ることもなかったし、それで寂しい思いをする者もいなかった。やっこさんも、フォンタマーラの住民を法廷に訴えるよう、役所に提案することは思い及ばなかった。

一度はこう言ってみた。「虱《しらみ》を差し押さえて売ることができりゃ、訴えを起こしてそれなりの成果を上げることだってできるかもしれません。だけど、差し押さえが正当だったとしても、虱じゃ、いったいだれが買ってくれますかね」

電気は一月一日に止められるはずだった。その後、三月一日、そして五月一日になった。ついには、「止められないことになった。女王様が反対してるらしい。きっと、止められずに済むよ」という話だった。それが六月一日に止められちまった。

家の外にいた女子どもがそれに気づいたのは、いちばん後だった。わしら仕事に出ていた者は——粉挽き場にいた連中は馬車道沿いに、墓地のほうに行ってた連中はあ山から下りてきて、採砂場にいたのは水路沿いに、日雇いの野良に出ていた連中はあちこちから戻って来た——、だんだんと暗くなるにつれて近くの村には明かりが灯

7　原文名＝Innocenzo La Legge　インノチェンツォ・ラ・レッジェ。和訳名との関係については、解説の最後を参照。

るのに、フォンタマーラはぼんやり隠れて霧がかかったみたいになっちまって、岩や荊の茂みや堆肥の山に溶け込んでいくのが見えて、何が起きたのか、すぐにわかったんだ（びっくりしたとも言えるし、しなかったとも言える）。

小僧どもにとっては、どんちゃん騒ぎのいい口実さ。わしらのところじゃ、かわいそうに、どんちゃん騒ぎする機会なんぞ、めったにないから、たまにあれば逃すものか。スクーターが来るんでも、二匹の驢馬が交尾するんでも、暖炉の火が燃え広がるんでも、何でもかまわん。

村に戻って来ると、道のど真ん中でバルディッセーラ将軍が大声で毒づいておった。夏はいつも遅くまで家の前の道の電灯の下で靴直しの仕事をするんだが、その電灯が消えちまったんだものな。悪戯小僧どもに作業台を取り囲まれて、鏨《たがね》や釘やナイフや松脂や紐や靴底を切ったやつを一緒くたにされるわ、汚い水の入った盥《たらい》を足に引っ掛けられるわで、やっこさん、大声で片っ端から聖人相手に罵詈雑言を吐いて、仕事帰りのわしらには、なんでこの歳になって、しかも目が悪いのに、道の電灯を消されなきゃならないんだって、訊くのさ。こんな面汚し、マルゲリータ女王様がお聞きになったら、どう思われることか、って。

女王様がどう思われるかってのは、なかなか想像しにくいがね。

もちろん、女たちで愚痴っているのもおった。だれのことかは言うまでもないが、自分の家の前の地べたに座って赤ん坊に乳をやったり、子どもの虱を取ってやったり、料理したりしながら、まるでだれかが死んだみたいに嘆いておった。暗闇が貧乏をより暗黒なものにするとでも言わんばかりの嘆きようだった。

マリエッタの居酒屋の前の通りに出してあるテーブルの側で、ミケーレ・ゾンパとわしが立ち止まった。そこにすぐ、雌驢馬を交尾させに行ったロスルドが来た。その後、硫黄撒きのポンプを担いだポンテオ・ピラトがやって来て、それから、剪定に行っておったラノッキアとシャラッパ、そして、採砂場から戻って来たバルレッタとジュナンノ・キンヨービ[8]、チーロ・ジロンダやキョーコーシスト[9]やほかの連中が加わった。で、みんなで電灯のことやら、新しい税金の話や古い税金のことやら、地元の役場に払う税金や国に払う税金なんかについて、要するにどれも相変わらずのこと

8　原文名＝Venerdi Santo　ヴェネルディ・サント
9　原文名＝Papasisto　パーパシスト

だから同じことを繰り返しながら話しておった。それで気づかなかったんだが、見ると、よそ者が一人来とるのよ。自転車に乗ったよそ者だ。こんな時間に、いったい何者だろうって、わしらの間でそいつを見ながら話し合った。じつに不可解だった。電気の人間じゃないし、地元の役場の人間でもない。裁判所の人間でもなかった。見た目にはいい恰好した若者だった。髭を剃った小ぎれいな顔して、口は猫みたいに薔薇色だった。片手で自転車のハンドルを握ってるんだが、その手が小さくてトカゲの腹みたいにネチネチした感じで、枢機卿みたいなでかい指輪をはめてやがるのさ。靴の上には白いゲートルだ。遅い時間に、てんでわけのわからん出現だった。

わしらは話すのをやめた。どうせ新しい知らせを持って来た税金トリ、に決まっとる。それは疑うまでもなかった。やっこさんが無駄足を踏んだことも、持って来た紙がホーニ・ツミナシの紙と同じ運命にあることも疑う余地がなかった。わからなかったのは別の点だ。新たな税金をかけられるようなものなんて、いったい何が残ってるんだろうかっていう点だ。わしらはみんな自分の身の上を考えながら互いに目で探り合った。でも、だれにもわからんのだよ。もしかして、月の明かり税か？

そうこうするうちに、そのよそ者は「英霊ソルカネーラの未亡人の家」にはどうやって行けばいいのかと二、三度、山羊みたいな声で尋ねた。

マリエッタはそこ、居酒屋の玄関先で、旦那が戦死してから三度目か四度目になる妊娠のでかい腹で入り口を塞いでおった。旦那は、銀の勲章と年金を残してくれたが、三度、四度の妊娠はどうだかな。亡き旦那の栄光（と言われるもの）のおかげで、ソルカネーラは戦後、何度もお偉いさんたちとやりとりする機会があったんだ。二度ほどローマに連れて行かれて、お上の前に出されて写真を撮られたり、飲み食いさせてもらったり、ほかの何百人もの未亡人たちと一緒に宮殿のバルコニーの下を駆け足で行進させられたりしたのさ。だけど妊娠のせいで、もう呼ばれなくなった。

「なんで再婚しないのさ？　未亡人暮らしが不都合なら、再婚すればいいじゃないか」って、わしらは問い質すんだが、あれはこう答えるのさ。「だって、また家庭を持ったら、英霊の未亡人年金がもらえなくなるもの。法律でそうなってるの。ずっと未亡人でいるしかないのよ」

そりゃそうだと考える男たちもいた。が、女たちからは総スカンをくっておった。

というわけで、居酒屋の女将はお偉いさん相手にどうすればいいか弁えておったのさ。それで、そのよそ者をテーブルのそばに座らせた。よそ者はポケットから大きな紙を何枚か取り出して、テーブルの上に置いた。

紙を見たわしらは互いに顔を見合わせて頷いた。ほらな、やっぱり紙だぜ、新しい税金の紙だ。残る問題は、何にかかる税金なのか、だ。

案の定、よそ者はしゃべり始めた。すぐに都会のやつだとわかったさ。が、わしらに理解できたのは、言ってることのほんの一部の言葉だけさ。なんの税金なのかはさっぱり見当がつかなかった。やっぱり、月明かり税だろうか？

そうこうするうちに遅くなった。わしらは鍬やつるはし、鋤やスコップや硫黄撒きのポンプなんかの仕事道具を手にロスルドの雌驢馬といっしょにそこにおった。立ち去る者もいた。遠くで女房たちの呼ぶ声が聞こえ始めたのさ。ジュナンノ・キンヨービとバルレッタとキョーコーシストがいなくなった。シャラッパとラノッキアも、しばらく都会人の長談義につき合ってから立ち去った。ロスルドは残ろうとしたが、雌驢馬が疲れていたんで帰ることにした。

都会人と残ったのはわしら三人だった。やっこさんは相変わらずしゃべっておった。わしらは時折互いの顔をうかがったが、話を理解できる者はおらんのだ。つまり、新しい税金が何にかかるのかは、だれにもわからなかった。

ようやく都会人は、話を終えた。そして、一番近くにいたわしに向かって白い紙を一枚つき出し、鉛筆を差し出して言った。「署名しろ」

なんで署名するんだ？　署名とこいつといったい何の関係がある？　やっこさんの長談義のうち、理解できた言葉は十にも満たなかった。だが、仮に全部わかったとしても、なんで署名するんだ？　わしは、怪訝な顔で見返すだけで答えなかった。

すると、やっこさんは、わしのそばにおったどん百姓の前に紙を置いて鉛筆を差し出すと言った。「署名しろ。立派なところを見せてやれ」

そいつも答えずに、まるで木か石でも見るように完全に無関心な目で相手を眺めておった。よそ者は、三人目の前に紙を置いて鉛筆を差しのべて言った。

「おまえから始めろ。おまえが署名すれば、ほかの奴らもきっとする」

が、壁に向かって話すも同然だった。だれも口を開こうとしない。なんの税金かもわからないのに、どうして署名なんぞできるかっていうのさ。

わしらが口を閉じたまま見とるんで、やっこさんはカンカンになって、その口ぶりから想像するに、わしらに対して恐るべき呪いの言葉を吐いているに違いなかった。

わしらは、やっこさんが新しい税金について話す覚悟を決めるのを待っていたのだが、話はほかのことばっかりなんだ。ついには、自転車にくくりつけてあった鞭を取り出して、わしに向かって顔に触れるほど近いところで振り回し始めた。

「おい、口を利かんかね、何とか言えよ」と怒鳴っていた。「この犬ころめ、こん畜生。なぜ何にも言わないんだ？　どうして署名しないんだよ？」

その手でわしを怒らせようとしたって、うまくいくわけがない。それで、わしらが馬鹿じゃないことをわからせてやった。どんなに御託を並べようが、わしらに新しい税金であることを忘れさせることはできないんだと、うんざりした調子で言ってやった。「つまり、なんの税金なのか、早く説明してくれよ」

それを聞いて、やっこさんはまるでヘブライ語で何か言われたかのような顔をしやがった。

「話しても、理解し合えない」肩を落としてそう言った。「同じ言葉を話しているのに、同じ言葉を話していない」

まったくその通りだが、そんなの、わかりきったことじゃないか。都会人と田舎のどん百姓は、ほとんど理解し合えないものなんだ。やっこさんは、話している間じゅう都会人で、都会人であることをやめないから、都会人としてしか話ができんのさ。

だが、わしらは田舎のどん百姓だ。どん百姓として理解する、どん百姓なりの理解だからな。わしは生まれてこのかた、何千回言ったかわからんよ。都会人と田舎のどん百姓は別のものなんだとな。わしは若い頃、アルゼンチンのラ・パンパにいたことがある。スペイン人やインディオやあらゆる人種のどん百姓と話したけど、フォンタマーラにいるみたいにつうかあだった。ところが、日曜日ごとに都会からやって来る領事館のイタリア人ときたら、言ってることがさっぱりわからん。それどころか、こっちは、言われたことの反対のことを理解しちまうんだ。わしらのいたファゼンダには、ポルトガル人の耳も聞こえなきゃ口も利けんやつがおって、向こうでいうどん百姓、ペオーネなんだが、そいつとは話さなくたってわかったぜ。だが、あの領事館のイタリア人は、いやはやお手上げだった。

　だから、そのよそ者がまた長談義を始めた時には驚かなかった。税金のことを話したわけじゃない、税金と自分とは縁がない、自分がフォンタマーラに来たのは別の用事で、何にも払うものはない、全然ないんだっていうのさ。

　もう時間が遅くて暗かったので、やっこさん、マッチで火をつけた。そいでわしらに一枚一枚、紙を見せた。紙はほんとに真っ白だった。いつも白地に黒ではっきり書かれている税金の紙じゃなかった。全部、真っ白け。一枚だけ、てっぺんに何か書いてあるやつがあって、都会人はマッチを二本擦って何が書かれているのか見せた。

下記の者は、以上の件を支持し、自発的に喜んで熱意を込めて騎士勲章佩勲者ペリーノ氏の前で署名す。

その騎士勲章佩勲者ペリーノ氏ってのは、自分だとやっこさんは太鼓判を押した。で、「信じないのか」ってわしに訊くんだ。

「そりゃ、だれだって名前ぐらいあるだろう」とわしは答えてやった。

署名した紙は政府に出されるんだそうな。

ペリーノ騎士は、その紙を上司から渡された。ほかの同僚も同じ紙をよそに持って行っている。つまり、フォンタマーラのために特別に考案したものじゃない。全部の村が対象だった。要するに、政府に対する請願書なのだとやっこさんは言うんだ。請願書ってのは、たくさん署名を集めなきゃならん。だが、請願書そのものはそこにはなかった。ペリーノ氏は中身を知らなかった。そいつは上司が書くらしい。やっこさんの務めはただ署名を集めるだけ。どん百姓の務めは署名すること。みんな、それぞれの務めがある。

やっこさんはこう説明した。「田舎のどん百姓が無視され蔑まれる時代はもう終わったのだよ。今の新しいお上は、田舎のどん百姓を重んじてその意見を聞きたがっておられるのさ。わかるかね。だから、さあ、署名したまえ。お上がおまえたちの意見を集めに官吏を送り込んで下さった名誉に感謝するんだ」とな。

この主張はマリエッタにはかなり効いたが、わしらはまだ納得しなかった。そうしているうちに、最後の説明を耳にしたバルディッセーラ将軍が近づいて来て、当然のことながら（靴職人がどんなふうか、みんな、知っとるよな）、こう言った。「お偉いさんが金を払う話じゃないって保証してくれるんなら、おいら、真っ先に署名するぜ」

まずやつが署名した。それで、わしもした。もっとも、今だから言えるが、わしは用心して死んだ親父の名前で署名したんだ。何が起こるかわかったもんじゃねぇと思ってな。それから、わしのそばにいたポンテオ・ピラトがして、ゾンパがして、マリエッタがした。他の連中は？　どうやって頼んだらいいか、もう遅い時間だし、まさか一軒一軒回るわけにもいくまい。解決策を見つけたのはペリーノ氏だった。わしらがフォンタマーラの人間の名前を全部言って、やっこさんがそれを書くっていう解決策だ。で、その通りやった。唯一議論になったのはベラルド・ヴィオラのことだ。わしらはベラルドがいかなる理由でも署名しないだろうということをペリーノ氏にわからせようとしたのだが、彼の名前も書かれてしまった。

「だけど、本人には言わないでおいたほうがいいわよ」とマリエッタが助言した。「用心に越したことはないからね」

二枚目の紙も名前でいっぱいになって、テーブルの上に何かがあることに気づいた時には、よそ者が擦ったマッチはすでに三十本か四十本になっておった。テーブルの上の何かを見て、やっこさん、ぶったまげてひどく気持ち悪がった。が、テーブルの上には何にもなかった。新しいマッチを擦って、もう一度テーブルの上をじっと見つめた。鼻がくっつくほど身をかがめた。そして、ある一点を指差しながら山羊声で叫んだ。

「なんだ、こいつは？　この汚らしいものは、だれのだ？　こいつをテーブルの上に置いたのは、いったいだれだ⁉」

喧嘩を売りたがっているのは明らかだった。だれも答えなかった。バルディッセーラ将軍は、用心深く立ち去った。よそ者は四回も五回も質問を繰り返した。テーブルの上をより明るくするためにマッチを三本まとめて擦った。すると、何かがあるのが見えた。何かが動いておった。とるにたらんものだが、確かに何かいた。ポンテオ・ピラトが一番に立ち上がってテーブルの上にかがんでそいつを観察してから、地面に唾しつつ言った。「おいらのじゃねぇ」

わしはよそ者に説明してやった。「この界隈じゃ、背中に持ち主の名前を書くのは羊だけでな。ほかの生き物には書かなくてよいことになっておる」

だが、やっこさんのあほくさい憤慨ぶりは収まる気配がなかった。

マリエッタがテーブルの上にかがみこんで、名前がいっぱい書かれた紙の真ん中まで来たその虫をしばらく観察してから、そいつを手のひらにのっけて道の真ん中に投げた。

「変ね。新しい種類じゃないかしら。普通のより黒くて長くて背中に十字の印があったもんね」

すると、あのいつも落ち着いておる年寄りのミケーレ・ゾンパのやつ、やけにたまげて、マリエッタに向かって怒鳴るような声を上げたんだ。

「えっ、なんだって？　ほんとに背中に十字の印があったのか？　新しい種類の虫なのか？」

そう言うと、実はわしらも知りながら忘れておった話をした。人間が創られたあとすぐ、あらゆる種類の動物が創られて、その中には虱もいたのは知ってのとおり。ただ、神様は、大きな革命の後にはいつも新しい種の虱が現れるようにお決めになったっていう話だ。が、ゾンパは胸騒ぎの理由を説明しようと、ほかのことをつけ足した。

「おれ、夢を見たんだ。去年の冬に見た夢だ。その夢の話を司祭様にしたのさ。そうしたら、その話はだれにもするなって釘を刺された。だけど、そいつが現れたからには、マリエッタが嘘をついていないかぎり現れたわけだから、話してもいいだろう。いや、多分、話す義務がある」

わしらはテーブルの周りに座って、ゾンパの話の続きを聞いた。

「法王様と政府が仲直りした後で、司教様が祭壇から説明しただろ、ほら、田舎のどん百姓にとっても新しい時代が始まるんだって話さ。法王様が、キリスト様から、どん百姓たちが必要としているお恵みをいっぱい頂いたって話さ。あの夜にな、おれ、その夢を見たのさ。法王様が十字架の上のキリスト様と話している夢をな。

十字架の上のキリスト様がおっしゃるには、この和解を祝って、フーチノの土地を、あそこを耕しているどん百姓たちに、山の上にいて土地がないフォンタマーラの貧しいどん百姓たちにも分け与えたらいいって。すると、法王様はこうお答えになった。主よ、それはトルロニア大公が望まれることではございませぬ。大公は善良なキリスト教徒でありますぞ、とな。で、十字架の上のキリスト様はおっしゃった、この和解を祝って、少なくともどん百姓たちからは税金を取るのをやめたらいい、とな。それに対する法王様の答えはだな、主よ、それは政府が望むことではございませぬ。政府の人間たちも善良なキリスト教徒なのです、だった。そこで、十字架の上のキリスト様はおっしゃった、この和解を祝うために、特にどん百姓たちと小さな土地の持ち主たちのために豊作を用意しよう、ってな。ところが、法王様のお答えは、主よ、どん百姓たちの収穫がたんまりあると、値が下がって大商人たちに破滅をもたらします。大商人たちも善良なキリスト教徒なのですから、大事にしてあげないといけません。十字架の上のキリスト様は、ほかの善良なキリスト教徒に害を及ぼさずにどん百姓たちのためにして上げられることが何にもないのを、それはそれは、とても残念がられた。そこで、法王様はこう提案なさった、主よ、彼らのところに行きましょう。トルロニア大公にも政府にも金持ちにも嫌がられずにどん百姓たちのためにしてやれることが、何かあるかもしれません、とね。こうして、ラテラーノ条約の夜、キリスト様と法王様が、フーチノのほう、マルシカのすべての村においでになった。キリスト様は、大きな袋を背負って歩いておられた。その後ろにおられた法王様は、キリスト様の背負い袋からどん百姓たちの役に立ちそうなものをなんでも取り出すお許しをもらっておられた。聖なる旅人のお二人がご覧になったのは、どこの村でも同じ光景だった。どん百姓たちが愚痴をこぼし汚い言葉を吐いて喧嘩し、不安に慄いて、何を食べ何を着たらよいのかわからずにおる。ほかに何があるっていうのさ。それをご覧になった法王様は、心底いたたまれない気持ちにおなりになって、袋の中から新しい種の虱の群れを取り出して貧民の家の上めがけて投げておっしゃった。さあ、愛しの子らよ、これを受け取りなさい、そして掻きなさい。何もすることがない時は、そうすれば罪深いことを考えないですむだろう、とな」

　これが、ミケーレ・ゾンパの夢だった。夢は、人それぞれに解釈のし方がある。それをダシに遊び事をする者も大勢おれば、夢で未来を占う者もおる。わしは、夢は眠るためにあるものだと思うがな。だが、信心深いマリエッタ・ソルカネーラはそんなふうには受け取らなくて、泣きながら愚痴を言いだした。「ほんとにそうなのよ、まったく。法王様があたしたちのために祈ってくださらなかったら、だれがあたしたちを罪から遠ざけてくれるっていうの？　だれが地獄から救ってくれるっていうの？」

もう遅かったので、わしらは家に帰りたかった。わしは急に一日の疲れがどっと出るのを感じた。くだらん話で時間を無駄にして何になる？

ところが、ペリーノ氏はそう考えなかった。

「てめえら、俺のことを馬鹿にしやがって」とゾンパと居酒屋の女将めがけて鞭を振り回しながら怒鳴り始めた。「てめえらは、お上を馬鹿にしとる。教会と政府を馬鹿

10　一九二九年二月十一日、イタリア王国ファシスト政権と教皇庁の間で締結された協定。これにより、イタリア王国はカトリック教を唯一の国教とし、ヴァティカン市国の独立が認められて、半世紀来の両者間の対立が解決した。

にしてやがるんだ」。さらに、わしらには理解できなかったが、こんな調子のとんでもないことを山ほどほざきやがった。

「政府に叩き直してもらうことになるぞ」とわめき立てるのさ。「政府から懲らしめを受けるだろう。おまえたちのことは、お上が放ってはおくまい」

わしらは思った。こいつ、まだ話すのか、でも、まあ、そのうち黙るだろう、当然、話すのをやめてわしらを帰らせてくれるだろう、とな。ところがどっこい、やっこさん、ちっともやめないんだ。黙らんのだよ。で、ミケーレに向かってこう言うんだ。

「おまえは知らんのか。俺に訴えられたら、有罪になって少なくとも十年は刑務所行きだぞ。今、おまえが口にしたよりもずっと無害で無邪気なことを口にしただけで何年も刑務所暮らしをしている連中が大勢いるのを知らんのか？　ご時世がどういうものか、わかってるのかよ？　ここ数年の間に何が起きたのか、知ってるのか？　今、世の中を治めているのがだれなのか、知っとるか？　今、一番偉いのは、だれだ？」

まるで凶暴になった若鶏さ。ゾンパはしばらく消えたパイプの管を吸っていたが、それから地面に唾棄すると、落ち着いた口調で答えた。

「そりゃな、都会じゃ、いろんなことが起きるさ。都会じゃ、毎日少なくとも何か一つは出来事がある。毎日、新聞が出て、少なくとも一つは出来事について書いてあるそうじゃないか。そのあんばいで一年経つと、いったい幾つの出来事になる？　何百にもなるだろうが。何年も経てば、何千って数だろ？　考えてもみろよ。そいつを全部、田舎の惨めなどん百姓に、虫けらにわかれったって、そりゃ、無理ってもんさ。だが、出来事と、だれが一番偉いかっていうのとは、別問題だぜ。出来事は毎日変わるけど、一番偉いのはいつだって同じだ。お上は、いつもお上だ」

「じゃ、身分階層制《ヒエラルキー》はどうなるんだ？」とよそ者が訊いた。

わしらはまだその変てこな言葉が何を意味するのか知らなかった。都会人はなんども繰り返して、別の言葉で言わなければならなかった。

ミケーレは、辛抱強くわしらの考えを説明した。

「一番上には神様がおられる。天の主人だ。それは、だれだって、知っとらぁ。

その次は、トルロニア大公、地の主だろ。

その後に、トルロニア大公の護衛官たちが来る。

それから、トルロニア大公の護衛官たちの犬が来る。

その次には、だれもおらん。

その次も、だれもおらん。

その次もだ。

それから、どん百姓どもが来る。

それで、おしまいだと言っていい」

「お上は、どこに入れるんだ？」よそ者は、さらに苛立った調子で訊いた。

「お上はだな」とポンテオ・ピラトが説明しに入った。「三番目と四番目だ。どっちになるかは、給料次第さ。四番目（犬のところだ）は、すごくでかいぜ。まあ、そんなことくらい、だれだって知ってるけどな」

ペリーノ氏は、立ち上がった。怒りで震えていた。

「見てろ、近いうちに絶対俺の名前を耳にすることになるからな」そう言うと、自転車に飛び乗って姿を消した。

わしらはやっこさんのこの一言を気にも留めなかった。あいさつを交わして家に向かった。暗闇の中、聖アントニオの路地の石段を手探りで登っている途中で、ふと石を投げる音とガラスの割れる音が聞こえてびっくりした。石段の天辺に男の影の輪郭が見えて、そのがっしりした体格からすぐにだれだかわかった。

「おい、ベラ公、何やってんだよ、おまえ」

「やあ。電気のつかない電灯なんか、あって何になるね？」とベラルド。

わしは冷めたスープの待っている家に帰り着き、ベラルドはやつの夜回りを続けた。

二

次の日は、明け方、ある誤解がもとで、フォンタマーラ中がてんやわんやでした。

フォンタマーラの入り口には、石ころの積み重なっている下からちょろちょろ水が湧き出ている水溜まりみたいなところがあるんです。水は、そこから何歩か離れたところで穴をあけて石ころだらけの地面に消えるんですが、丘の麓でまた現れる時には量が増えていて小川になります。流れは、平地のほうに行く前に堀を通ってあっちこっち回ります。フォンタマーラのどん百姓たちは、丘の麓に持っている狭い畑にやる水をいつもそこから汲んでいて、それが村のささやかな財産でした。夏には、その小川の水の分け合いをめぐって、どん百姓たちの間でひどい喧嘩がよく起きました。雨の少ない年なんか、喧嘩は刃傷沙汰にさえなったんです。喧嘩したからって、水が増えるわけじゃないのにね。

その季節には、あたしらのとこじゃ、朝早く三時半か四時頃、まだ暗いうちに男たちが起きて、葡萄酒を一杯飲んで、驢馬に荷を積んで黙ったまま平野への道を下りて行きます。お天道様があんまり高く昇らないうちに仕事場に着けるように、時間を稼いで朝ごはんは道中食べるんです。朝ごはんに食べるものはね、パンと玉ねぎかピーマンかチーズの固い外皮です。

六月二日の朝のことでした。フォンタマーラから一番最後に斤を下りて仕事に繰り出すどん百姓たちが、平地で道路工夫の集団に出会ったんです。スコップやつるはしを手に役場町から来た人たちで、（その人たちの話だと）水路を変えるため、あのちっぽけな小川を、これまでずっと、本当に人の記憶が遡っていける限り大昔からずっと潤していた畑から遠ざけて、流れの向きを逆にして、まず葡萄畑をいくつか通って、それからフォンタマーラの村人の土地じゃなくて、役場町に住むお金持ちの地主、オショクジチュー氏[11]の土地のほうを流れるようにするためだっていうんです。この人はね、あたしらの地方でいちばんお金持ちの家の人なんですが、自分のせいで家が没落しちゃって、なんでこんな名前で呼ばれてるかっていうと、「旦那さんとお話ししたいんだけど、おいでですか」って訊くたびに女中が「旦那様ですか、旦那様

11　原文名＝don Carlo Magna　ドン・カルロ・マーニャ

はお食事中です。お話しになりたければ、奥様とどうぞ」って答えるから。あそこの家、嬶《かかあ》殿下なんですよ。

あたしら、はじめは道路工夫たちの意地悪な冗談なんだろうって考えたんです。なにしろ、役場町の住人は（もちろん、みんながみんなじゃありませんけど、真面目に働かないで油売ってる連中はね）フォンタマーラの人間を揶揄《からか》うのに余念がないんです。あの連中が近年しでかした嬲《なぶ》りを全部話したら、一週間あったって足りませんよ。どんなものなのか知ってもらうには、驢馬と司祭の悪ふざけの例で充分でしょう。

フォンタマーラにはここ四十年ほど、司祭がいないんです。神父様を一人養うには教区が小さ過ぎましてね。教会は、役場町から聖職者がミサをあげて福音書を説明しに来る盛大な儀式の時にだけ開けるんです。で、二年前に、フォンタマーラから司教様に常駐の神父様を教会に置いてくださいって最後のお願いをしました。うまくいくあてがあったわけじゃありませんけど、とにかく請願書を送ったんです。すると、何日かしてから、あたしらの請願が司教様に難なく受け入れられたから、司祭様のご到着をお祝いするように準備しろっていう予想してなかった知らせが来たんです。あたしらは、当然、お迎えするためにできるかぎりの準備をしました。そりゃ、貧しくたって、礼儀ぐらい弁えてますからね。教会は全部きれいに掃除しました。フォンタマーラに通じる道も修繕して、ところどころ広げたんですよ。村の入り口には凱旋門をこしらえて布と花で飾りました。家の扉にもみんな緑の枝の飾りをつけてね。そして、ついにその予定の日が来て、村中で役場町からおいでになる司祭様をお迎えに出たんです。すると、十五分ほど歩いたところで、遠くから、なんだか変てこな群衆がこっちに来るのが見えました。お上の面々も聖職者の姿も見当たらない代わりに、若い連中が大勢いるようでね。でも、とにかくあたしらは、守護神の聖ロッコ様の幟を掲げて聖歌を歌ったりロザリオの祈りを唱えたりしながら行列をなして進みました。行列の先頭には、短い挨拶をすることになっていたバルディッセーラ将軍とお年寄りたちがいて、女子どもはその後ろを歩いていました。そうして、役場町から来た人たちの近くまで来たところで、新しい司祭様をお迎えするために道の両側に並んだんです。で、バルディッセーラ将軍ひとりが前に出て、帽子を振りかざしながら感無量の叫びを上げました。

「イエス様、万歳！　マリア様、万歳！　教会、万歳！」

その瞬間、今まで固まっていた役場町の変てこな群れが解けて、その間から蹴られたり石を投げられたりしながら前に現れたのは、なんと新しい司祭様に扮せられて祭服まがいの色紙をまとった老いぼれの驢馬でした。

こういう悪ふざけは、おわかりのように、たやすく忘れられるものじゃありません。いくら役場町の暇人たちが次から次へと新しい悪知恵を働かせるにしてもね。だから、小川の流れの方向転換も、どうせ新しい悪ふざけだろうって考えたわけです。だって、そうでしょう、人間の気まぐれが、神様のお創りになったもの、神様によって決められたお天道様の通り道や、風向きや、水の流れにまで影響を及ぼすようになったら、もうおしまいじゃないですか。驢馬が空を飛びそうだとか、トルロニア大公が大公じゃなくなるとか、田舎のどん百姓が飢えなくなるとか言われるのと同じです。要するに、神様の永遠の定めが神様の定めじゃなくなるってことです。

ところが、道路工夫たちは、ほかにはなんの説明もなしに新しい川底をこしらえるためにスコップやつるはしを手にしていたんです。もう、悪ふざけが悪ふざけでは済まなくなっちゃったようで。どん百姓の一人、キョーコーシストの息子がフォンタマーラに戻ってきて家の外にいた人たちに事態を知らせてくれました。

「走って行って、すぐになんとかしなきゃ」息を切らしながら、一人一人にそう繰り返しました。「憲兵さんに、あっちの役場町の町長さんに一刻も早く知らせなきゃ」

男たちは、村にはいませんでした。六月は畑でやることが仰山あるからです。行かなければならないのは女たちでした。でも、女たちってねぇ、あたしらがどんなだか、ご存知でしょう、日が高くなってもまだぐずぐずしていたんです。村中が蜂の巣を突《つつ》いたみたいな騒ぎになっちゃって。女たちは路地から路地へと知らせを繰り返して、すでに聞いて知っている人も、玄関の前を通りかかる一人一人に十度も同じ話を繰り返させて。だけど、だれも動かないんですよ。あたしは毎朝、その時間には染め屋のエルヴィーラのところに行っているんです。あの子は、かわいそうに、最近、お母さんを亡くして、お父さんは採石場の事故で動けなくなっていてね。あの時もエルヴィーラがお父さんの体をきれいにするのを手伝っていたんですが、お父さん、愚痴って汚い言葉を吐いて、死なせてくれと訴えて娘を大いに困らせていました。道路工夫の話を聞いた時、あたし、信じられませんでしたよ。ともあれ、だれも動こうとしなかったんです。だれも自分が町に行くことは考えなかった。家を離れることができる人はいませんでしたしね。やれ、子どもがいるだの、やれ、雌鶏がいるだの、豚のいる人もいれば山羊の人もいる。洗濯だの、葡萄に撒く硫黄だの、収穫する麦用の袋だのって。いつもそうだけど、だれも行ける人がいない。みんな、結局、自分のことのほうが大事でね。すると、マリエッタが「自分はお上にどう話したらいいか知っているから」って名乗りを上げたんです。マリエッタは、一緒に行くもう一人の女も見つけて、名前は言わないでおくけど、その人も旦那がアメリカに行って十年になる妊婦なんですよ。旦那、あんな遠いところから、いったい、どうやったのかしら。

で、ミケーレの奥さんがすっかり興奮してあたしのところに来て言うんです。「村全体に関わる問題なのに、まさか、こう言っちゃなんだけど、あんな人たちにフォンタマーラを代表させるわけにはいかないじゃないの」って。

エルヴィーラにも「マタレ、行って来て。体裁の悪い真似はできないもの」って言われました。

みんなにとっての不名誉、恥になるっていうんで、リザベッタ・リモーナとマリア・グラーツィアのところに急いで話しに行って、一緒に役場町に行こうと説得しました。で、マリア・グラーツィアがチャンマルーガを連れて来て、チャンマルーガがカンナロッツォの娘を引っ張って来て、それがまたフィロメーナとクァテルナを誘って。

で、みんなが教会の前に集まって、さあ、出発と思ったら、ピラトの女房が声をかけてもらわなかったっていうんで、もうカンカンで、「あんたたち、何をコソコソやってんの？　他人《ひと》を犠牲にして自分たちに都合がいいようにしようっていうの？うちの亭主の畑に水はいらないとでも思ってるの？」って怒鳴り散らしました。

それで、彼女が身支度するのを待たなければなりませんでした。ところが、大急ぎで支度する代わりにカスターニャとレッキウタとジュディッタ・スカルポーネとフォルナーラを呼びに行って、役場町に一緒に行こうって説得したんですよ。ファウスティーナ婆さんも来たがったけど、あの人の旦那、二十年も前から終身刑で刑務所に入っているんで、あたしら、言ったんです。「あんたが来て何になるの？　旦那の畑に水が必要なわけでもないのに」ってね。

「でも、そのうち釈放されたら？」って彼女が言うんで、あたしら、言ってやりましたよ。「二十年も待ってるのに、出て来ないじゃないの。それに、出て来たって、土地を買うお金、だれがくれるの？」

そうしたら、彼女、「あんたたち、本当は、あたしが一緒に行くと恥ずかしいんでしょ。はっきりそう言えばいいじゃない」って言い返して、泣いているところを見られないように家の中に入っちゃいました。

で、いよいよ出発って時には、十五人ほどの女たちが集まっていたんですが、バルディッセーラの店の前で、マリエッタが髪の毛を巻くのを待たされて。やっと現れたあの人は、日曜日用に着飾って新しいエプロンとサンゴのネックレス、胸には英霊の銀の勲章をつけてました。こうして村を出た時には、もうお天道様がすっかり高くなってました。吐き気がするほど蒸し暑かった。あんな時間、犬だって歩きゃしませんよ。目は砂埃でやられちゃうし。

あたしらがガヤガヤ喋りながら砂埃の雲に包まれて平地に下りて行くのを見て、道路工夫たちは恐れをなして葡萄畑の奥に逃げて行きました。

それを見て、リモーナが、目的は果たせたんだからもう帰ろうって提案しました。でも、新しいエプロンつけて髪を巻いたマリエッタが、工夫たちは自分の気まぐれじゃなくて町の命令でやってるんだから、やっぱり役場町まで行かなきゃだめだって言ったんです。自分はお上のやり方を弁えているってね。あたしら、どうしたらいいか話し合って、戻るほうに傾いていたんですが、マリエッタがそれに止《とど》めを刺しました。

「あんたたち、怖いんなら、いいわよ、あたしら二人で行くから」って同じ身の上の女を引っ張って行こうとしたんです。

そして、二人で役場町のほうへ歩いて行きました。

で、あたしらは、「こう言っちゃなんだけど、あんな人たちにフォンタマーラを代表させるわけにはいかないじゃない」って言って、二人の後について行ったんです。

平地の道の暑さは、もう、かまどの中みたいでした。空気が黒っぽくなっていて。あたしら、舌を出した羊の群れみたいに歩いていました。愚痴っている人たちもいたけど、いったいどこにそんなエネルギーがあったんだか。

墓地の塀の陰で、ちょっと一休みしました。墓地の塀に沿って、アメリカでお金を貯めてきたどん百姓の墓がいくつかそびえているんです。貯めたって言っても、家と土地を買ってましな暮らしができるほどじゃなくて、死んでから裕福な連中と同じような墓を立てる程度なんですけどね。でも、日陰でも暑くて、息ができませんでした。

役場町に着いたのは、すでに正午頃でした。道中の砂埃で、あたしら、粉ひき場から出て来たみたいな恰好でした。役場のある広場に現れたあたしらを見て、怖じ気づいた人たちは大勢いました。ただごとじゃない風体だったんでしょうね。商店の人たちは慌てて表に出るとおどおどしながらシャッターを下ろしました。広場の真ん中で果物を売っていた連中も籠を頭に載せて逃げちゃうし。窓辺やバルコニーには、あっという間に不安に駆られた人たちが押し寄せて。役場の玄関には、怯えた顔の職員が何人か現れました。あたしらが役場を襲うとでも考えたのでしょうかね。本当のところ、あたしら、かたまって役所の玄関に向かって行きはしましたけど、別にはっきりした計画があったわけじゃないんです。そうこうするうちに、農地警備の一人が役場の窓から叫びました。

「その連中、中に入れるんじゃないぞ。役場が虱だらけになっちまうぜ」

その一言で、まるで魔法にかかったみたいに恐怖が消えて、みんなが大爆笑。さっきまで恐れ慄いていた連中、逃げ出したりシャッターを閉めたり籠を持って退散した連中が、戻って来てみんなであたしらをあざ笑い始めたんです。あたしらは面食らっちゃって役場の玄関脇に身を寄せ合いました。さっきの台詞が受けたのに気をよくした警備員は、大声でフォンタマーラの人間と虱について、信じられないような小話を聞かせ始めました。広場じゃ、もうだれもかれもが馬鹿笑い。向かいのバルコニーでは、男の人が文字どおりおなかを抱えて笑いこけていました。時計屋は、シャッターをあげて笑い泣き。役場の中央玄関には、他の職員が、女の職員までですよ、みんな出てきてけたたましい声で笑ってました。

近くにいた女の職員に、あたし、言ってやったんです、ふつうの調子でね、「恥ずかしくないんですか」って。

そしたら、「なんで?」って、彼女、笑いながら訊き返すんです。

「他人《ひと》の涙を笑う者、不運の最中にある人を笑う者に災いありって言うでしょ」って、あたしは説明してやりました。

でも、わかってくれなかったみたい。どっちにしても、あたしら、もう、どうすりゃいいのかわからなくて。来る道々、自分に任せておけって繰り返していたマリエッタも、みんなが笑っているのを見て、おろおろしてました。相手が警備員一人なら、言い返すのは簡単だったでしょうけど。だって、あの警備員だって、若い頃には他人どころか自分の体にもついている虱を見ていたんだから。だけど、相手は貧乏人じゃない人たちが大勢です。あたしら、汗と埃で汚らしい恰好していたんで、すっかりビビっちゃって。役場に出向くのにこんな恰好じゃ、ね。

その様子を不憫に思った職員の一人に、あたしら、訊かれました。

「だれのところに来たの？　何の用なの？」

で、マリエッタが前に出て答えたんです。「市長殿にお目にかかってお話ししたいんです」

　玄関のところにいた職員たちは、その答えに、びっくりした表情で互いの顔を見合わせました。そして何人かが、もう一度、質問を繰り返して、「えっ、何だって？」

「市長と話したいんですよ」とあたしらは業を煮やして四、五人同時に答えました。

　そうしたら、職員たちがまた馬鹿笑いを始めて、「みんな、聞いたかよ、市長と話しに来たんだとさ！」って。笑いは、広場から窓辺やバルコニーや近くの家の食堂へと広がっていきました。折しもちょうどお昼どきで、窓やバルコニーから奥さんたちがパスタを茹で始めたことを知らせようと大声で旦那さんたちを呼び始めました。すると、役場の職員たちも大急ぎで退出して、そのうちの一人が玄関を閉めたんです。そして、連中のなかであたしらに対して一番失礼じゃなかった人が、こう言いました。「市長と話したいのなら、ここで待っていなさい。でも、多分すごく待つことになるよ」

　この一言があたしらをたぶらかすものだったとわかったのは後になってからですが、

あの時、あたしらの注意を惹いたのは、広場の片隅に見えた噴水でした。お天道様とすごい埃で、喉が焼かれたみたいに痛かったんです。噴水の水槽にはキャベツの芯やらじゃがいもの皮やら台所のクズが浮いていて、スープがたんまり入った食器のようでした。そこで、だれが一番先に水を飲むかをめぐって、その周りで大騒ぎになりました。みんな喉がカラカラだったけれど、みんなが一斉に飲むわけにはいかないからね。マリエッタは、気絶しそうだからって最初に飲む権利を主張しましたが、認められませんでした。そして、押し合いへし合いの挙句、やっと順番が決まったんです。何人かが飲んで、それから唇に吹き出物がある娘が飲む番になりました。あたしらは、その子にはいちばん最後に飲んでほしかったんだけど、噴水の蛇口にしがみついて放さないんですよ。その後、マリエッタの番が来たところで、突然、水が止まっちゃいましてね。一時的な断水かなと、あたしら、噴水の周りで待っていたんですけど、水は出ない。噴水が、もう、うんともすんとも言わなくなっちゃった。で、あたしら、そこから離れようとしたんですが、そしたら、突然また水が戻ってきたんです。それで、また押し合いへし合いして、また議論して。二人の若い娘たちの間で髪の毛を引っ張りあう喧嘩まで起きました。でも、とにかくやっとのことで順番が決まったんです。ところが、また急に水が止まっちゃって。しばらく待ちましたが、ちっとも出る気配がないんですよ。あの水の出かたは本当にわけがわからなかった。フォンタマーラの村の入り口にある泉じゃ、そんなこと、起きたことありませんよ。広場の反対側では、農地警備の男と時計屋がこっちを見て笑っていました。

今になってみると、あとで起きたもっと深刻なことを思えば、こんな話にかまけているのは馬鹿みたいに見えるかもしれません。でもね、喉の渇いてるあたしらの目の前で水が逃げちゃうあのさまは、あたしの頭から離れないんです。わかります？　水が出ないから遠ざかると、遠ざかっている途中でまた水が出る。それが、三回か四回、起きたんです。あたしらがそばに行くや否や水が消えちゃって、噴水が出なくなる。だけど、ちょっと離れた途端に冷たい水がまたたくさん出るなんて。喉が死にそうに渇いてるのに飲めない。水を遠くから眺めることしかできないんですよ。なにしろ、近づくとすぐに消えちゃうんだから。

もう一度近づいて、また水が止まっちゃったところで、憲兵が十人ぐらいやって来て、あたしらを取り囲んで脅すような声で何の用だって訊きました。

「市長に話があるんです」ってあたしらは答えましたよ。

あたしらは、からかわれた上に今度は脅されたので怒って口々に怒鳴りました。

「あたしらから、水を盗もうとしてるんですよ」

「こんなひどい仕業、見たことない。非道な行ないです」

「うちらの畑の水よりも、いっそのこと、血をくれてやるわ」

「不正を正してもらえないんなら、自分たちで正してやる」

「市長は、どこ？」

すると、一隊の中で一番偉いのが怒鳴り出したんです。「なに、市長《シンダコ》だと？　知らんのかね、市長なんて、もういないんだぞ。今じゃ、市長じゃなくて首長《ポデスタ》って言うんだ」

あたしらにしてみれば、役場の長をどう呼ぼうが、そんなこと、どうだっていいんですよ。だけど、学のある人たちにとっては、その違いは大きいみたいですね。そうじゃなきゃ、役場の職員たちにあんなに嘲笑《あざわら》われることもなかっただろうし、署長がこんなに怒ることもないでしょう。学のある人たちって、屁理屈が好きで言葉尻をとらえては怒るんですよね。

署長は、四人の憲兵にあたしらを首長のところへ連れて行くよう命じました。で、二人が先頭に、もう二人が後尾についたんです。あたしらの変てこな行列が町を歩いて行くのを見て、野次馬たちが寄ってきて騒ぐし、あたしら、丁稚が田舎のどん百姓を嘲笑うのに好んでつかうような恥ずかしい言葉や仕草でからかわれました。その混乱のなかで、マリエッタ・ソルカネーラが連中によく知られているんだってことがわかってね。しかもマリエッタときたら、連中の悪い冗談に汚い言葉で言い返すものだから、もうお手上げです。マリア・グラーツィアなんて気絶しそうになっちゃって、リモーナとあたしで支えて歩かなきゃなりませんでした。あたしらは言いましたよ。「ああ、イエス様、こんな目に遭わなきゃならないなんて、あたしら、何か、ほかの人たちよりも悪いことをしたんでしょうか」って。憲兵たちに伴われて、まるで生け捕りになって差し押さえられた家畜みたいでした。

　リモーナに言われました。「マタレ、フォンタマーラに帰ろうよ。なんで、こんなことにつきあわなきゃなんないの？　マタレ、正気の沙汰じゃないよ」ってね。

　憲兵たちは、あたしらに中央通りを渡らせて知らない道をいくつも通りました。そして、ずっと市長だったリンキオーヘン[12]弁護士の家の前まで来たんですが、驚いたことにそこを通り過ぎちゃうんです。自治体の長がリンキオーヘン弁護士じゃなくなったなんて、もうびっくりですよ。それで、あたしら、てっきりオショクジチュー氏のところに連れて行かれるんだろうと思ったんです。ところがどっこい、そこでも止まらずに通過です。さらに行くと、じきに町の外に出て畑の中でした。炎天下の焼けついた地面からは埃が黒い雲みたいに巻き上がってました。

「今度は憲兵たちにおちょくられてるんじゃないの？　市長がリンキオーヘン弁護士じゃないなんて、あり得ないよ」あたしらは、口々にそう言ってました。

茂みの木陰では、職人たちがお昼を食べていて、すでに畳んだ上着を枕に帽子を顔の上に置いて昼寝している人もいました。憲兵たちは見るからに不機嫌で、その中の一人が不躾な調子であたしらに言うんです。

「なんでよりにもよって俺たちが昼飯食わなきゃならん時に来たりするんだ？　もっと遅く来られなかったのかよ？」って。

「あたしらだって同じ神様の子、同じ人間でしょうが。ちがいますか？」って、あたしら、言い返しましたけど。

12　原文名＝don Circostanza　ドン・チルコスタンツァ

そしたら、その憲兵が言うには、「おまえさんらはどん百姓じゃないか。酷い目に遭うのには慣れっこなんだ」

「あたしらが何か、あんたらよりも大きな罪でも犯した？　あんたにだって母さんや姉さんがいるでしょうが。どうして、そんな言い方するの？　身なりが貧しいから？」

「いや、そうじゃない。あんたらはどん百姓で酷い目に遭うのには慣れっこだってことさ」

憲兵たちに連れられて通った小道には建設資材、煉瓦《れんが》や石灰やセメントの袋や砂、梁、鉄の薄板などがところ狭しと置かれていて、集団で通るのに苦労しました。そうやってたどり着いたのは、なんと、地元はもとよりフォンタマーラでも支配人《インプレザーリオ》っていう名で知られてるローマの男の最近建てられた屋敷の門の前でした。屋敷にはお祭りみたいに色々な色の提灯や旗が飾ってありました。中庭では女たちが慌ただしく掃き掃除をしたり、敷物を叩いたりしているのが見えました。憲兵たちは、その屋敷の門の前で立ち止まったのです。あたしらはみんな驚きを隠せませんでした。

「えっ、まさか。あの吸血鬼、あのよそ者が自治体のトップになったっていうの？」

「ああ、きのうからだ」と憲兵の一人が説明しました。「きのう、ローマから電報が届いた」

「奇怪なことって、いったん起こるともうだれにも止められない」っていうのがあたしの感想でした。

三年前、支配人《インプレザーリオ》があたしらの土地にやって来た時、だれもどこ生まれの何者なのか知りませんでした。どこにでもいる行商に見えたし、通りがかりの人が泊まる宿屋で寝起きしていました。あの人、どん百姓たちが現金を必要とする五月に、まだ木になっている林檎を買い付けることから始めたんです。その次に買い付けたのは玉ねぎ、いんげん豆、レンズ豆、トマトでした。で、買ったものは全部ローマに送っていました。それからしばらくして、豚の飼育を始めたかと思ったら、馬にも手を伸ばしました。短い間に、鶏、兎、蜜蜂や動物の皮から道路工事、田畑や煉瓦や木材というふうに、ありとあらゆるものを手がけるようになったんです。この辺一帯の見本市や市場に行くと、必ずいるんですよ。あの人の出現は、新しい種類の不安をかき立てました。古い地主たちは、最初、白い目で見て相手にしようとしなかったんです。支配人《インプレザーリオ》は、それを一人ずつ支配下に置いていきました。重要な事業であの人が関わっていないものは、もうありませんでした。いったいどこからお金を融通しているんだろうかって、古い地主たちは疑って、贋金を作っているやつだと憲兵に訴えるところまで行ったんです。でも、偽札じゃなかった。それどころか、支配人《インプレザーリオ》の後ろには、必要な金を出してくれる銀行があることがわかったんです。それはフォンタマーラにも伝わって、しばらくの間、話題になりましたけど、この新しくて奇妙な発見は、みんなにとって、バルディッセーラ将軍にとってすら不可解でした。というより、あれがまさにその後相次ぐ新しくて不可解な出来事の第一弾だったんですね。あたしらは、自分たちの経験や聞いた話から、銀行がお金を保管したりアメリカからイタリアに送金したり他所の国の通貨に換えたりするためにあることは知っていました。だけど、商売となんの関係があるんです？　どうして銀行が養豚や家の建設や皮なめし工場や煉瓦工場に関わるんですか？　それ以来、変なことがたくさん起きました。

異様な速さで金持ちになったことについては、地元でみんなが話していましたが、それを説明するのにだれかがこう言ったんです。

「支配人《インプレザーリオ》は、おいらのとこにアメリカを見つけやがったのさ」

「アメリカだって？」と答えたのは、アメリカにいたことのある人たちです。「アメリカは、遠いんだぜ。それに、見た目も全然違う」

その話をだれかから聞いた支配人《インプレザーリオ》は言いました。「アメリカは、どこにだってある。見る目さえあれば、見えるものさ」

「ここで生まれたおいらに見えなかったものが、よそ者の目には見えるなんて、そんなこと、あるかね」

「アメリカは、仕事の中にある」って、支配人《インプレザーリオ》は汗を拭き拭き言いました。

「仕事だって？　おれたちが働いてないとでもいうのかね。たくさん働くやつほど貧乏じゃないか」っていうのがそれに対する反応でした。

まあ、お喋りはさておいて、あの型破りな男があたしらの地元にアメリカを見つけたことは疑いありませんね。荊さえも金に変える奇術を見つけたんですよ。富と引き換えに悪魔に魂を売ったんだって主張する人もいますけど、多分、そのとおりでしょう。どっちにしても、お札をめぐる憲兵の取り調べの後は、支配人《インプレザーリオ》の権威がすごく増しました。なにしろ、銀行を代表する存在になったんですからね。お札を作る大きな工場を持ってるんだもの。古い地主たちはあの男を恐れるようになりましたよ。でも、だからって、なんで、市長だか首長だか、あたしらにとっちゃ、どっちだって同じだけど、その地位まであげちゃったのか、とんと理解できません。

屋敷の中庭を掃いていた女たちは、あたしらを見るとすぐに支配人《インプレザーリオ》の奥さんのロザリーアを呼びに行きました。奥さんは、すごい剣幕で現れました。けっこう歳のいってる都会風の装いの痩せててのっぽで頭は猛禽みたいな女の人でした。横柄な口調であたしらに向かって怒鳴り始めました。

「さあ、帰った、帰った！　何しに来たのよ？　自分の家でもろくに落ち着いていられないの？　今日はパーティーのある日なのよ。あと一時間で任命の祝賀会が始まるの。あなたがたを招待した覚えはないわよ。さあさあ、帰ってちょうだい。うちの人はいないし、戻って来ても、あなたがたにつき合っている暇なんかないの。話がしたければ、煉瓦工場に行きなさいよ」

「申し訳ありません」と憲兵の一人が言い訳しました。「この連中、自治体の長にお願い事があるっていうんで、こちらに連れて来たんです」

「公正な裁きを求めます！」マリエッタが前に出て喚きました。「お上は、正義のために存在するものです」

マリエッタは、英霊の未亡人としてお上と接した機会に学んだ台詞を繰り返していました。そして「水は、神様がくださったものです」って宣言もしました。それに虚栄心をくすぐられた支配人《インプレザーリオ》の奥さんは、言いました。「うちの人は、煉瓦工場よ」

憲兵たちは、あたしらに煉瓦工場への行き方を教えて、立ち去りました。「自分たちは昼飯を食いに行かなきゃならんからな。慎重にやりなさいよ」

あたしらは、かなり歩いた末に煉瓦工場にたどり着きました。二十人ほどの工員と煉瓦を積み込む馬車引きが何人かいて作業を中断すると驚きの叫び声であたしらを迎えてくれました。

「どこから来たの？　ストライキ、やったの？　何のスト？」

あたしら、よっぽどただならない姿恰好だったからなんでしょうね。

「主《あるじ》はどこですか？　公正な裁きをしてもらわなくちゃならないんです」

「公正な裁き？　はっはっは」工員たちは笑って、あたしらに訊くんです。「公正な裁きって、いったい一キロいくらするのかね？」

その中の一人、年配の工員がやさしい声で言いました。

「なあ、あんたら、フォンタマーラに帰りなよ。悪魔相手に説得なんて、無茶だぜ」

どっちにしても支配人《インプレザーリオ》は、そこにはいませんでした。ちょっと前までいたけれど、もう行っちゃったと工員たちが言うんです。おそらく製材所に行ったんだろうけど、そこにも多分もういない。なめし皮工場に行ったほうがいいだろう。でも、そっちは遠いよ、って。

あたしらは、どこへ行ったらいいかわからなくて、しばらく道の真ん中に突っ立っていました。息ができないくらい暑かった。目に埃は入るし。服も髪の毛もすっかり汚れて埃だらけだし、歯にも口にも喉にも胸にも焼けそうな砂が入っちゃうし。喉の渇きと空腹で力尽きてました。

「全部、あんたのせいよ。この忌まわしい女め！」とリモーナがマリエッタを呪い始めました。

それが火蓋を切って、実に情けない展開になっちゃって。二、三人ずつの小さなグループができて喧嘩が始まりました。ポンテオの女房なんか、あたしにまで食ってかかって来ました。

「このあたしを無理やりここまで引っ張ってきたのは、あんただよ」って怒鳴るんです。「あたしは来たくなかったのにさ、家でやることはあるし、外に行く時間なんかなかったんだよ。役場町の通りで目立つようなことするの、あたし、いやなのさ」

あたしは「あんた、正気をなくしちゃったんじゃないの？　お天道様に脳みそ溶かされちゃったみたいね」って言い返してやりましたけどね。

ジュディッタとカンナロッツォの娘は髪の毛をつかみ合って倒れるし。カンナロッツォの娘を助けようとマリア・グラーツィアが割って入ると、リッチューターがそこに飛び込んで、四人とも砂煙を巻き上げて地べたに転がる始末。幸い、悲鳴ほどには殴りも殴られもせずに済みましたけど。特にマリエッタは、ミケーレの女房とリモーナにとっ摑まれて、虐殺されかけているような叫びをあげてましたが、実際にはちょっぴり髪の毛が抜けて新しいエプロンがぼろぼろになっただけでした。取っ組み合いは、煉瓦工場の工員たちが何人か仲裁に入ってくれて収まったものの、怒りのほうはさっぱり。もう、日射と渇きと疲れと屈辱で涙が出ちゃいました。

「あたしら、この魔女の後について来たりするから、いけなかったのよ」リモーナはマリエッタを指してとどめの一言を言いました。「支配人《インプレザーリオ》は水路の移動とはなんの関係もないじゃない。あたしら、なんでこんなところまで来たのよ？」

「だって、お上だもの。決めることができるのはお上だけなのよ」って、大声でマリエッタ。

するとゾンパの女房が言いました。「さあ、オショクジチューのとこに行こうよ。小川の水が持っていかれるのはあの人の土地でしょ。つまり、あの人の横暴なんだから」

かくして、ヘロデからピラトへ、あたしらの受難の道行きは、またやり直しです。泣いている人もいました。

「なんでこんなこと、しなきゃいけないの？　どうして、あたしたちがこんなこと、しなきゃいけないの？」って、大きな声で呪文を唱えるみたいに文句を何度も繰り返す者も大勢いました。

「こりゃ、うちに帰ってからだって、大変だよ」って言ったのはリモーナです。「亭主に日中何していたか知られたら、こっぴどい目に遭わされるよ、きっと」

「だって、別に遊びに来たわけじゃないじゃない。家族のため、うちの畑のために来たのよ」あたしはそう言ってやりました。

「きっと、こっぴどい目に遭わされるよ」リモーナは繰り返し愚痴ってました。

オショクジチュー氏の古い家には、収穫の時期に馬車が入れるように、教会みたいな高くて幅の広い扉と砂利を敷き詰めた玄関の広間があるんです。全員で中に入るわけにもいかないんで、みんなを扉の前に待たせてあたしを含む三人が入りました。扉を開けてくれたのは、いつもの威張っていて警戒心丸出しの女中でした。あたしは言いました。「ちょっと旦那とお話ししたいんですけど」

女中の答えは、「旦那様と？　よりにもよってこんな時間にですか？　貢物は、持って来なさった？　お話なら、奥様とどうぞ」

ちょうどその時、女主《おんなあるじ》のクロリンダさんが現れて、すぐにあたしらだと気づくと女中に言いました。「カルメ、この人たちの手土産は何？」

「あたしらの水をくすねておきながら、まだ何か、よこせって言う気ですか？　葡萄酒も、とでも？」って答えたのはゾンパの女房です。

クロリンダさんは、なんの話か理解できないみたいで、そりゃ、そうでしょう。とにかくあたしらを広い台所に入らせました。

「居間には主人がいるものでね」って言い訳しながらね。

台所の天井には、ハムにした豚の足やらサラミソーセージやら腸詰やらラードの入った豚の膀胱やら、鈴なりになった七竈、にんにく、玉ねぎ、茸がつるしてありました。テーブルの上には、血まみれの子羊が半頭分置かれていて、火にかけられた鍋からは気絶しちゃいそうなくらい美味しそうな匂いが漂ってました。

「いったい、何の用？」と女主はきつい口調であたしに訊きました。「あんたがたと一緒におコモさんたちが来て玄関前にいるんでしょ？　いったい、何事なの？」

クロリンダさんは、胸にたくさんレースのついた黒い服を着て、頭にも黒のボンネットを被っていました。あの人の顔を見て声を聞けば、どうして町ではマダム・カラスってあだ名で呼ばれているのか、わかります。あの家ではね、実の主はあの人なんですよ。借地人とやりとりするのも、職人にお金を払うのも、何を買って何を売るか決めるのも、みんなあの人。そうじゃなきゃ、あの家の身上《しんしょう》はとっくにつぶれちゃってたでしょう。財産を残してくれた先代のアントニオ氏はすごいお金持ちでかなりのお年だったのに、なんと犂《からすき》を引かせている最中に亡くなったんですよ。それに比べて、オショクジチュー氏ときたら、なにしろ陽気で女好きの遊び人で呑んべえの大食い、度胸も気力もないので知られた男ですからね。長者三代さながら。オショクジチュー氏は結婚が遅かったから、クロリンダさんは落ちぶれちゃった後の残り物にしかありつけなかったんです。オショクジチュー氏のご先祖が買い集めたたくさんのだだっ広い土地ってのはね、昔、教区や修道院が邸宅や財産を差し押さえられた時、善良なキリスト教徒たちが手を出すのを遠慮したのをはした金で買い占めたものだったんですが、それは、もうわずかしか残っていませんでした。かつてのオショクジチュー氏は、フォンタマーラのあたりの土地をほとんどすべて持っていて、あの人に気に入られた村の若い娘たちは奉公に出させられて弄ばれる憂き目を見ました。でも、今ではクロリンダさんがお嫁に来る時に持って来て名義を変えずに自分のものにしておいた土地しかないんです。そして、とにかく尻に敷いておくために、どん百姓の家庭に諍いと不面目をもたらした旦那の最大の悪習に目をつぶっているんだってことは、みんなの知るところです。もう何年も前から主《あるじ》を訪ねて来た人に女中が必ず言う決まり文句も、旦那の商売を一から十まで監督するための女主人の悪知恵なんですよ。

あたしはクロリンダさんに言ってやりました。「今度はあたしらから水まで取り上げようっていうんですか？　あたしらを貧乏にしただけじゃ気が済まないんですか？　物乞いしろとでもいうんですか？」

「水を支配するのは神様ですよ」と言ったのはリモーナです。「今までずっと潤してきた土地から水を取り上げるなんて、許されません。冒瀆じゃないですか。創り主に対する罪です。神様に顔向けできますか?」

　で、あたしらが水の件について説明し終えた時には、クロリンダさんは気でも失いそうに真っ青になっていました。その痩せこけた顔とこわばった顎から、怒りの涙を一生懸命こらえているのが見て取れました。

「あの悪魔の野郎!　あの悪魔の野郎!」って、低い声で独り言のように呟きました。でも、旦那のことじゃなかったんです。

「あの輩は、本当に悪魔と手を結んだんだわ」ってあたしらに言いました。「どんな法があろうがお構いなしなんだから。あと二年もここに居座ったら、私たち、家や土地や木や山ごと生きながらにしてあの輩に喰われてしまうわよ。骨の髄まで吸い取られてしまうだろうよ。私たちみんな、あの輩とあれの地獄銀行によって物乞いにされてしまう。そして、物乞いをして恵んでもらった物まで掻っ払われるよ」

　こうして、恨み辛みの雑言を聞くうちに、あたしらは、フォンタマーラの小川の流れが迂回することになるあのオショクジチュー氏の畑が、一週間前に二束三文で支配人《インプレザーリオ》の手に渡っていて、支配人《インプレザーリオ》はその土地を灌漑された畑にしてから高い値で売るにちがいないってことを知ったんです。

あたしが思わず口にしたのは、「あの男、本当にあたしらのとこにアメリカを見つけたんだわ。どん百姓たちはアメリカに行くのに海を渡らなきゃいけないのに、あの吸血鬼にとっては、ここがもうアメリカなんだわ」

「法は、あの人だって守らなきゃいけないものじゃないの？　神様の定めは、あの人にだって通用するものじゃないの？」そう訊いたのはゾンパの女房です。

あたしは十字を切って言いましたよ。「神様の定めは、悪魔には通用しないよ」って。

「そいつが、今じゃ、首長に任命されて」とクロリンダさんが続けました。「新しい政府は吸血鬼の集団の手に落ちたのよ。呼び名こそ銀行家とか愛国者だけど、旧家の地主に一切敬意を払わない本物の吸血鬼。なにしろね、あの盗賊が首長になってまだ一日しか経っていないのに、もう町役場からタイプライターが二台消えちゃったのよ。あと一ヶ月してごらんなさい、ドアや窓もなくなっちゃうから。清掃夫たちは町のお金で雇われているのに、うち何人かは今朝から支配人《インプレザーリオ》の煉瓦工場で人足として働いているの。みんながお給料を払っている道路監督たちも、あの吸血鬼がうちの主人から奪った土地に水を引くために堀を掘っているし。町の通達係のホーニ・ツミナシ、知ってるでしょ？　あれは、支配人《インプレザーリオ》の女房の召使いになっちゃったわよ。大きな野菜籠を抱えて彼女の後からこうべを垂れて犬みたいについて行くのに、今朝、出会ったわ。でも、こんなのは序の口。見ててごらんなさい、この調子だと、私たちみんなあの吸血鬼にやられちゃうから」

この凄まじい話であたしらの印象に残っているのは一つだけ、古い地主たちにもとうとうツケが回ってきたんだってことでした。白状すると、ちょっぴりいい気味でした。ほら、羊を食らったやつは毛糸を吐き出す、って言うじゃないですか。

「古株の泥棒たちが、ほかにも泥棒がいることに気づいたらしいよ」

あたしらは玄関の外で待っていた村の仲間にそう説明しました。

「また支配人《インプレザーリオ》探しに行かなきゃならないの？　きりがないね」

「毒を食らわば皿までよ」とマリエッタ。「散々した苦労が水の泡、っていうわけにはいかないでしょ」

かくして、あたしらはまたも首長の屋敷に向かう道を戻りました。あんまり歩いたので、聖金曜日に跪いて十字架の道行きする時みたいに膝が痛くなっちゃって。足は焼けそうだし、目は回るし。

途中、フォンタマーラの山羊使いラ・ザッパに出くわしたんですが、あの人も

た。そこで、リンキオーヘン弁護士の見解が求められたんです。

「全能者ですか？　全能者というのはね、そりゃもちろん、全能という形容詞がついた人のことです」

一同がその意見に賛成して、仲直りできました。

そのうち、酔っ払った声でデモシカ司祭が教会の儀式をまねて唱えました。

「パンとサラミと白葡萄酒の名において、アーメン！」

司祭のギャグは大受けで、爆笑です。それからちょっと間をおいて、またデモシカ司祭が教会で使う声色で言いました。「ミサを終了します《イテ・ミッサ・エスト》」

それが宴会お開きのサインでした。

参加した人たちは、習慣に従って排尿するために一緒に庭に下りてきました。

先頭に立ったのは、喘ぐように息をする太ったデモシカ司祭で、首の血管を膨らませて顔は赤紫色、半分閉じた目になんとも幸せそうな笑みを浮かべていました。すっかり酔っ払って千鳥足の司祭は、庭の木に向けて用足ししている間、ひっくり返らな

13　原文名＝don Abbacchio ドン・アッバッキオ

いように頭を木の幹にもたせかけていました。

次に弁護士や薬屋や収税係、郵便局員や公証人、それから、あたしらが知らない連中が続いて、煉瓦の山の裏に用足しに行きました。

そのあと、足元のおぼつかないチッチョーネ弁護士が若者に支えてもらいながら下りてきました。もうぐでんぐでんで、煉瓦の山の裏で、自分が濡らした場所に座り込んでしまうのを見ましたよ。その時、ずっとあたしらのそばで見張りに立っていた女中が、支配人《インプレザーリオ》の到着を知らせました。

あたしはすぐにエプロンの下に持っていたロザリオの繻子をしっかり握って十字を切りました。支配人《インプレザーリオ》は、工員たちと盛んに議論しながら近づいてきました。上着をたたんで腕にかけた仕事着姿で水準器を手に持って、ズボンのポケットからは折りたたみ定規がはみ出し、靴は石灰で真っ白、肩やズボンも石灰と石膏で汚れていました。何者か知らない人が見たら、まさか、いまや地元きっての金持ちで自治体の長だなんて、思いも及ばないでしょう。支配人《インプレザーリオ》は、あたしらに気づきはしたものの、一緒にいる工員たちと怒鳴り声で議論するのをやめませんでした。

あたしらの挨拶には、帽子のつばに指二本触れてそそくさと挨拶を返し、すぐ「時間の無駄は御免だぞ」って釘を刺しました。

「こっちだって同じです。公正な扱いを求めるだけです」とあたしらは言いました。

返事は「そういう話なら、家じゃなくて役所に来なさい」

「役所にはいなかったじゃないですか」あたしは言いましたが、声は震えていました。

「いなかったのは、無駄にできる時間なんぞないからだ」と苛立った声で答えました。

「俺は働くのは好きだが、ぶらつくのは嫌いなんだ」

あたしはロザリオを握って言ってやりました。

「あんたは、あたしらのとこにアメリカを見つけたんだろうけど、自分が来るまでここにはだれも働いている人間がいなかったなんて、勘違いしないでよ」

マリエッタが前に出てあたしらの要求について説明したんですが、支配人《インプレザーリオ》はろくに耳も貸さずに、またついてきた工員たちを罵り始めました。

「馬車引きが注意しないで瓦を割ってばかりいるんだったら、給料は割れた瓦で払ってやろう。なんだって？　先月の給料が欲しいだと？　ふざけるなって言うんだ。俺が逃げるとでも思ってるのか？　景気の悪い時代に仕事をもらえるだけでもありがたいっていうんならまだしも。セメント工が一日十時間も働きたくないだと？　十時間は多すぎるって言うのか？　俺なんか、一日十二時間働いているぞ。雇い主の俺が十二時間働いてるんだ」

あたしは怒鳴ってやりました。「あんたはここにアメリカを見つけたんだろうけど、つけあがっちゃいけないよ。あたしらが貧乏なのは怠け者だからだなんて思わないでよね」

「ロザリーア！」とあの人が、屋敷のほうに向かって名前を呼ぶと、すぐにバルコニーに奥さんが現れました。

「ロザリーア、設計士は計画書を持ってきたか？　あいつ、何を考えてるんだ？　飲み食いさせるために金をやってるとでも思ってんのか？　駅長の請け出しの書類は？なに、持ってこなかった？　あのごろつきめ、カラーブリアに飛ばしてやるぞ。警備隊長は来たのか？　何だって、帰ってもらっただと？　おまえ、なんでだ？　えっ、宴会？　なんの話だ？　ああ、俺の任命の宴会？　悪いが、そんな暇はない。警備隊長をつかまえなきゃならんのだ。客に失礼だって？　ふん、心配せんでもいい。連中のことなら、大丈夫だ。飲み物を出せ。飲み物をたんまり出せば、失礼だなんて思わんよ、あの連中は」

あの人のやり方や話し方は人を萎縮させるんです。あたしらは啞然としながら聞いていました。

あたしは思いましたよ。「この吸血鬼にあと二年ここに居座られたら、本当に身ぐるみ剝がれちゃうわ」って。

ラ・ザッパは、「みんなは、ここで待ってな」ってあたしらに言うとあの人の後を追い、建てかけの家の裏に消えました。あたしらは戻ってくるのを待ちましたが、頭はぼうっとするし、怖いし、なんだか暗示にかけられたような心持ちでした。

そうこうするうちに宴会で泥酔した客たちが邸宅のバルコニーに集まりました。その中でいちばん目立っていたのは、丸い帽子を被って、鼻はスポンジみたいに穴だらけ、耳は福耳、お腹は第三ボタンのステージのリンキオーヘン弁護士でした。あたしらの地元の弁護士さんたちはね、宴会用に特別のズボンをはくことで知られています。アコーディオン式ズボンとか紳士用ズボンとかいう名前なのは、ボタンが一列じゃなくて三列あって、お腹がきつくなったら徐々に腰回りを緩めていけるから。あの人たち、弁護士のズボンは、もちろん、どれも第三ボタンのステージでした。

リンキオーヘン弁護士は、あたしらがいるのに気づくと両手を上げて嬉しそうに挨拶をし、大声で言いました。

「おお、わがフォンタマーラの皆さん、万歳！　どうかしましたか？　何をぶつくさ言っとるんですか？」

「人の苦楽は壁一重、ですよ」って答えたのは、このあたしです。「消化に差し障らなければ、お願いしたいことがあるんですけど」

リンキオーヘン弁護士は、またの名を庶民の味方といって、フォンタマーラの村人たちにはいつも並々ならぬ好意を示してくれていました。あたしらのことを守ってくれる人なんですが、氏について話し始めると愚痴を並べ立てることになっちゃいます。氏はね、前からずっとあたしらの保護者であると同時に破滅の元でもありました。なにせフォンタマーラの争い事はすべて氏の法律事務所の担当なんです。で、ここ四十年ほど、フォンタマーラの鶏と卵はその大半が氏の家の台所に運ばれる運命にありました。

昔、投票できるのは字が読み書きできる人だけだった時分、氏はフォンタマーラに教師を送り込んでどん百姓全員にリンキオーヘン弁護士の名前と苗字の書き方を教えさせたんです。だから、フォンタマーラでは、いつもみんながあの人に投票していました。たとえほかの人のほうがよくたって、あの人の名前しか書けないんだものね。その後、フォンタマーラでは投票できる年齢の人間が死ぬと、町役場じゃなくてリンキオーヘン弁護士に届け出る時代が来て、氏独自のやり方でその人たちが書類の上ではまだ生きていることになり、選挙のたびに投票するようになりました。死人に票ありなんです。で、まだ生きている故人の家族は毎回五リラのお手当をもらうんです。そんな具合で、ロスルドの家じゃ、故人が七人いるから三十五リラ、ゾンパやキョーコーシストやヴィオラの家じゃ、五人だから二十五リラもらってました。うちは二人で（かわいそうなうちの息子たちは、一人がトリポリで戦死して、もう一人は採石場で亡くなったんですが）、本当はお墓にいるんだけど紙の上ではまだ生きていて、選挙のたびに二人ともリンキオーヘン弁護士の忠実な支持者になって、それで毎回、わが家には十リラ支払われていたんです。当然、年とともにこのまだ生きている故人はかなりの数になって、貧しいフォンタマーラの村人にとっては結構な収入でした。あたしらにとっては、骨を折らずにお金が入ってくるし、取られる代わりにもらえる唯一の機会だったんです。

このお得な制度は、庶民の味方が繰り返し言っていたように、民主主義って呼ばれていました。あたしらの故人の確実で忠実な支持のおかげで、リンキオーヘン弁護士の民主主義は選挙のたびに勝利を収めていました。リンキオーヘン弁護士についてはね、本当のことを言うと、こっそりオショクジチュー氏とグルになってあたしらを騙したり、すごくがっかりすることもあったんですけど、でも、あたしらにあの人と縁を切ってほかに守ってくれる人を探す勇気がなかったのは、要するにこの故人との繋がりがあったから、あの人のおかげで故人がまだ完全には死んだことにならないでいるわけだし、時々、一人頭五リラという、大した額じゃないけど、ないよりはましの小さな収入をもたらしてくれていたからです。そういえば、この制度があるために、フォンタマーラには百歳を超える人間が、小さな村落にしてはやけに不釣り合いなくらい大勢いる結果になって、一時期、あたしらの村は有名になったんですよ。土地の水がいいからだと言う人もいれば、空気だと言う人もいるし、貧しさと言わないまでも食事の素朴さがいいんだとかね。リンキオーヘン弁護士に言わせると、周辺の村の肝臓や胃の病気持ち、痛風持ちの金持ちたちには、あたしらの丈夫さと長生きを羨んでいる人間が多いんだとか。ともあれ、あたしらを最も搾取しているオショクジチュー氏と平気でグルになってるのに腹を立てた大勢のどん百姓たちがリンキオーへン弁護士の対立候補に投票し始めても、なにしろ生きている故人の数があまりに増えちゃったものだから、落選する心配はありませんでした。

リンキオーヘン弁護士は、苦々しく皮肉を言うんですよ。生きている人間は裏切っても、故人の聖なる魂はわたしに忠実であり続けてくれるって。

ところが、あたしらの故人のおつとめに対するこの慣例の手当をですね、だれも予想していなかった時に、払ってくれなくなっちゃったんです、それも、もう選挙は廃止されたからっていう、いかにも嘘っぽい理由でね。あたしら、何ヶ月もそれについて議論しましたけど、諦めがつかなくて。だって、あたしらの故人がみんな、突然、何の役にも立たない存在になっちゃって、もう完全に永久に死んだことになっちゃうなんて、どうやって認めろって言うんですか。時々、フォンタマーラの気の毒な未亡人や子どもを亡くした母親でまだ生きている故人のお見舞い金五リラを払ってもらおうとリンキオーヘン弁護士のところへ出かける人がいましたが、あの人は会ってくれることすらしない。あたしらの生きている故人の話が出るたびにかんかんに怒って、門前払いでした。だから、この古い権利をあえて主張するフォンタマーラの人間は、ますます稀な存在になりました。バルディッセーラ将軍が言ってましたよ。どんなに正しかろうが、それを通用させるための学問がなけりゃ、なんにもならないってね。そのバルディッセーラ将軍が、ある日、すごく興奮して役場町からフォンタマーラに戻ってきて、生きている故人の時代が復活したって言い張ったんです。というのも、町で、黒いシャツを着た男たちがこれもまた黒い旗の後について行進しているのを見たって、シャツの胸にも旗にも骸骨マークがついていたから、きっとそうに違いないって。「それ、あたしたちの死んだ家族だった?」と訊いたのは、死んだ家族と五リラの手当のことを考えたマリエッタでした。でも、将軍は、フォンタマーラの人間だとはっきり言える顔は見なかったそうです。

「わがフォンタマーラの皆さん、万歳!」リンキオーヘン弁護士は、支配人《インプレザーリオ》の屋敷のバルコニーからあたしらに向かって叫びました。

その声にあたしら、少なからず元気づけられました。味方がいるって感じたんです。あの古狸を神様が送り込んでくださった天使だと勘違いするほど、あたしら、クタクタで気落ちしていたってことですけどね。

「フォンタマーラのえらい女衆もいることですし、ここで政府のトップにわれわれが送ることにした電報を仕上げたいと思います」

リンキオーヘン弁護士はほかの客たちにそう提案すると、ポケットから紙を一枚取り出して何かちょっと書き直してから大きな声で読み上げました。

地元当局オヨビ民ハ心ヲ一ニシ新首長ノ任命ニ拍手喝采ス

気がつくと、招待客たちはロザリーア夫人に暇乞いのあいさつをして、あたしらのことにも支配人《インプレザーリオ》が戻ってきていないことにもお構いなしに、立ち去ろうとしているじゃありませんか。あたしら、もう、我慢の限界ですよ。で、門の前に並んで、あたしらの問題が解決して小川の流れを変えないって保証してもらうまで、通せんぼすることにしたんです。そうして大声で叫びました。

「貧しい人たちをこんなふうにあしらうなんて、あんたら、恥ずかしいと思いなさいよ。泥棒！　泥棒！　あたしらだってキリスト教徒《おなじにんげん》でしょうが！　今朝からあっちこっち出向いているのに、だれもちゃんと話を聞いてくれない。あんたら、ばちが当たるよ。神様の裁きを受けるだろうよ」

軽はずみなのが二、三人、石を手にとって二階の窓めがけて投げました。ガラスが飛び散って、その割れる音に興奮したほかの人たちも、門の脇に積み重ねられた煉瓦の山に飛びつきました。庭に出て立ち去ろうとしていた酔っ払いたちは、恐れをなして屋敷の中に逃げ込みました。女中は、ほかの窓の鎧戸を閉めるのに大慌て。客たちは、一瞬、パニックに陥りました。

「こりゃ、革命だ！」と叫んだのは、役場の書記です。「警察を呼んで下さい！」

ちょうどその時、あたしらの後ろで支配人《インプレザーリオ》の声がするのが聞こえました。その声は、やけに落ち着いていました。

「俺の煉瓦で何をしようっていうんだね」って、笑いながらあたしらに訊くんです。

「その煉瓦は、俺のもんだ。あんたがたは、たとえ俺を殴り殺すためであっても、そいつを使うことは許されん。そもそも、俺を殴り殺す必要なんかないんだ。あんたがたの望む説明をしてやるためにここにいるんだから」

あたしらは煉瓦を元の場所に戻して、支配人《インプレザーリオ》に言われたとおり屋敷の庭に入りました。一方にはあたしらがいて、反対側には支配人《インプレザーリオ》が酔っ払った客たちに囲まれていましたが、客たちはまだ恐怖から立ち直っていない様子でした。支配人《インプレザーリオ》の落ち着きぶりに、あたしら、びっくりです。

「ありゃ、人間じゃなくて鬼《デーモン》なんじゃない？」あたしの腕にしがみついていたマリア・グラーツィアが囁きました。「ねえ、よく見て。鬼に見えない？」

「かもね。そうでなければ、どうやってこんな場所にアメリカを見つけることができる？　リンキオーヘン弁護士より学があるわけじゃないし、あたしらの男たちよりも働き者ってわけでもないでしょう」とあたし。

「きっと、鬼だわね」とマリア・グラーツィアが繰り返しました。あたしらは、だれにも気づかれないようにこっそり急いで十字を切りました。

マリエッタはみんなの前に出てメダルをつけた胸に手を当てて、高尚な言葉を使いながらフォンタマーラの小川の流れを変えようとした道路工夫たちのいかさまな行ないについて話しました。そして、こう締め括りました。

「神に対する冒瀆ですよ。閣下が工夫たちの横暴を罰して下さることを信じて疑いません」

「もしもそれが横暴であれば、それを鎮圧するすべはこの俺が弁えておるよ。安心したまえ。俺が自治体の長でいる限り、横暴な行為なんぞは起こらん。だが、この件については、気の毒だが、あんたがたに誤解があるようだな。横暴ではないのだよ。おい、書記、君から説明したまえ」

　招待客の間から、びくびくした感じで、明らかに酔っ払っている役場の書記が出てきました。話し始める前にカンカン帽を取りました。

「あの、それはですね、横暴などではございません」書記はどもりながら言いました。「名誉にかけて申し上げますが、そもそも新しい政権のもとでは横暴はもう起こり得ないのであります。横暴なんぞは金輪際ございません。横暴は禁じられた言葉であります。それは、つまりですね、合法的な行為だということであります。それどころか、当局は、フォンタマーラを優遇したのであります」

「優遇」という言葉を言ってから、書記は周りを見回してニヤッとしました。そして、ポケットから紙の束を取り出すと、早口で続けました。

「ここにありますのはですね、フォンタマーラの農民全員の名前が書かれた誓願書でありますす。つまりですね、皆さんのご主人全員の名前、まさに一人の漏れもない全員の名前なのであります。誓願書が政府にお願いしているのは、こうであります。生産の最大利益のために小川の流れを、フォンタマーラの耕作不充分な土地から土地所有者がより多くの資本を投入できる役場町の土地のほうへ移動するようお願い申し上げます、とね。こういうことは、女のみなさんはおわかりになれないかもしれませんが」

書記はさらに何か言い足そうとしましたが、あたしら、すぐに遮りました。あたしらは、前の晩、ペリーノ騎士とかいう人がどうやって白紙にフォンタマーラの人間の名前を書いたか、知っていましたから。

「詐欺！　いかさま！　山師め！」あたしらは抗議しました。「恵まれない人たちを騙すためにあらゆる法律を利用してるんだろ。その誓願書はでっち上げだ！」

支配人《インプレザーリオ》は何か言おうとしましたが、あたしら、言わせませんでした。もう、堪忍袋の緒が切れちゃったんです。

「口先ばかり、もういい加減にしてよ。御託を並べるのは、もうお断り。あんたらの話はいつも人を騙すためのものばっかり。理屈は、もうたくさん。水はあたしらのものなんだから、これからもあたしらのものであり続けるよ。じゃないと、キリスト様の思し召しで屋敷に火がつくよ」

この台詞はあたしらの心境そのものでした。それをなだめたのは、リンキオーヘン弁護士でした。

「彼女たちの言うとおりですよ」と声を張り上げると、仲間たちから離れて、あたしらのほうに来てくれたんです。「一理どころか、十理も百理も千理もある」って言って。

あたしらは、期待に胸を膨らませて、しんと黙りました。リンキオーヘン弁護士があたしらの味方になってくれている。この人がえらい弁護士だということをあたしらは知っていました。弁護士の声にあたしらは、なんとも説明できない幼稚な感動を覚えたんです。なかには涙を隠せずにいる人さえいました。

「彼女たちの言うとおりです」と庶民の味方は続けました。「わたしはこれまでいつも彼女たちの弁護をしてきたし、これからもしますよ。彼女たちが望んでいるのは、要するに何なのか？　大事にしてもらうことでしょう」

「そうです、そうなんです！」とマリエッタが口を挟んで弁護士の手に接吻しに駆け寄りました。

「彼女たちは大事にしてもらいたがっていて、われわれは彼女たちを大事にすべきなんです」リンキオーヘン弁護士は、お偉いさんたちのほうに脅すような恰好で腕を差し出しながらそう続けました。「彼女たちには、われわれに大事にしてもらうだけの価値があるんです。横車を押しているわけではないし、残念ながら法が彼女たちにとって不利なことを知っていて、法に逆らうつもりもない。彼女たちが欲しているのは、首長との友好的な合意です。首長の優しい心に懇願しておるのです。彼女たちの懇願は、自治体の長ではなく慈善家、博愛家に向けられたもの、我らの貧しい地にアメリカを見つけられた方に向けられたものです。合意は可能でしょうか?」

あたしらを弁護するリンキオーヘン弁護士の話が終わったところで、あたしらはお礼を言い、優しい言葉に感謝して手に接吻する人もいました。氏もあたしらの賛辞にご満悦でした。それから、色々な妥協案が提示されました。一つはデモシカ司祭から、もう一つは公証人から、また別に収税係からも出されました。けれども、どれも小川の水の乏しさと畑の水やりを念頭においていなくて不可能な案でした。

支配人《インプレザーリオ》は何も言いませんでした。火の消えた葉巻を口の端に挟んで、ほかの人に喋らせて自分はニヤニヤしていました。

真の解決策を示したのは、リンキオーヘン弁護士でした。

「彼女たちは小川の水半分では畑の灌漑に不充分だと主張しております。半分以上欲しいと、少なくとも彼女たちの願いを解釈すると、そうなると思います。そうすると、可能な妥協案はただ一つだけしかありません。首長には小川の水の四分の三を確保しなければなりませんから、その残りの四分の三をフォンタマーラの村人たちのものにする。そうすれば、どちらも四分の三で、半分よりはやや多いことになります。私のこの提案が首長にかなりの損失をもたらすことは承知しておりますが、そこは何とか、博愛家であり慈善家であるお方のお優しいお心におすがりしたいと思うのであります」

恐怖から立ち直った客たちは、支配人《インプレザーリオ》を取り囲んで、あたしらのために犠牲を払ってくれるようにと懇願しました。支配人《インプレザーリオ》は、相当もったいぶった末、ついに折れました。

紙が一枚、急いで用意されました。あたしはすぐ、こいつはまずいと思ったんです。「何か払わなきゃいけないのなら、あたしは断りますからね」って即座に言いました。すると、支配人《インプレザーリオ》が大きな声で「払うべきものなんか、何もない」と説明しました。「何もない？　ただだってことは、ワナがあるよ」と小声であたしに言ったのは、ゾンパの女房です。

「そんなに払いたいんなら、払えばいいじゃない」って、あたしは言ってやりました。

「目ん玉くり抜かれたって、払うもんか。でも、ただだってことは絶対にワナがある」

「だったら、払えば？」とあたしは言いましたが、彼女は繰り返します。「目ん玉くり抜かれたって、払うもんか」

公証人が合意の言葉を紙にそそくさと記して、支配人《インプレザーリオ》と役場の書記、そして、フォンタマーラの村民の代表としてリンキオーヘン弁護士に署名させました。

それから、あたしらは歩いて家に戻りました。

(実は、あたしらのだれ一人、その合意がどんな中身なのかわかった者はいませんでした)。

「ああ、ただで助かった」マリエッタは連禱のように繰り返していました。「ああ、よかった」

三

その次の日から、道路工夫たちは、二人の武装警備員に守られて支配人《インプレザーリオ》が買い取った土地にわしらの水の一部を送り込むための堀を掘る作業に戻った。だが、一部ってのは、正確にはいったいどれくらいなのか。

フォンタマーラの女たちはみな、自分の家の男に釘を刺した。「あんた、余計な口出しはせんどいてな。警備員とゴタゴタを起こしたりするのは、やめてね。家族が困るようなことしちゃ、だめよ。危ない真似は他所の連中に任せておけばいいんだから」

というわけで、みんな、だれかほかの人間が危ない真似をしてくれるのを待ちながら、毎朝仕事に行く時も毎晩戻ってくる時も、武装警備員のそばは、黙ったまま、それどころか、そっぽを向いて通り過ぎた。だから、危ない真似をするやつが現れることはなかったんだが、わしらの思いは切なくて、夜、家の前で膝の上にのせた皿からスープを食ってる時に話すことと言えば、そのことばかりだった。だって、ほかに何を考えろって言うのさ。

「災いってやつは、いったん始まると、もう、だれにも止められんものだ」わしらは口々にそう言った。「こいつは、まだほんの序の口かもしれん」

なにせ、わしらには学がないから、どうやれば水を四分の三ずつに分けられるのか、わからんのだ。そもそもこの分け方を受け入れた女たちの間でも、それが実際にはどういうことになるのかっていう点では意見が割れておった。水を半分こするんだと主張する者もおれば、フォンタマーラが半分以上、つまり四分の三確保できるんだってというやつもいた。しまいには、ミケーレ・ゾンパが、その四分の三ってのは月の満ち欠けのことだって言いだして、新月から始まって上弦の月、満月、下弦の月までの三期、フォンタマーラの土地を潤してから、その次の満月までを支配人《インプレザーリオ》の土地を潤すんだって、わしらを説得しようとした。

わしらのだれ一人としてこのいかさまを見破れるだけの教育を受けた者がいなかったのは、自分の名前を書くこと以外、ほとんど何にも教わらなかったからだ。かといって、学のある人間に助けを求めるのも、いかさまに加える出費を増やすだけじゃないかと警戒した。そんなわけで、毎晩、家の前に腰を下ろして膝の上にのせた皿からスープを食いながら口にすることと言ったら、この新しい横暴のことばかりだったのは、近所界隈、どこの家でも同じだ。当てずっぽうを言ってみたり、とりとめも他愛もない相変わらずのおしゃべりだがな。騙されているのは確かだが、はて、どんな類のいかさまなのか？　ある晩、バルディッセーラ将軍は、罪もない人間を踏みにじる暴力が法という絶対に的を外さない武器を使って振るわれていることを、乱暴で奇妙な毒舌で罵りまくった。

「おいらが行ってカタをつけてやる」土曜の晩のこと、怒り狂った声で叫び出した。「真実が何か、忘れた輩におれが思い出させに行って来る」とな。

もっとも、将軍の威勢のいい啖呵は実現したためしがなかった。歳のせいばかりじゃない、気が小さいからだ。やっこさん、少年時代に靴屋をしていたフォッサで、没落した老男爵から礼儀作法を習ったのさ、祝日の午後だけ仕える召使いをやりに行ってね。報酬は出なかったが、ただ休みの日の午後、男爵様が散歩に出かける時に恭しく距離を置いてお供をするだけの、ちっとも骨が折れなくて満足感のある任務だった。男爵様は落ちぶれ果てて、使用人を置くどころか、食うのにも困るほどだったんだ。古くてうらぶれた男爵邸の片隅に住んでおったが、持ち出せる家具をすべて債権者たちに差し押さえられてしまい、残っているのは天蓋つきの寝台と肘掛け椅子一脚だけだった。そんなわけで、完全に独りぼっちで不本意な暮らしをしておった。それでも、日曜日の散歩は諦めきれず、かといって一人でするのも家の面子が許さないってんでさ。もう、大昔の話だがね、われらがバルディッセーラは、今でも機会があるごとに落ちぶれた貴族の言ったこと、やったことの思い出話をするんだ。まあ、そいつはしばしば作り話で、そっちのほうが面白かった。わしらは、やっこさんが昔話に大いに慰みを見出しておるのがわかるから、言わせておいたがね。

バルディッセーラ将軍は、そりゃ、とっても貧乏で、多分フォンタマーラ一の貧乏人だったんじゃなかろうか。だけど、人にそうだと知られるのが嫌で、何かと小細工をしては、長年の飢えを隠しておった。たとえば、日曜日には、何かと奇妙な口実にかこつけてフォンタマーラから出かけて行くのさ。そして、夕方になってから、本当はこの上なく素面で腹を空かせておるくせに、まるでぐでんぐでんになるまで飲んで肉を食らったかのように楊枝をくわえて千鳥足で戻って来るんだ。気晴らしに使う金があるかのように見せるためにな。

そして、酔っ払ったふりをしながら、わしらに今は亡き男爵様の債権者だったお偉いさんたちと大胆な議論や喧嘩をしたさまを詳しく話して聞かせるのが好きでね。大見得で歪んだ顔で言うんだ。

「ああ、おまえらに見せてやりたかった、聞かせてやりたかったぜ」

これがすべて芝居だと知っとるのは、昔からの仲間のわしら二、三人だった。わしらは、やっこさんを傷つけて貧乏のどん底の暮らしの中での唯一の楽しみを奪っちまうのが忍びなくて、秘密は黙っておったがね。

水騒動は、デモシカ司祭の来訪という思いがけない名誉ももたらした。ある晩、立派な馬に引かせた二輪馬車で汗をかきかき息を切らしてやって来ると、重要な話があるって言って、わしら村の年寄りたちを数人呼んだんだ。そして、恩着せがましく言った。

「あんたがたのために、こうして無理を押してやって来たんだよ。自分よりもあんたがたのほうが大事だと思うからだ」司祭は、地獄について説教する時の陰気な声でわしらに忠告した。

「後生だから、支配人《インプレザーリオ》と張り合うような真似はよしてくれたまえ。あれは実に恐ろしい人だ。この辺では見かけたことのない種の悪魔《デーモン》だよ。我慢したほうがあんたがたのためだ。あとは、主にお祈りするしかない」

「悪魔に憑かれた人間なら、司祭さん、あんたが祓い清めればいいだろが」とゾンパ爺がすぐに口を挟んだ。

デモシカ司祭は、自分にそんな力はないんだという仕草で答えて説明した。

「悪魔に憑かれた人間なんじゃなくて、多分、悪魔そのものだろう。教会はお手上げだ。こういう神秘は、あんたがたのようにものを知らん連中には理解できないものだ」

「本物の悪魔？」とわしが訊くと、神父は言った。「ああ、多分、悪魔ご本人だろう」

「だって、尻尾も山羊足も生えてないのに？」

「何を言うかね。今はもう、そんな恰好はしないのさ。悪魔《サタナ》は悪賢いんだ」

その一言はわしらには驚きだったが、後になって、神父がフォンタマーラに乗って来た二輪馬車は支配人《インプレザーリオ》のものだと馭者から聞いたとバルドヴィーノに言われて、さらにぶったまげた。司祭まで動かすことのできる悪魔なんて、ほんとにいまだかつて見たことがないものな。わしらのような無学な者には、そんなこと、とうてい理解できんよ。そんなわけで、わしらはみな、悪魔と争う代わりに、ほかの村人を押しのけてでも残されたわずかな水を手に入れることに腐心した。灌漑の季節にはまだ何週間か間があったけれども、いさかい、口論はすぐに始まった。

あの時期、わしらの多くは、日雇いの稼り入れ作業をしにフーチノに行っておった。明け方に起きて、まだ日が昇らないうちフォッサの町の市場の立つ広場に行って、だれかが呼びに来るのを待つんだ。全く情けないよな。昔だったら、こんなふうに広場でだれかに仕事をもらわなきゃいけないのはいちばん貧しいどん百姓だけだったのに、今やみんなが苦しい時代になっちまった。わしら小地主のちっぽけな土地は、抵当に入っていて借金の利息の分ぐらいしか収穫がなかったんだ。わしらも、生き延びるためには日雇いに出るしかなかった。地主や大きな土地を借りているやつらは、日雇いの頭数が増えたのをすぐに利用して日当を下げやがったが、どんなに安くされても飢え死にしないために受け入れざるを得ないどん百姓ってのが必ずおるんだ。なかには、予め日当を決めるよう要求することさえしないで、どんなに微々たるものでも受け入れるやつもおった。どこの畑に行くかにもよるが、フォッサの広場からフーチノまでは十キロから十五キロ、それにフォッサまで距離四キロを足さなきゃならん。そして毎晩、家まで帰るのに同じ距離を辿らにゃならん。夜になると、わしはもう、へとへとで、とても生きてる心地がしなかった。で、うちのかみさんに言うんだ。「明日の朝は、もう起きれんよ。もう、立ってもおられん。このまま死なせてくれよ、なあ、おまえ」

それでも、あくる朝の三時に鶏が声を上げると、息子を起こして、葡萄酒を一杯あおって、驢馬を連れて出かけてた。

フーチノへの行き帰り、水騒動をめぐるフォンタマーラの村人同士のいさかいは、日毎にただならぬ気配を増した。わしとピラトは義兄弟だが、どっちも譲る気がないから関係は険悪になる一方で、どっちも息子を連れて働きに行っておった。顔を合わせても、もう挨拶を交わさないで、喧嘩の避けがたさを確認するかのように睨み合った。

ある朝、息子とフォッサに下りていくと、ちょうどピラトが道路工夫と話していて、あいつがこう言っておるのだ。

「いいですか、大事なのは、うちの豆畑にちゃんと水が来ることです。ほかの連中は、勝手にくたばれってんだ」

そのほかの連中ってのがわしじゃなくて、だれだって言うのかね。わしは「おまえこそ、先にくたばれ」と怒鳴って、鎌を手にやつに飛びかかろうとした。

すぐにベラルド・ヴィオラと工事の警備員が二人駆けつけて、その日の衝突は避けられたがな。ベラルドは、それに次ぐ日も何日か、また同じ事態が起きないようにとフーチノまでついて来てくれた。水騒動をめぐってベラルドが仲裁役になれた理由はしごく簡単、潤ったのも乾いたのも、とにかく土地はもう持ってなくて、ほかのどん百姓たちと衝突するような利害がなかったからさ。親父さんから受け継いだいい土地は、何年も前に喧嘩の後始末とアメリカ行きの切符を買うためにリンキオーヘン弁護士に売っちまったんだ。というのも、兵役中に知り合ってその後たびたびパンを分け合い大事な友だと信じていたフォッサの男に裏切られて、とてつもなく不愉快な思いをしたんで、できればもうフォンタマーラには戻って来ないつもりで移住することを考えたんだ。ベラルドは、フォッサで突然起きた喧嘩でその男の味方をして何人もの相手をこっぴどく殴ってから、友のためにやるべきことをやったことと、ほかの連中には身元を知られずに済んだことに満足してフォンタマーラに戻って来た。ところが、ほかならぬその友が、自分の罪を晴らすためにベラルドの名前を憲兵に言ったのさ。ベラルドはひどく傷ついて、どうやってこの破廉恥な行為を罰したらいいか、数日悩んだ挙句、やっぱりフォッサの男に対する情があって、結局、もう二度とそいつには会わないと心を決めて、この土地を離れて遠くへ行くことにしたんだ。お袋さんがどんなに頼んでも、わしらが助言しても無駄だった。「土地があるのに、なんでアメリカに行っちゃうのさ?」とわしらが言っても、やつは「こんなとこにはもういたくない。空気が鼻につく。おれには合わない」と答えるだけだった。唯一出発を後押ししたのは、リンキオーヘン弁護士だ。繰り返しこう言った。「いつまでもここにいると、おまえさんはきっと刑務所で人生を終えることになるだろう」とな。それで、ベラルドは土地を売って、その金の一部でフォッサで殴った相手を黙らせて、残りで出発の準備をした。ところが、船に乗る前に、(おそらくリンキオーヘン弁護士はすでに知っておった)新しい法律で海外移住が一切できなくなっちまったんだ。フォンタマーラに留まらなきゃならなくなったベラルドは、野放しになった犬さながら自由の身を持て余して、憤慨しながら失ったもののまわりをうろついておった。

でも、そんなあいつを責める者はいなかった。百姓に手放した土地が諦められるかっていうんだ。あの土地はベラルドの親父さんの土地で、ベラルドも十歳の時から汗水流して耕して来たんだ。畑と百姓の間柄ってのは、わしらの地方では、いや、多分よそでも同じだろうが、真剣勝負で、ちょうど夫婦のようなものさ。言ってみれば誓い合う関係だ。金払って買っただけじゃ、自分のものにはならんのだよ。年月かけて、骨折って、汗水流して、はらはら見守りながら、自分のものにするんだ。畑を持ってたら、荒れ模様の夜には眠れんぞ。たとえ死にそうに疲れてたって、畑で何が起こっているかわからんから、眠れんのだ。で、夜が明けるとすぐに見に駆けつける。ほかのやつにそれを取られるのは、たとえ金を払ってもらったとしても、なんていうか、女房を連れ去られるのにちょっと似ておるな。そして、売り渡された後も、土地はかなりの間、元の持ち主の名前を保つんだ。

　要するに、ベラルドの心痛はだれもが理解できた。お袋さんのマリア・ローザは、息子が無駄に終わった犠牲に苦しんでいるのを見て、衝動的な乱暴者なのも知っているものだから、リンキオーヘン弁護士のところに一緒に行って欲しいとわしに頼んできた。鶏一羽と卵を一ダース贈り物として携えて、リンキオーヘン弁護士が現れるとその手に接吻し、前で跪いて懇願した。ある一定の期間、作物の一部を支払いに当てるから、どうか土地を息子に返して欲しい、とね。だが、けんもほろろだった。弁護士は、あの土地を買ったのは作物を作り続けるためではなくて、地下にあるポゾランを採掘するためだと説明した。そして、わしらが帰らないなら憲兵を呼ぶぞと脅しやがった（現に今ではでっかい深い穴があいてて、中にはつるはしと手押し車を持った作業員が何人かおるんだ）。「ベラルドが望むなら、採掘場の日雇いとして雇ってやることはできるかも」と弁護士は妥協案を出した。そんなのは、まさに横暴に嘲笑を加えるも同然さ。で、この件についてては、ベラルドに話した時にも、用心しておくびにも出さないでおいた。

あの採掘場、あのどんどん広く深くなる堀、あのクレーターは、ベラルドの胸中では地獄の谷だった。わしらは言ったよ、「いつか、とんでもないことをしでかすだろう。祖父さんみたいな最期を迎えるだろう」とね。気の毒なお袋さんのマリア・ローザは、なんとか息子を救おうと、コペルティーノの聖ヨゼフに九日間の祈りを捧げるようにこっそり手配して、聖人の前に灯す蠟燭のためにシーツを二枚売ったんだ。

けれども、あとでわかったんだが、ある日突然、ベラルドは弁護士の事務所に姿を現した。やつは、先生は留守だからと言って帰らせようとする召使いを退けると、すべての部屋を探し回って、窓のカーテンの陰に隠れて震えている弁護士を見つけた。そして、とっても落ち着いた声で（それどころか、本人曰く、敬意を込めて）こう言った。「弁護士先生、先生は前に何度も、おれはきっと刑務所で死ぬだろう、って言いましたよね。その時がやって来たとは思いませんか」

弁護士は、自分の首が皮一枚でつながっていることを悟ったはずだ。が、それでも、微笑もうとした。

「なにも、そんなに急がなくたって」としどろもどろに言った。

急いでいたベラルドは説明した。「いい機会ですよ。良心の呵責なく行くには、またとないチャンスです」

「まだ土地のことを考えておるのかね？　どうしてほかの仕事を試してみなかったんだい？」と弁護士。

「どうして鱒は空を飛ばないんですか？　雀が泳がないのは、なぜですか？」と答えてから、ベラルドは脅す調子でつけ加えた。「おれはどん百姓なんだ。だから、土地が要るんだよ」

するど、リンキオーヘン弁護士はこう答えた。「別の土地が、別の種類の土地ならある。どうして、自分でそのことを考えなかったのかね。さあ、座って聞きたまえ。フォンタマーラの上のほうのセルパリ地区なんだが、岩に挟まれた窪みに放牧用の草が生えている市の所有地で、山羊ぐらいにしか役立てられていない土地があるんだ。いい土地でね、耕したいなら、安い値段で市が提供してくれるように世話してやるよ」

こうして、リンキオーヘン弁護士は命拾いした。ベラルドはわずかな金でセルパリの未開拓の小さな土地を手に入れて、再び自分の耕地を持つようになった。けれども、そこを畑にするのは途轍もなく大変で、ベラルドは朝早くと夜遅く、休みの日もそこで働かなきゃならなかった。種を買い、お袋さんと一緒に生活するために、ほかのどん百姓同様、日雇いの仕事も続けざるを得なかったからさ。明け方、わしらが畑に行くために驢馬に荷鞍をつけていると、鋤を肩に載せたベラルドが山から下りてきて後に続くのを目にしたし、夜も食事を済ませた後、わしらが寝るために家に入る時、ベラルドが山道を登っていくのが見えた。

わしらは言ってやったよ、「そんな暮らしをしてると、命取りになるぞ。いくら力があるからって、無理しちゃいかん、命がもたんぞ」とな。

が、ベラルドのやつは笑いながら「山がおれの命をとるか、おれが山の命をとるかだ」

「おい、そんな言い方はするもんじゃない。好きなようにやって構わんが、言葉で山に挑戦するのはやめておけ」とミケーレ・ゾンパが諭した。

でも、まあ、とにかくわしらはベラルドのことを悪くは思えんのだった。やつにも欠点はあって、特に酔っ払うと困り者だったが、誠実な正直者で、かなり運の悪いやつだったから、またちゃんと畑が持てるようになればいいと、わしらは心底祈っておったのさ。だから、わしらの知る限りでは種が蒔かれたことなど未だかつてなかったセルパリにとうもろこしをわんさと蒔いたと聞いた晩には、みんなで喜んでやつのために乾杯したよ。

「山を征服したぜ」と、ベラルドは笑いながら言っておった。が、多分、わしらは早く喜び過ぎたんだな。あるいは、ミケーレが恐れていたとおり、山に挑戦する真似をしておったのかもしれん。

その二ヶ月後に何が起きたかは、周知のとおりだ。年寄りたちの話には似たようなのがあったとはいえ、だれだって、いちばん信じるのは自分の目で見たことだ。あの日のことは、そう簡単には忘れられまい。そして、ある種の出来事は、わずかな言葉で語ったほうがいい。あれこれ考えてみたところで何にもならんものな。三日間、雨が降り続いたのだが、これといった雨量でもなかった。フォンタマーラの上の山の頂上は大きな黒い雲にすっかり覆われて、何が起きているのか、さっぱりわからなかった。が、三日目の明け方、山からセルパリ地区のほうに向かって、まるで山が崩れるかのように、地震のような凄まじい音とともに巨大な鉄砲水がやってきて、飢えた者がスープの皿を平らげるようにベラルドの畑を流し去り、岩の上の土をそっくり剝ぎ取ってとうもろこしの青々とした苗を谷間に撒き散らしちまったんだ。耕された畑の後に残ったのは、馬鹿でかい溝、一種の洞窟、一種のクレーターだった。

この出来事を知らないか忘れてしまった者は、ベラルドのことを悪く考えがちで、やつの運命を祖父さんの最期になぞらえて説明したがる。やつの祖父さんというのは、有名な山賊のヴィオラで、わしらの地方でピエモンテの連中に処刑された最後の山賊だった。確かなのは、ベラルドが生きている間ずっと運命と戦ったこと、どんな不幸が起きても、やつは長くへこたれてはいなかったということだ。

だけど、運命を克服するなんてこと、できるかね？　いちばんまずいのは、あれだ、あれを忘れちゃいけない。鉄砲水が山から下りてきた時、わしらはみんな恐れ慄きはしても驚いた様子の者はなく、その最たる例がベラルドだった。わしらはみな教会の前の広場におって、そのなかにやつもおって、「ほうら、やっぱりな。当然こうだよな」と、やつはそればかり繰り返すのさ。お袋さんは怯えきって、死人みたいな色を失った顔でゴルゴタの丘の聖母マリア様みたいにやつの肩にすがりついておった。やつは山を見ながら繰り返すんだ。「ほうら、やっぱりな。当然こうだよな」

やつの祖父さんのことをまだ覚えている年寄りたちによれば、確かに祖父さん譲りなのはその力だった。背が高くて、樫の木の幹みたいにがっしり逞しくて、牡牛まがいの短い首に四角い頭だ。それなのに、目はやさしくて少年の頃のままなんだ。あれだけ強い男がなんでかと思うほど、いや、笑っちまうぐらい、目と笑顔は少年なんだよ。

やつの弱み、破滅の元は、前にも言ったとおり、友だちだった。友だちを助けるためなら、すべてを放り出すことも厭わなかった。やつのお袋さんが言ってたよ、「爺さんみたいな最期になるとしたら、縛り首で死ななきゃならないとしたら、それは絶対お金のためじゃなくて、友情のせいだ」とな。

なにせ力が強いから、フォンタマーラの若い連中の間では信望が厚くて、とかく父親たちよりも影響力があった。やつがどんなに凄いか、話すと長くなるから、一つだけ、いちばんけったいな例を挙げよう。ある晩、驢馬を担いで、わしらの教会の鐘楼の天辺まで持っていったのさ。でも、多くの場合、やつの力が発揮されるのは、そんな呑気なことのためじゃなかった。何か新たな乱暴沙汰が話題になると、それが本当にベラルドのやったことだったら、自ずと知れた。やつは、役場町がわしらに働く横暴を許しておかなかったのさ。例の驢馬司祭の悪ふざけの仕返しには、フォッサに通じている水道管があちこちで壊された。また、別の時には、国道沿いのセメントでできた距離の標示塔が、半径十五キロにわたってめちゃめちゃに砕かれた。車を運転する連中のための方向や距離の表示も、当初の場所にずっと残っていたためしがなかった。そんな調子だから、フォンタマーラの初めての停電の時も、ベラルドは一言も口にしなかったが、二晩目にはフォッサと近くの町を結ぶ道路の街灯が全部ぶっ壊された。

「お上相手の議論はしない」というのが、ベラルド・ヴィオラの苦い信条だった。やつの説明はこうだ。

「法律ってのは、都会人が作ったものでさ、都会人ばかりの裁判官が適用してさ、都会人ばかりの弁護士が解釈するものなんだ。百姓に勝ち目があるわけないだろ?」

もし、だれかがそれに疑問を挟んで、「だけど、地主が日当を下げたら、それについて話し合うのも、駄目かね?」と訊くと、やつの答えは簡単だった。

「時間の無駄さ。地主と議論する日雇いは、時間を無駄にするだけだ。日当は、どっちにしても下がるんだ。地主が理屈で動いたりするもんか。地主は自分の利益を考えてことを決めるんだ。自分の利益にならないとわかってはじめて日当を下げるのをやめる。どうすればいいのかって? 簡単だよ。畑の草むしりにいく若い者たちの日当が七リラから五リラに下がった。おれの入れ知恵でな、若い者たちは抗議する代わりに草をむしらないでただ土で覆ったのさ。四月の雨の後、地主たちは雑草が麦より大きくなっているのに気がついた。日当を下げてちょっぴり儲けたと思いきや、あと何週間かして収穫って時になったら、その十倍損するだろうよ。刈り取りの日当も下がるだろうな。でも、文句言ったって始まらないぜ。話し合いは無駄。麦を刈り取るやり方は一つだけじゃない、十通りあるぜ。それぞれ日当がちがうんだ。日当が多い? それなら、収穫も多くなるだろう。日当が少ない? じゃあ、収穫も少なくなるだろう」

だれかが「支配人《インプレザーリオ》がおいらの水を横取りしようとしてるけど、話し合わなくていいの？」と尋ねても、やつの答えはいつも同じだった。

「皮なめし工場に火をつけてみろよ、話し合いするまでもなく水を返してくれるさ。それでわからんようなら、材木工場に火をつければいい。それでも足りなけりゃ、煉瓦工場の窯を地雷で噴き飛ばせ。それでもわからん阿呆なら、屋敷を燃やせ、夜、ロザリーア夫人と寝ている時にやるんだ。そうでもしなきゃ、水は取り戻せんだろうよ。何もしないでいると、そのうち支配人《インプレザーリオ》があんたらの娘を連れ去って市場で売り飛ばすなんてことになっちまうぜ。まあ、あいつならそうしてもっともだが、あんたらの娘、いったいいくらになるね？」

これがベラルド・ヴィオラの苦い弁舌だった。

だが、やつがこんなふうに考えていたのは土地を持っていないからで、そのことでは腸《はらわた》が煮えくり返っていたにちがいなかった。やつのは何も失うものを持たぬ者の考え方だ。ほかの連中の事情は異なっていた。土地を失って、季節ごとに日雇いや木こりや炭焼き、左官屋の下働きなどで身を粉にして働くようになって、やつはほかの百姓より一段下の身分に落ちてしまったから、ほかのやつらに自分の真似をしろなんて言う権利は全くなかった。やつがわしらの議論に口を挟むたびに混乱が増したので、年配の者たちは耳を貸さず、反論すらしなくなっておった。例外は、主義主張が正反対で無駄話が好きでたまらないバルディッセーラ将軍だ。一方、奇抜な話や、それ以上に自ら示す手本で、ベラルドはフォンタマーラの若い衆全体の考え方を変えてしまった。

実のところ、わしらの地元にはのらくらしておる若者なんぞはあまりいなかった。昔は、十六を過ぎるとすぐに仕事を探しに出たもんだ。首都のほう、ラツィオ地方に行くやつもおれば、南のプーリアへ向かう者もおったし、もっと大胆なやつはアメリカに行った。多くは許嫁を四年や六年、ひいては十年も置いていって、娘のほうは貞節を誓って、戻ってきてから結婚した。ほかのやつらは、出発前日に結婚して、初夜をともにした翌日には出発、四年や六年、ひいては十年も遠くにおって、戻ってきた時には餓鬼が大きくなっとって、時には、歳の違うやつが何人もおったなんてことさえあった。しかし、移住が禁止されて若い衆が出ていかずフォンタマーラに留まらなければいけなくなって、みんな、仕事が減っちまった。移住が不可能だってことは、借金や抵当漬けの親から受け継いだ土地を守って必要な改良をしたり、死んだ老驢馬を若いのと取り替えたり、豚を一匹買ったり、山羊を二匹買ったり、嫁さんを貰えるように寝台を買ったりするのに要る金を稼いで蓄えるのが無理だってことだ。だけど、やつらは若いから、鬱憤を晴らすのに、文句を言ったり愚痴ったりはしないし、かといって運命の厳しさを覚悟するわけでもない。だから、始終暇を持て余しちゃ集まって、いちばん歳が嵩んでていちばん思慮に欠けるやつの影響下で何かやらかすとか、ろくでもない企みを計画するとかしておった。

冬は、山羊の吐く息で生暖かくなるアントニオ・ラ・ザッパの家畜小屋が連中の好んでたむろする場所だった。そこに行っておったのは、スパヴェンタの息子やデッラ・クローチェやパルンモやラッファエーレ・スカルポーネやジュナンノ・キンヨービやうちの息子やピラトの息子で、何か悪ふざけを計画しようって時にはベラルドがお目見えした。ほかの連中は仲間に入れてもらえなくて、フォンタマーラの娘たちからは、悪戯しよう会って呼ばれておった。悪戯しよう会って名前は、見かけよりも実態に近くて、あとでわかったことだが、この悪餓鬼どもと山羊の間では汚い関係ができとったのだ。こういう場合によくあるように、山羊の持ち主がそのことを知ったのは最後だったから、汚い関係はかなり長く続いてたんだな。だが、アントニオ・ラ・ザッパに山羊を預けていた連中が引き取って、悪戯しよう会は解散になった。餓鬼どもは、教会の裏やオショクジチュー氏の旧邸の瓦礫の間とかマリエッタの居酒屋とか、別の場所に集まって、ベラルドが来るのを待つようになった。やつが現れないと、その日は空振りさ。いると生気が湧いたんだ。お出ましを待つ間、時間潰しに駄弁ったり遊んだりする。やつに誘われると、一言も聞き漏らすまいと口をあんぐり開けて後について行った。

だが、わしら年寄りにとって最も驚きだったのは、三十近いのに、もう若くはないお袋さんに家事をさせざるを得ないでいる、ベラルドみたいな若いやつが、ちっとも嫁さんをもらおうとする気配を見せないことだった。

「あの子を手懐けられる女子《おなご》なんぞおらんのよ」と繰り返すのはお袋さんだった。

「産んだのはこのあたしだもの、あれがどんなか知ってるさ。女子向きの男じゃないんだよ」

わしは反論した。「だけど、ずっとこのままってわけにもいかんだろうが。男には女子が要るよ。あんたが話さなきゃ」

「神様の思し召しじゃないのさ」とお袋さんは悲しそうに諦めた口調で言うんだ。

「それは、もうはっきりしてる。だって、そうじゃなきゃ、どうしてあんなふうに山から鉄砲水が落ちてきたりするかね？」

「空前絶後の出来事じゃあるまいし」とわしは答えるのだった。

が、お袋さんは頑としてこう結論づけた。「神様が、山賊になるのをお望みなのさ。それが、ヴィオラの家の運命なのさ。それは、はっきりしとるね」

マリア・ローザ婆さんは、家の前の石に腰かけて、こう言っておった。家といっても実際には壁は一辺しかない洞窟なんだが、そこに腰かけて一日の大半を、夏は夜もそこで過ごしておった。その洞窟の前で、マリア・ローザは糸を紡いだり、針仕事をしたり、母親にしては珍しい言い方で息子を讃え自慢し、その帰りを待ったりしておった。マリア・ローザは、ベラルドが富で秀でることができない分、せめて不運では抜きん出るのが避けがたいし相応しいんだと考えておったな。

「ヴィオラの家の男たちは家庭には向いてないのさ」マリア・ローザは悲しみと誇りを込めて言うんだ。「シーツの間で寝るようにはできていないのさ。一人の女子のための男じゃないんだよ。九ヶ月お腹にいる間、絶えず蹴っ飛ばされていたんだから。あの子の足蹴で、あたしのお腹はね、青くなっちまってたんだから」

わしがこの件に関わることになったのは、前の年に亡くなったわしの妹のナッザレーナの娘、エルヴィーラがいたからだった。エルヴィーラは、おそらく言葉を交わしたこともないのに、フォンタマーラではベラルドの許嫁だとみなされておった。あの娘《こ》が教会や泉に行く姿を見かけると、ベラルドのやつ、色を失って息を殺し、その胸中疑う余地がないような眼差しで見つめるんだ。このベラルドの熱い視線のことを間もなく女友だちから聞いたエルヴィーラが、抗議もしなければ出かける時間や通る道を変えもしなかったのは、彼女のほうも満更でもないってことだった。二人の間にはほかには何ごとも起こらなかった。だけど、フォンタマーラの村人たちは、二人をいずれ一緒になる仲とみなしていたし、なにせベラルドは村一の力持ちの若者で、エルヴィーラは村でいちばん綺麗な娘だから、ごく自然なことだと考えた。多分、都会にはもっと美しい娘もおるのだろうが、わしらの界隈では久しぶりに見る例だった。美人というより上品で繊細で、背は中ぐらい、優しくて落ち着いた顔だちで、あの娘が大声で笑ったり騒いだり、人前で乱暴な立ち居振る舞いをしたり泣いたりするのは、だれも見たことがなかった。稀に見る謙虚さと慎み深さがあったな。小さな聖母様ってところだろう。あの娘が近づいてくると、だれもが罵詈雑言を控えた。ある日、そのことを忘れていたパルンモの息子が、危ういところでベラルドからこっぴどい目に遭うところだった。女友だちからすぐにその話を聞いたエルヴィーラは、道で若者に声をかけたことなど未だかつてなかったのに、翌日、そのこっぴどい目に遭ったやつに会うと、「わたしのせいです」と謝った。それに加えて、あの娘には嫁に持っていくそこそこの財産があることが知られていた。現金が千リラにシーツや枕カバー、テーブルクロスに衣類や毛布類が一揃い、新しいパン作り用の家具と胡桃材のベッドのサイドテーブルが一組に、すでに購入、支払い済みの真鍮製の寝台の枠組みだ。ベラルドのやつ、いったい、何を待っておるんだ？

ある日、わしはベラルドに言葉を選んでその話をしてやった。洪水の後のことだ。
「だって、土地もないおれが財産のある娘を嫁にもらうなんて、考えられる？」
やつは目に涙を浮かべて、そう答えた。

絶望に満ちて絞り出したようなその言葉に、わしはあえてそれ以上言えなかったさ。エルヴィーラのことを訊くのは、やつを怒らせる確かな方法だった。何も仕事がない冬の夜、年寄りは酒を飲み、若者たちは妻や許嫁とおしゃべりをしている時に、ベラルドはバルディッセーラ将軍と遅くまで、マリエッタの居酒屋が揺れるほどテーブルを拳骨で叩きながら、都会人と百姓のちがいやら、神父の法と支配者の法と習慣の法、この三つの法やらについて議論しておったが、覆すことが不可能な秩序を唱える老将軍の立場はびくともしなかった。そんなわけで、ベラルドはもはやエルヴィーラに執心[14]していないようにも思われた。ところがどっこい、道路監督のフィリッポ・イケメンがエルヴィーラに求婚したことが知れると、ベラルドは怒り狂う闘牛と化した。そいつの家に押しかけたがいなくて、採石場にいるにちがいないと直感したベラルドは、大急ぎでそっちに向かい、砂利の山を測定しているところを不意打ちしたんだ。そして、本当にエルヴィーラに求婚したのか確かめもせずに相手の胸ぐらを掴むと、ほかの作業員が駆けつけるまで雑巾をはたくみたいに砂利の山目がけて十回ほど叩きつけた。

以来、エルヴィーラに求婚する者は現れなくなったが、一方でベラルドは相変わらずあの娘を避けておった。

ある日、うちのかみさんがマリア・ローザに長いこと愚痴ったんだ。すると、婆さん、突然腹を決めた。「会いに行こう」

あたしは、マリア・ローザが洞窟を閉じるのを手伝って、エルヴィーラの家に行く近道、昔の洪水でできた石だらけの狭い道を通りました。床が石畳の大きくて暗い部屋に入ると、一方に暖炉が、もう一方に体が動かなくなったダミアーノ老人の横たわる低い寝台があるのがかろうじて見えました。

「ダミア！　あんた、いったいだれに呪われたの？」マリア・ローザは相手をじっと見てからあからさまにうんざりした顔で叫びました。

あたしらの到来で立ち上がったエルヴィーラがオイルランプを灯すと、暗闇の中からほかの顔や手が浮かび上がりました。やらなきゃいけないことがない人は重い病人がいる家を訪ねて、何時間でも、丸一日だってそこにいる習慣があるのでね。暗い部屋の隅で何人かの女たちが赤ん坊に乳をやったり靴下を編んだりしながら病気や災難や断末魔の話をしていました。エルヴィーラは寝台の脇の座っていた場所に戻ると、お父さんの上に屈んで長い手拭いで後から後から泉みたいに吹き出して流れる顔の汗を拭いてあげていました。

マリア・ローザは、怪訝な顔で訪問に来た女たちを一人一人観察してから繰り返し

14　原文名＝Filippo il Bello フィリッポ・イル・ベッロ

言いました。「ダミア！　あんた、いったいだれに呪われたのさ？」

　暗闇の中からそれに答えた女の声が、今は亡きエルヴィーラのお母さんのナッザレーナが出産の時に見た夢の話をしました。聖母マリア様が「あなたがたにわたしのいちばん美しい鳩をあげましょう。でも、あなたがた夫婦はそのために大きな苦しみを味わうことになるでしょう」っておっしゃったっていう話です。

　そこで、あたしはエルヴィーラを呼び寄せて、マリア・ローザと一緒に気兼ねなく話せるよう、入り口に腰を下ろしました。マリア・ローザがあの娘《こ》を近くで観察してその優しさに触れるのは、おそらくこれが初めてでした。あたしは、婆さんの目がとても気に入ったものを見つけた人みたいにだんだん輝いて、それから突然、感動で潤むのを目にしました。

「わが娘よ」と婆さんは娘の手をとって言いました。「おまえさんは、ヴィオラの家の過去を知ってるかしら。昔からだれにも説明できない変わった運命があってね。ベラルドの祖父さんは縛り首の刑で死んだの」

　あの娘はそれを聞いて真っ青になり、その柔らかな手は婆さんの硬い手の中で震えました。そして、「卑しむべき理由になるとは思われませんが」と呟きました。

婆さんはさらに、「ベラルドの父親はね、ブラジルで亡くなったんだよ。ある土地が買えるまで貯金するようにって、毎月いくらか送ってきてくれてたの。そしてついにその土地が買えたんだけど、その時以来、手紙が来なくなっちゃって、それから死亡通知が届いたのさ。でも、どんなふうに死んだのかはわからずじまい」

「不名誉なことには思われませんが」ってエルヴィーラは言いました。

「ベラルドはね、土地がないのよ」婆さんはつけ足します。「あれは強いよ、人間の強さじゃなくて、牡牛並みの強さなの。あんなに強い男は、フォンタマーラではいまだかつて見たことがないんだよ。その力で驢馬を背負って鐘楼に登ることもできる。でもね、運命には勝てない。あれの運命はとっても悲しいものなのさ」

「うちの運命のほうが恵まれているように見えます?」と、エルヴィーラは寝たきりの親父さんのことをほのめかしながら訊きました。

「おお、そんなにまであの子のことを?」マリア・ローザは呆れ返った人間の声で叫びました。

エルヴィーラは赤くなって、でも、その返事はあたしが予想していたよりも毅然としたものでした。

「ごめんなさい。そのご質問には、息子さんからされた場合にのみお答えします」ただそれを言う声があまりに慎ましくて感動的だったので、マリア・ローザには返す言葉がありませんでした。

「並外れた娘ね」って、あたしは婆さんを家に送っていく道中、言ったんです。「嫁入り支度もよく整ってるのよ。ベラルドにとっては、救いになるかもしれない」ところが、婆さんは怒りを込めて言いました。「いや、破滅の元って言いなよ」でも、あたしはその一言を聞き流しました。マリア・ローザは概して物事を暗く見る質なんで。でも、このことはすべてうちのひとには話したんです。

わしはな、他人のことに首を突っ込むのはちっとも好きじゃないんだが、ダミアーノが寝たきりなものだから、道義上、妹のナッザレーナが残した一人娘のエルヴィーラのことは目をかけてやらんわけにはいかなかった。それで、ある晩、フーチノからいっしょに戻ってくる時、何とかベラルドに話をさせようとしたんだ。

わしは言ってやった。

「エルヴィーラはもうすぐ二十五だ。この辺じゃ、もう年増さ。それに、おまえも

知ってのとおり、親父さんが病気で機織りも染めも手伝ってもらえん。とにかく、エルヴィーラには家の助けや守りに旦那が必要なんだ」

　ベラルドは黙ったままだった。

「おまえが結婚しないんだったら、あの娘には、ほかのやつと結婚する権利があるぞ」

　すると、ベラルドは突然怒りを露わに「その話は、やめてくれ」と、異論を唱えられぬ調子で言った。

　翌日、フーチノへ一緒に行こうと広場でやつを待ったが無駄だった。で、わしのことを怒っているのか確かめるために家に行くと、婆さんが苦しそうに呻いていた。

「ベラルドが正気を失っちまったよ。あれも、祖父さんみたいな最期になるだろう。昨夜は一睡もしないで、二時頃に起きちまって。フーチノに行くにはまだ早いよってあたしが言うと、フーチノには行かんって。どこに行くのかねって訊くと、カンマレーゼに行くって言うんだ。なんでフーチノに仕事があるのにカンマレーゼまで行くのかって訊いたら、あっちのほうが稼げるからだって。いったいいつから稼ぎを気にするようになったのかって訊いたんだけど、パンと玉ねぎを持って何も説明せんで

行っちまったよ」

ベラルドの出発はすぐに村人たちの知るところとなって、みんなを驚かせた。日雇いで食っているどん百姓には、よそでもっと稼げるのなら忙しい時期でも村に留まる義務はないにしても、だ。ところが、その晩、ベラルドが戻って来たのを見た時の驚きはなお大きかった。

わしらは四、五人、マリエッタとバルディッセーラとゾンパの親父と一緒に道の真ん中で、まさにベラルドのことを話しているところだった。きっと、できるだけ早くまた土地を手に入れることにしたんだろうと言っていた。でも、日雇いの稼ぎが食べていくのにやっと足りる状態で、どうするんだろうか、とな。

「人の倍、働くんでしょう」とマリエッタ。「夜、別の仕事を探すのかも」

わしは言った。「体を壊すぞ。土地は手に入るか知らんが、墓地になっちまう」

かといって、エルヴィーラのことを諦めるよう助言する勇気はだれにもなかった。

「歩き回っても、何にもならんよ。何度も植え替えた木が仰山実をつけたためしなんかない」と言ったのは、老ゾンパだ。

やつが突然また現れたのを見たわしらは、出発したたっていう噂が冗談だったのかと

思いかけたが、祝日みたいにシャツを着て帽子を被って脇には包みを抱えているのに気がついた。なんで戻って来たんだろう？

「ローマに行くのに、今じゃ、パスポートが要るんだ」とベラルドが叫んだ。「毎日、新しいことを思いつきやがる」

「なんで？　もうイタリアじゃなくなったのか？」とバルディッセーラが訊いた。

やつの話は、かなり支離滅裂だった。

「駅にいたんだよ。もう切符は買ってあってさ。そこに憲兵の一団が入って来て全員に身分証明書を見せろって言って、何のための旅行か訊き始めたんだ。おれはすぐに本当のことを言ったぜ、カンマレーゼに仕事に行くんだとね。そしたら、よろしい、で、登録証《テッセラ》はあるか？　って訊くんだ。登録証《テッセラ》？　登録証《テッセラ》なしじゃ働けないって。登録証って何のことなのかって訊いても、ちゃんと説明してもらえないんだ。で、切符代を返されて、駅の外に追い出された。そこで、次の駅まで歩いてそこから乗ることを思いついた。でも、切符を買った途端にまた憲兵が二人来てさ。どこに行くのかって訊かれて、カンマレーゼに働きに行くんだって答えて。登録証を出してみろって求められて、おれは、何の登録証？　なんで登録証が関係あるんだって訊いたけど、登録証なしでは働くことはできない。国内移住の新しい規則でそうなっているって言われた。おれは、国内移住でカンマレーゼに行くんじゃなくて、ただ働きに行くだけなんだって一生懸命説明したさ。でも、全く無駄だった。憲兵たちは言うんだ。自分たちは命令を受けているから、登録証がないのにほかの地方で働くために移動する者を汽車に乗せることはできないって。

で、切符代を返されて駅の外に追い出された。だけど、この登録証の話は合点がいかない。居酒屋に入って、そこにいたやつらにこの話をしたんだ。そうしたら、馬車引きの野郎に言われたよ。登録証？　登録証が何なのか、おまえ、それも知らないのかって。戦争中は登録証の話で持ちきりだったぞ、って。それで一日棒に振って、ただいまってわけさ」

ベラルドの話にいちばん衝撃を受けたのはバルディッセーラ将軍で、持っている書類を調べて印刷された紙を一枚取り出した。

「ここにも登録証のことが書いてあるぞ」とひどく心配そうに言った。

現にそこには登録証のことが書かれていた。職人連盟がバルディッセーラ将軍に靴職人の登録証を取得するよう、有無を言わせぬ調子で促していた。

「何週間か前に、エルヴィーラも似たような手紙を受け取ってたわ」とマリエッタがつけ足した。「もう、仕事も自由にできないのね。その職を続けたかったら決まった金を納めて登録証を取得しなければならないって書いてあった」

　フォンタマーラに届いたこの手紙とベラルドが遭遇した事件が同じだったので、わしのなかでは、おそらく悪ふざけだろうという疑惑が湧いた。で、こう言った。

「政府が、靴や染めの仕事に何の関係があるんだ？　何で政府がほかの県に仕事を探しに行くどん百姓と関わるのさ？　政府の連中には、もっとほかに考えなきゃならんことがあるだろう。こいつは、個人の問題だぜ。そんな介入は、戦争の時にしかしないもんだ。今は、戦争しているわけじゃあるまいし」

「おまえに、そんなことがわかるかよ？」と口を挟んだのはバルディッセーラ将軍だった。「今が戦争の最中か、平和なのか、おまえなんかにわかるかってんだ」

　この質問に、一同はギョッとした。

「政府が登録証を義務付けたんなら、戦争をしてるってことさ」バルディッセーラ将軍は陰鬱な口調で続けた。

「戦争？　だって、だれと？」とベラルド。「何も知らずに戦争してるなんてこと、ありうるのか」

「おまえに、そんなこと、わかるかってんだ」将軍はまた繰り返した。「おまえみたいにものを知らん土地のないどん百姓に、何がわかるってんだ。戦争はな、戦うのはどん百姓だが、宣戦布告するのはお偉いさんたちだぜ。この前の戦争が起こった時、だれとの戦争なのか知っとるやつがフォンタマーラにいたかよ？ ピラトはエチオピアのメネリクだって言ってきかなかったし、シンプリチャーノはトルコとだって主張してたさ。ずっと後になってから、敵はトレントとトリエステだけだったってわかったけどな。だれと戦争してるのか、だれにもわからんことだってある。戦争は、とんでもなく複雑なもんだから、どん百姓なんぞにわかるものか。どん百姓には、戦争のほんのちっこい部分が見えるだけさ。たとえば、登録証とか、それでもぶったまげるけどな。都会人には、もっとずっと大きな部分が見える。兵舎だとか、兵器工場だとかだ。王様には国全体が見えるぞ。だけど、ぜぇんぶ見えるのは神様だけさ」

すると、ゾンパ老人が言うんだ。「戦争と伝染病は、政府が発明したものだよ。どん百姓の数を減らすためにな。どうやら、おいらは増え過ぎちまったようだ」

議論を終わらせようとバルディッセーラが訊いた。「で、結局、登録証は取るのか?」

「取るかって? そりゃ、取るよ。でも、金払うのは、はっきり言って、お断りだ」とやつは答えた。

それぞれ言い方には差があっても、とどのつまり、みんなの意見は同じだったと言えるだろう。

あの晩は、戦争についてほかの話もいろいろ出たし、そのことを話題にしなかった家はなかった。

互いに訊いていたのは、「戦争って、いったいだれと?」

でも、それに答えられる者はいなかった。マリエッタの居酒屋の前に座って、バルディッセーラ将軍は訊きにくる相手一人ひとりに辛抱強く答えていた。ご満悦だった。

「だれとの戦争かって? おいらだって、そいつは知らん。説明は書かれておらん。紙に書かれとるのは、登録証代を払わなきゃならんってことだけさ」

「いつも、払うことばっかりだ」それが、どん百姓たちのコメントだった。

すでに生じていたみんなの狼狽は、その翌日、思いがけなくもホーニ・ツミナシがやってきたことで増大した。

もっともな恐怖から何ヶ月も近づこうとしなかったフォンタマーラにツミナシが再び現れたからには、重大な理由があるに違いなかった。やっこさんが自発的にやってくることはあり得ないからだ。居酒屋のところまでくると、あっちからもこっちからも人が出てきたので、やっこさん、パニックに陥っちまった。マリエッタが差し出してくれた腰掛けが間に合って、ひっくり返らずに済んだがな。

「どうも、すいませんね」と蚊の鳴くような声で話し始めた。「そんなに怖がることありません。なぜ、怖がるんですか？　わたしが怖いですか？」

「何なんだ、言え」ベラルドが勇気づけるのとはほど遠い口調で命令した。

「あのですね、おわかり頂きたいんですが、税金の話じゃありません。あらゆる聖人の名にかけてみなさんに誓います。もし、税金だった場合には、神様、わたしの目を見えなくして下さい」

それから、神様がこの件について検討できるように、ちょっと間をおいた。ツミナシの目は、まだ見えていた。

「続けろ」とベラルドが命じた。

「あの、そのですね、みなさんは、ある晩、軍の下士官がここに来たのを覚えてますか？　ペリーノ騎士とかいう人です。そう、覚えている。それは、よかった。助かります。それで、そのペリーノ騎士が上司に報告書を提出して、その中でフォンタマーラが現政権の敵の巣窟だということがわかったって主張したんです。心配しなくても大丈夫、別に何も悪いことじゃありません。ペリーノ騎士は、ここに来た自分のいる前で、現政権や教会に対してなされたある種の話を一言一句報告したんです。そりゃ、もちろん、みなさんの話を誤解したんだってことは、疑うまでもありません。でも、とにかく上の人たちはフォンタマーラに対してある対策を講じることを決めたんです。なに、たいしたことじゃありません、請け合います、なにも払わなくていいんです、本当に何にも。町ではこういうことを重視するけれど、阿呆みたいな話でね、どん百姓なら、真面目な人なら、気にもしないことです」

ツミナシは、フォンタマーラに対して取られることになった対策の全体がどんなものなのかは知らなかった。やっこさんは役場の使い走りで、知っているのは通告を担当する役場の決定だけ。あとのことは知らないし知りたいとも思わなかった。最初の対策は、古い戒厳令をフォンタマーラの村に強制的に復活させることだった。日没の半時間後に捧げるアヴェ・マリアの祈りから一時間経ったら、どん百姓は全員明け方まで外出禁止っていうことだった。

「で、日当は同じか？」ベラルドが興味津々の顔で尋ねた。

「日当？　何の関係があるんですか？」とツミナシ。

「関係あるもなにも、日が昇る前に家を出られないってことは、仕事場のフーチノに着くのは昼のちょっと前ってことになるぜ。二時間働くだけで前と同じ日当がもらえるんだったら、戒厳令万々歳だ」

「水やりは？」と訊いたのはピラトだ。「夜、畑に水撒かなきゃならん時に、おいらがみんな家にいたら、どうなるんだよ？」

ホーニ・ツミナシは唖然とした。

「わたしの言ったことがわかって頂けなかったようですね、そうでないとすれば、すいません、わたしを困らせるために、わからないふりをしてるんでしょうか。みなさんの習慣を変えろなんて、だれが言いました？　みなさんは、どん百姓のままでいて、好きな時に仕事をすればいいんです。だけど、支配人《インプレザーリオ》は首長なのですから、首長として働くのを邪魔することはできません。で、わたしは？　わたしは役場の使い走りですから、使い走りの仕事を邪魔されちゃ困る。支配人《インプレザーリオ》は首長として、ほかの機関から抗議やクレームを受けないように、夜はみなさんは家にいると決めたんです。わたしは使い走りとして、その命令を伝えに来ました。どん百姓のみなさんは、もちろん、お好きなようになさってください」

「法はどうなるんだ?」バルディッセーラ将軍が怒鳴り出した。「そんなことしていたら、法はどうなる? 法なのか、それとも法じゃないのか」

「すみませんがね、おたく、夜、何時に寝ます?」とツミナシは将軍に尋ねた。

「暗くなったら寝るさ」と近眼の靴職人の老人は答えた。

「で、朝は何時に起きるんです?」

「十時。仕事はあんまりないし、体が弱っておってね」

「それは結構。では、おたくを法の執行者、監督に任命します」

わしらはみんな笑ったが、バルディッセーラは浮かない表情で、すでに暗くなりつつあるなか、家に寝に帰った。

ツミナシは、思いがけずみんなを陽気にさせることに成功したので、すっかりご機嫌になり緊張が解けた。煙草に火をつけて吸い始めた。だが、その吸い方が見たこともない吸い方だった。煙を口から出す代わりに、鼻の穴から出すんだが、わしらが知っているように両方の鼻腔からじゃなくて、片方ずつから吹き出すんだ。

みんなをびっくりさせて賞賛の対象になったのをいいことに、首長がフォンタマーラに課した二番目の決定事項について通告した。あらゆる公共の場に「ここでは政治について話すことは禁じられています」って書いた張り紙をしなければならないという。フォンタマーラで公共の場といえば、ただ一つ、マリエッタの居酒屋だけだ。ツミナシは、もしもこの居酒屋で政治的な議論がされた場合、それは女将さんの責任だと見なされると通告する首長の命令書をマリエッタに渡した。

当然、マリエッタは異議を唱えた。「だけど、フォンタマーラには、政治が何だかわかる人なんて、いないわよ。あたしの店で政治の話をしたことのある人なんて、今まで一人もいないってば」

ツミナシはニヤリとして答えた。「でも、ペリーノ騎士はカンカンになって役場町に戻って来たぜ。ここでは、何について話すの?」

「そりゃ、いろんなことよ。物価だとか日当だとか、税金や法律について。今日は、登録証と戦争と移住について議論してた」とマリエッタ。

「だから、そういうことについては、今後は話しちゃいけないっていうのが首長の命令なんだ」そうツミナシは説明した。「別にフォンタマーラだけに特別に出された命令じゃなくて、イタリア全国に出された通達だ。公共の場ではもう税金や賃金や物価や法律について話してはならぬとね」

「あっそう、もう理屈は無用ってことだね」とベラルドが結論づけた。

「そう、そのとおり。えらい、ベラルドはちゃんと理解した」とツミナシは満足げに大声で言った。「もう理屈は言わない、これが首長の決定の意味だ。理屈はもうおしまい。それに、ぶっちゃけた話、理屈が何かの役に立つかね？　腹が減ってる時に理屈が腹の足しになるかい？　こんな無駄なことは、もうやめるんだ」

ベラルドに支持されたのでツミナシは大いにご満悦で、居酒屋に掲示しなきゃならない張り紙をもっとわかりやすくしようというベラルドの提案を受け入れて、わしらのいる前で自ら白い大きな紙にこんな調子で書いた。

首長の命令により、理屈はすべて禁じられています

ベラルドは、居酒屋の正面の高いところにそれを貼るのを買って出た。やつの迎合

ぶりに、わしらはたまげたよ。だが、それでもまだ態度が充分はっきりしていないとでも言わんばかりに、さらにこうつけ足した。

「この表示に手を出すやつは、ただじゃおかんぞ」

ツミナシはやつの手を握って、抱きしめようとした。けれども、ベラルドがすぐにつけ加えた説明で、感激の度合いが冷めた。

「首長が今日出した命令は、おれが前からずっと繰り返し言ってることじゃないか。ご主人様や雇い主に理屈は通用しないってのが、おれの立場さ。どん百姓の災いはすべて理屈、理性をつかって考えることから生まれるんだ。どん百姓は、理屈に頼る驢馬さ。だから、おれたちの人生は、理屈ぬきの（少なくともないふりをしてる）本物の驢馬の百倍もひどいんだよ。理屈のわからん驢馬は、七十キロ、九十キロ、百キロの荷を運ぶ。だけどそれ以上は運ばない。理屈のわからん驢馬は、一定の藁を必要とする。驢馬に雌牛や山羊や馬がくれるものを求めることはできない。どんなに理屈を振り回したって、説得できんよ。どんなに話を聞かせたって、動かんよ。だけど、どん百姓は、理屈で考えるんだよな。それで説得されちまう。食わないように説得されちまうんだ。ご主人様や雇い主に命を差し出すよう説得されちまう。戦争に行くよう説得されちまう。見たこともないくせに、あの世には地獄があるんだって説得されちまう。で、その結果がこれだ。周りを見りゃ、結果が見える」

わしらにとっては、ベラルドが言っていることは、別に新しいことじゃなかった。だが、ホーニ・ツミナシは、恐怖に慄いていた。

「考えたりしないやつは、食わないでいることなんか、受け入れない。食えば働くし、食わなかったら働かないって言う」とベラルドは続けた。「いや、それどころか、そんなこと言いもしない。言うっていうのは考えることだから、自然の赴くままに行動するんだ。考えてみろよ、フーチノを耕している八千人の男たちがさ、考える驢馬、つまり言うことをきかせられる、憲兵や神父や裁判官の脅しにさらされた理屈で説得できる驢馬じゃなくなって、理屈抜きの本物の驢馬になってみろ。トルロニア大公は物乞いする羽目になるかもよ。おい、ツミナシ、おまえ、ここまで来て、もうすぐ暗い道を役場町まで帰るだろ。おれたちがおまえをぶっ殺すのを阻むものがあるか？答えてみろ」

ツミナシはしどろもどろ何か言おうとしたが、言えなかった。雑巾のように血の気が失せていた。

ベラルドは続けた。「それを思いとどまらせるのは、人殺しの結果がどうなるかって考える理屈だ。だがな、ツミナシ、おまえは、今日から首長の命令で理屈はご法度だっていうあの表示を自分の手で書いたんだ。てめえの身の安全をつないでいた糸を自分で切っちまったわけさ」

「ほら、ほら、考えることに反対だって言いながら、こう言っちゃなんだけど、考え過ぎなんだよ」ってツミナシは辛うじてつぶやいた。「今の話はすべて、まさに考えること、理屈じゃないか。驢馬、つまり考えたりしないどん百姓がそんなふうに話すのなんて、聞いたためしがないよ」

わしはベラルドに問うた。「理屈が主人や雇い主にしか利益をもたらさないんだとしたら、どうして首長は理屈を言うのを一切禁じることにしたんだろうか？」

ベラルドは、しばらく黙っていた。それから、こう答えた。

「もう遅い。明日の朝はフーチノに行くから三時に起きなきゃならん。おやすみ」

そして家に帰って行った。

やつとの議論はこういう終わり方をするんだ。やつが話す、何時間でもがなり立てて、説教師みたいに思いつく無茶苦茶なことを反論できないような調子で言うんだ。

で、終わると、だれかが質問して、やつは困った顔して答えないで帰っちまう。

あの晩、ホーニ・ツミナシはフォンタマーラに留まった。ベラルドの脅しのせいか、急に力が抜けちまったのか、マリエッタの居酒屋で夜を過ごすことにした。ついでに言っておくと、初めてのことじゃなかった。わしらはよく言ったものだ。「結婚すればいいのに。なんで結婚しないいんだろう?」となる。

「結婚しちゃったら、英雄の未亡人の手当てをもらえなくなるのよ。法律では、そうなの」これがマリエッタの説明だった。

男どもの中には、そのとおりだと考える者もいた。だが、女たちはそうではなかった。

四

六月の終わり頃、フーチノ問題について新しいローマの政権が決めたことを聞きに行くためにマルシカのどん百姓の代表たちがアヴェッツァーノの大きな集会に召集されるという噂が広まった。

その知らせをもたらしたのはベラルドで、やつの目を見れば期待のほどが知れた。だが、その知らせがわしらにとって衝撃的だったのは、過去の政権がみなフーチノ問題の存在を認めたがらず、選挙が廃止されてからは、それまで頻りに話題にしていたリンキオーヘン弁護士すら、そういう課題があることを忘れておったからだ。ローマに新しい政府があることはだいぶ前から耳にしていた話だったので疑うまでもない。これは、戦争があったこと、そしてまだ続いてることの証しでもあり得た。なぜなら、古い支配者を追い出して新しいのに変えるのは、戦争以外にないからだ。年寄りたちの話によると、わしらの地方じゃそうらしい。ブルボン家がスペイン人に、ピエモンテの連中がブルボン家に取って代わったではないか。だけど、新しい支配者がどこから来た何者なのかは、フォンタマーラではまだはっきりしなかった。

新しい政権を前に哀れなどん百姓が言えるのは、せいぜい「ああ、神様、お慈悲を！」だ。ちょうど夏、でっかい雲が地平線に現れて、それが水をもたらすのか雹を降らすのか決めるのは、どん百姓じゃなくて神様なのと同じことさ。それにしても、新しい政権の代表がどん百姓と直接話したがっているなんて、奇妙だ。わしらは本当かどうか首を傾げておったが、バルディッセーラ将軍は違った。

やっこさんはこう説明した。「古い掟が戻ってくるのさ。どん百姓の掘っ立て小屋と王宮との間に兵舎やら、昔の郡や今の県がまだなかった頃、君主が貧乏人の不平を聞くために、年に一度、貧乏人に扮して市場に出かけて行った頃のな。その後、選挙をやるようになって、君主は貧しい人たちのことが見えなくなっちまった。だけど、噂が本当ならば、これからは、絶対に手放してはならなかった古い掟が戻ってくるんだ」

理由は異なるけれど、同じように期待を抱いていたのはミケーレ・ゾンパだ。

「選挙から生まれる政府ってのは、いつだって、選挙をやる金持ちのいいなりになるものさ。でも、一人だけによる政府なら、金持ちをビビらせることができる。君主とどん百姓の間で嫉妬や競争なんて、あり得るか？　笑っちまうだろ？　だけど、君主とトルロニア大公の間だったら、充分あり得るものな」

　フーチノの土地が分配されることで自分もついに畑が持てるかもしれないという期待が、常日頃、ほかの連中の意見に反論する癖のあったベラルドを思いとどまらせていた。やつはこう考えた。

「政府ってのは、どいつもこいつも泥棒の集まりだ。どん百姓にとっては、政府が一人だけの泥棒からなっているほうが、五百人の泥棒からなっているよりもいいに決まってる。だって、どんなにすごい泥棒だって、一人なら、飢えたちっこい五百人の泥棒よりは、食うものが少ないだろうが。それに、フーチノの土地を新しく分配するんなら、フォンタマーラは権利を主張しなきゃいかん」

　その手の届きそうな可能性に、ベラルドはすっかり興奮して、絶頂感を隠すことも、別の話をすることもできずにいた。

「フーチノの土地は、そりゃ、祝福された土地さ。小麦を一袋蒔けば、十袋採れる。粒が細かくて肥えていて、石ころはないし、平らだし、洪水に遭う心配もない」と繰り返した。

そんなことはだれだって百も承知だった。だが、フォンタマーラの人間、山の住人には、かつての湖の畔の住人としての権利がつねに否定され、そのために干拓された盆地の活用から除外されてきたということも、わしらは知っておった。

「除外されているだって？」とベラルドは乱暴に抗議した。「大工事の最中には、おれたちだってフーチノに行ってたじゃないか」

「日雇いの人足としてだろ、賃借人としてじゃない。日雇いの人足としてなら、王様の庭にだって呼ばれることはあるぜ」と訂正したのはゾンパだ。

ベラルドは脅すような拳を見せて反論する。「人足としておれたちが必要なら、土地を貸してくれることだってできるだろうが、なんでだめなんだよ？」

長年、わしらフォンタマーラの者たちは、その権利を懇願してきたのだが、いつも笑われるだけだった。「おまえらは山の人間だろ、畑が欲しけりゃ、山で探せよ」。その状態は、ある日曜日の朝、地獄のような音とともにトラックがフォンタマーラにやってきて広場の真ん中に止まった時まで続いた。兵隊の恰好をした運転手が降りてきて、音を聞いて近づいてきた者たちに怒鳴りだした。

「アヴェッツァーノに連れて行ってやる。さあ、乗れ」と言ってトラックを指差した。

「いくらだね?」老ゾンパが用心深く尋ねた。

「ただだ」と運転手。「往復、無料だ。さあ、乗った、乗った。遅れて着くのが嫌なら、急げ」

「ただだって?」ゾンパは鼻にしわを寄せて首を振った。

「なんでだい? 払ったほうがいいのか?」

「まさか」とゾンパは慌てて言った。「払うなんて、御免蒙る。だが、ただだってことは、ワナがあるに決まっとる」

運転手はもう相手にしないで、また怒鳴りだした。「さあ、急げ。早い者勝ちだ」

ベラルドが走ってきて、御託を並べることもなく、それどころか、だれも目にしたことがないほどの陽気さでトラックに飛び乗った。その態度に、躊躇していたほかの者たちも意を決めた。それにしても、行かなきゃならないのはだれなのか? たまたままだ村におったどん百姓は十人ほどで、ほかの連中はすでに野良に出ておった。夏は日曜日とはいえ、忙しければ、教会も働くのを許してくれたからだ。まあ、六月の末には収穫が始まることを考慮しなかったといって新しい政府を責めるわけにもいくまい。収穫の季節がいつかなんて、政府のあずかり知るところじゃないだろうからな。

もっとも、日当一日分が惜しいからって、わしらにも恩恵をもたらすフーチノ問題解決の場に行かないなんて、馬鹿げとる。

突然、わしらの間に古来の希望が甦ってきた。肥えた実り豊かないい土地、リンキオーヘン弁護士が、特に選挙前になると頻りに話題にした土地。「フーチノはそれを耕す者のものでなければならない」ってのが、リンキオーヘン弁護士の決まり文句だった。フーチノは、トルロニア大公や名ばかりの賃借人や金持ちの百姓、弁護士その他の自由業者から取り上げて、それを耕し実りをもたらす者たち、つまりどん百姓に与えるべきなんだ、とな。だから、アヴェッツァーノで、まさにその日に、フーチノの新たな分配が実現して、今度こそフォンタマーラのどん百姓たちにもその仲間入りをさせようと政府がわざわざトラックをよこしたんだと思うと、乗り込む時のわしらは興奮しきっておった。まだフォンタマーラにおった数少ないどん百姓たちは、ほかの説明を求めることもなくトラックに飛び乗った。顔ぶれは、ベラルド・ヴィオラ、アントニオ・ラ・ザッパ、デッラ・クローチェ、バルドヴィーノ、センプリーチョ、ジャコッベ、ピラトとその息子、カポラーレ、スカモルツァ、そしてわしだった。せめてシャツを着替えてくることができればよかったのだが、運転手が急げと怒鳴ってたので、しょうがない。ところが、いざ出発という時になって、やっこさん、わしらに訊くのだ。

「団旗は？」

「ダンキ？」とわしらは訊き返した。

「百姓の各団体は絶対に団旗を持ってこなきゃいけないって、指示が出ているぞ」と運転手はつけ足した。

「ダンキって、すいません、何ですか？」困ったわしらは訊いたさ。

「ダンキってのは、旗だよ」運転手は笑いながら説明してくれた。

わしらは、よりにもよってフーチノ問題を解決するはずの晴れの場で、新しい政府の手前、体裁悪い真似はしたくなかった。そこで、教会の鍵を預かっているテオフィロが思いついた聖ロッコの幟を持って行こうという提案に賛成した。で、あいつがスカモルツァの助けを借りて教会に幟を取りに行ったのだが、聖ロッコと聖人の傷を舐めている犬の絵が描かれた白と水色の巨大な布に長さ十メートルもの竿がついているのを苦労しながら運んで来たのを見ると、運転手はそれをトラックに載せるのに反対した。でも、フォンタマーラにほかの旗はないし、ベラルドが言い張ったので、運転手は折れて幟を載せるのを許可してくれた。

「こりゃ、愉快なことになるぞ」と言いながら。

走っているトラックの上でそれをまっすぐ立てておくのは容易ではなくて、三人ずつ交代で持たなければならなかった。旗というよりも、嵐に弄ばれる船の帆柱《マスト》みたいだった。どうやら遠くからでも目立つらしくて、畑のあちこちで働いているどん百姓たちが驚きの仕草をし、女たちは跪いて十字を切るのが見えた。

トラックは、相次ぐカーブにもお構いなしに猛烈なスピードで突き進み、わしらは仔牛の群れさながら互いに激しくぶつかり合ったが、それでも笑っておった。めったに体験できない速さも、わしらの遠出を特別な冒険のように感じさせてくれたが、最後のカーブで突如、目の前にフーチノの平野が現れた時には、感動で息ができなくなったさ。フーチノが今までとはちがって約束された土地に見えたんだ。すると、ベラルドは一人で幟を握り、歓喜のあまりこみ上げてきた普段以上の力でそれを持ち上げ、聖なる巡礼と慈悲深い犬の絵をふりかざした。

「土地だ、土地だ」まるではじめて見るかのごとく大声で叫んだ。

が、平野に下りて最初の町に入ろうとした時、運転手が脅すように言った。

「さあ、頌歌を歌え」

「何の頌歌？」わしらは戸惑って訊いた。

「集落を通り過ぎるたびに、百姓は熱狂の証しとして頌歌を歌うことって指示を受けてるんだよ」それが運転手の答えだった。

だけど、わしらは頌歌なんぞ一つも知らないし、一方、道が平野に差し掛かってからは、同じ方向に行くほかのどん百姓を載せたトラックや地主の二輪馬車や自動車、オートバイ、自転車の列に加わった。わしらの聖人を描いた白と水色の巨大な幟は、連中にまず驚きを、次いで止まらない馬鹿笑いを巻き起こした。ほかの連中がはためかせていたのは、ハンカチほどの大きさの黒い旗で、四本の骨に囲まれた頭骸骨、ちょうど電信柱に「死の危険」っていう表示と一緒に描かれている頭骸骨の絵が真ん中にあるものだった。とにかく、わしらのに比べてちっとも見栄えのしない旗だった。

「あれ、生きている故人？」と、バルドヴィーノが死の旗を持った黒い男たちを指して訊いた。「リンキオーヘン弁護士に買い取られた魂かね？」

「政府に買い取られた魂さ」とベラルドが説明した。

幟のせいで、アヴェッツァーノに入る時にひと騒ぎ起こった。道のど真ん中でわしらを待ち構えていた黒シャツの若者の集団に、すぐに幟を渡すよう命令されたのだ。わしらは、ほかの旗がないので、拒否した。わしらのトラックの運転手は止まるように命じられて、若者らに無理やり幟を取り上げられそうになった。けれども、道中浴びた冷やかしに腹を立てておったわしらは、力ずくで対抗し、その若者らの着ていた黒シャツは、道の埃で灰色になっちまった。

トラックは、怒鳴り声をあげる大勢の人たちに囲まれた。その中には黒シャツの若者も大勢いたが、フォンタマーラ近隣の村のどん百姓たちもたくさんおって、わしらの顔を見ると大声で挨拶した。わしらは、トラックの上で幟を取り囲んで立ち、これ以上の屈辱は許すまいと決めて黙っておった。すると、突然、人混みの中から、太ったデモシカ司祭が汗を流し息を切らしながら何人かの憲兵と一緒に現れるのが見えたので、わしらはみな、てっきり神父として聖ロッコを守ってくれるものだと信じて疑わなかった。ところがどっこい、その反対だった。

「謝肉祭だとでも思っておるのかね？」司祭はわしらを罵り始めた。「せっかくの教会と政府当局の合意を台無しにするつもりかね？　あんたがたフォンタマーラの連中は、いつになったら挑発や悪ふざけを止めるのかね？」

わしらは、何も言わずに黒シャツの若者たちが幟を奪うのに任せた。いちばん最初に抵抗をやめたのはベラルドだった。司祭が聖ロッコを否定するなら、なんでわしらが、フーチノの権利を棒に振る危険を冒してまでそれに義理立てせにゃならんのだ？

わしらは大きな広場に連れて行かれて、裁判所の裏の日陰のいい場所を充てがわれた。ほかのどん百姓の集団も広場の周りの建物沿いの場所を指定された。その集団と集団の間には憲兵隊がいた。自転車に乗った憲兵の連絡係があらゆる方向に向けて広場を横切っておった。新たにトラックが到着するたびにどん百姓は降りるように命じられ、憲兵に伴われて広場の予め決められた場所に連れて行かれた。盛大な祭りの準備か何かのようだった。ある時点で広場を馬に乗った士官が横切った。ベラルドにはその馬がすばらしく思われた。わしらは恍惚としてすべてに見とれておった。

その直後、連絡係が現れてパトロール隊に命令を通告した。わしらはベラルドに促されてその敏捷な動きのすばらしさに目を見張った。

パトロール隊から憲兵が一人抜けてどん百姓たちに命令を伝えた。命令は、「地面に座ってもよろしい」だった。

わしらは地面に腰を下ろした。腰を下ろしたまま、およそ一時間が過ぎた。一時間待ったところで新しい連絡係が激しい興奮を巻き起こした。広場の片隅にお偉いさんの一行が現れたのだ。憲兵たちはわしらに命令した。

「さあ、起立しろ。そして大きな声で叫ぶんだ。首長殿万歳！　正直なお役人殿万歳！　横領したりしないお役人殿万歳！　って言え」

　わしらは即起立して、言われたとおりに叫んだ。「首長殿万歳！　正直なお役人殿万歳！　横領したりしないお役人殿万歳！」

　横領したりしないお役人たちのなかでわしらの顔見知りはただ一人、支配人《インプレザーリオ》だった。横領したりしないお役人たちが立ち去ると、憲兵の許可を得てわしらはまた腰を下ろすことができた。ベラルドは、儀式がのろいと感じ始めた。

「で、土地は？」やつは大きな声で憲兵に訊いた。「いつになったら、土地の話をするんだ？」

　何分かして、別の連絡係がより激しい興奮を広場に巻き起こした。憲兵が命じた。

「起立、起立。もっと大きな声で叫ぶんだ、知事殿万歳！」

　ピカピカの車に乗った知事が通り過ぎてから、憲兵の許しが出てわしらはまた腰を下ろした。

が、座った途端にまた憲兵に立たされた。

「これ以上は出ないくらいの声で叫べ。大臣殿万歳！　だ」と言われた。

と同時に四台の自転車に付き添われたどでかい自動車が現れて、わしらがこれ以上出ないくらいの声で「大臣殿万歳！」と叫ぶなか、あっという間に通り過ぎた。

それから、憲兵の許しが出てわしらはもう一度地面に腰を下ろした。パトロール隊は食事のために交代した。わしらは合切袋を開いて家から持ってきたパンを食い始めた。

「もうすぐ大臣に呼ばれるぞ」ベラルドは時折、わしらを安心させるように言った。

「今、おいらの件について調べてるから、もうすぐ呼ばれるだろうよ。急いで食っちまおう」

ところが、二時頃にまた同じ芝居を繰り返すことになった。まず大臣が通って、それから知事、次いで横領したりしないお役人が通って行った。そのたびに、わしらは立ち上がって、熱狂的に振る舞い叫び声を上げさせられるのだった。

そして最後に憲兵たちに言われた。

「さあ、解散だ。帰ってよろしい」

憲兵たちは、わしらに別の言葉で説明せざるを得なかった。

「祝典は終わったんだ。帰ってもいいし、アヴェッツァーノの町を見物してもよろしい。しかし、時間は一時間。一時間したら、出発しなきゃいかんぞ」

「えっ、でも、大臣は？　フーチノ問題は？」とわしらは驚いて訊き返した。なのに、だれも相手にしてくれないんだ。でも、わしらは何も解決しないで、何が起きたのかもわからないまま帰るわけにはいかなかった。

「みんな、おれの後について来てくれ」とベラルドが言ったが、それは、二回ほど刑務所にいた経験からアヴェッツァーノの町を知っていたからだ。

やつの声色は変わっていた。

「また刑務所行きになるかもしれんけど、わけのわからんまま入ることはできねぇ。おれの後について来てくれ」

わしらは旗で飾られた建物の玄関の前にたどり着いた。

「大臣と話したいんですけど」とベラルドは玄関の警備をしている憲兵に向かってぶっきらぼうに言った。

あたかもベラルドの一言が神様を呪う言葉であったかのように、憲兵はやつに飛びかかって玄関の中へ連れ込もうとした。だが、わしらがやつにしがみついたので騒ぎになった。建物の中から大勢の人が出て来て、その中にはリンキオーヘン弁護士もいて、明らかに酔っ払い、アコーディオン式ズボンは第三ステージだった。やっこさんは大声で言った。

「わがフォンタマーラの諸君に対する失礼は許さんぞ。わがフォンタマーラの諸君は、丁重に扱ってくれたまえ」

わしらは憲兵たちから解き放たれて、リンキオーヘン弁護士はわしらのところにやってくると一人一人抱き抱えて接吻した。特に愛想がよかったのは、ベラルドに対してだった。

「大臣殿と話がしたいんです」とわしらは、庶民の味方に頼んだ。

「残念ながら、大臣殿はすでに出発された。急用ができて、わかるだろう？　国家の用事でね」

ベラルドはそれを容赦なく遮った。「フーチノ問題がどんなふうに解決されたのか知りたいんですよ」

リンキオーヘン弁護士は憲兵の一人に言って封地管理の担当局にわしらを連れて行

かせた。そこにいた職員は、フーチノ問題がどのように解決されたか、かなり辛抱強く説明してくれた。

「新しい政府は、フーチノ問題を検討してくれたんですか？」とベラルドが質問した。

「はい、みんなが満足する形になりました」職員は作り笑いを浮かべて答えた。

「なぜ、話し合いにおれたちを呼んでくれなかったんです？　どうして、広場にいなきゃならなかったんですか？　おれたちだって、キリスト教徒《おなじにんげん》じゃないか」とピラトが抗議した。

「大臣は、一万人もの人相手に話すことなんかできませんよ。大臣は、あんたがたの代表と話し合いました。無茶は言わんでくださいよ」

「わしらの代表って、だれですか？」とわしが訊いた。

「ペリーノ騎士ですよ、軍の下士官の」というのが答えだった。

「で、土地はどんなふうに分割されることになったんですか？　フォンタマーラの人間に割り当てられるのは、どのくらい？　分配はいつになるんですか？」とベラルドは苛立った調子で問いただした。

「土地の分割はありませんよ」と職員。「それどころか、大臣とどん百姓の代表は、できるだけ小規模な賃借人をなくそうと決めたんです。連中の多くは従軍した過去にあやかって土地をもらいましたが、それは不当なので」

「そりゃそうだ」ベラルドは不躾に遮って言った。「戦争に行ったことがあるからって、土地の耕し方を心得とることにはならん。要は、土地を耕すことだ。フーチノは、それを耕す者にっていうのがリンキオーヘン弁護士の原則だ。フォンタマーラの……」

「それは、大臣も賛成している原理です」と職員はいかさまの笑みを浮かべつつ話を続けた。「フーチノは、それを耕す者に。フーチノは、それを耕す手段を持つ者もしくは耕させることのできる者に。言い換えれば、フーチノは充分な資本を持つ者に。フーチノは、ちっぽけな小規模賃借人を追っ払って金持ちの農民に与えられねばならないってことです。大規模な手段、機材を持っていない者にはフーチノの土地を借りる権利がない。ほかに説明してほしいこと、ありますか?」

やっこさんは、まるでわしらがいま何時か尋ねでもしたかのように、およそ無関心な態度で説明しやがった。その面は赤カブみたいに無表情だった。

「すべて、明らかだ」とわしらは答えた。

すべてが明らかだった。道は煌々と照らされていた。もう時間は遅かったけれど、通りはまるで昼間みたいに明るかった（すべてが明らかだった）。だけど、なんでこうなんだ？　わしは首をひねった。アヴェッツァーノの町は、まるで今にも狂いだしそうな世界さながら奇怪に見えた。目にするのは、カフェや食堂で歌ったり踊ったり、意味もない馬鹿なことを怒鳴ったり、度を超えて情けなくなるような陽気さで楽しんだりしている連中で、わしは起こったことが現実なんだと信じるのにひどく苦労して、みんな冗談であんなふうにやってるのか、それとも気がつかないうちにいかれちまったのか、どっちだろうかと考えた。

「町のやつらはいい気なもんだ」とベラルドが言った。「町のやつらは陽気だぜ。どん百姓なんか糞食らえで、飲んだり食ったりさ」

わしらの前を節に合わせて卑猥なジェスチャーをしながら歌う酔っ払った若者の集団が通っていく。歌詞はこうだ。

俺のあの毛とおまえのあの毛が
はっ、はっ、はっ、

犬の引く台車に乗った腕も足もない一人の男が、物乞いをしようと素早く通行人に近づいた。

最初の集団に続いて来た集団には、わしらが着いた時に聖ロッコの幟を取り上げた黒シャツの若者たちがいた。わしらがいるのに気づくとすぐに大声で「聖ロッコなんぞ糞食らえ」と怒鳴って強烈な音を鳴らした。それから手を繋ぐと、わしらをぐるりと取り囲んで飛び回りながら、愛をもじった淫らな仕草をしながら下品な歌を歌った。

俺の足とお前の足が
はっ、はっ、はっ、

わしらはやらせておいた。もう反応する気力のある者はいなかった。もう何がなんだかわからなかったのだ。ただぼうっとしてひどく気落ちしておった。

若者たちは離れていった。

「おめえら、馬鹿すぎて、ちっとも面白くねぇ」

やつらの陽気さはおぞましかった。堪りかねたベラルドがその中のだれかをひっ捕まえて思い知らせてやろうと近づいた。

「今はだめだ。今は」とわしがその腕を摑んですがるように言った。「そんなことしたら、おまえ、おしまいだぞ。憲兵が大勢いるのが、見えんのか」

わしらはその時になってフォンタマーラに戻るトラックのことを思い出し、帰りの待ち合わせの場所だと運転手から言われた車庫に向かった。

「おまえらのトラックは、とっくに行っちまったさ」と自動車工がわしらに大声で言った。「なんで遅れたんだ?」

それから、わしらを馬鹿であると同時に横柄だと罵り始めた。けれども、わしらは、歩いてフォンタマーラまで坂を登らなければならないと考えると、どんなに侮辱されても、もうどうでもよくなるほど気が滅入った。まるで犬のいなくなった羊の群れみたいに車庫の門の横に突っ立っておった。

しばらく前からわしらの後ろを歩いていた紳士がわしらのほうに近づいて来た。いい身なりで髪と口ひげが赤く顎に傷跡があったのを覚えておる。

「みなさんは、フォンタマーラの人たちですね?」とわしらに訊いた。「当局がみなさんのことを恐れているの、知っていますか？　当局は、みなさんが新政権に反対だってことを知っています」

わしらは、勝手に言わせておいた。それどころじゃなかったのだ。その人は話を続けた。

「でも、みなさんが正しいんです。抵抗するのはいいことですよ。このままではやってられませんものね。さあ、一緒に来て下さい。ゆっくり話しましょう」

その紳士は人気のない道を進んだ。羊たるわしらは、その後について行った。わしらの後からは、工員とも学生ともつかない青年がついて来て、何かわしらに言うことでもあるかのように二、三回わしらに向かって微笑んだ。赤毛の紳士は、ぽつんと建つだれもいない居酒屋に入って行った。わしらも後に続いた。わしらの後ろにいた青年は、ちょっと躊躇してから中に入り少し離れた場所に座った。

赤毛の紳士は葡萄酒を注文して、怪訝な目で青年を観察した。それから、低い声で路上で中断した話の続きを始めた。

「このままではやってられません。どん百姓の不満は頂点に達しています。しかしながら、みなさんはものを知らない。みなさんを指導する学問のある人間が必要です。

リンキオーヘン弁護士は、みなさんのことをとても親愛を込めて話してくれました。彼はみなさんのことをとても大事に思っていますが、用心深くて危ない橋は渡ろうとしない。もし、私が役に立てるなら、みなさんの力になりますよ。もし、何か計画があって、助言が必要ならね。おわかりですか？」

わしらの力になりたいと言うその得体の知れぬ紳士の振る舞いは、あの時のわしらの心境になければ、だれだって胡散臭く思っただろう。あんなふうに都会人がわしらに向かって打ち解けて話すのは初めてだった。わしらは言わせておいた。

「私にはみなさんの気持ちがわかるんです。目を見るだけでわかりますよ」と続けた。「憲兵たちは一時間以内にアヴェッツァーノを発つように言いましたが、みなさんはまだここにいる。そりゃ、そうでしょう。当局に対して何か一発やりたいんでしょう。明らかです、否定できませんよ。で、なぜ私がここにいるのかって？　私がここにいるのは、みなさんに力を貸すため、助言をするため、みなさんのために犠牲になるためです。おわかりですか？」

本当を言うと、わしらにはわからなかった。ピラトが何か言おうとしたが、ベラルドが黙っているように合図した。その見知らぬ人はさらに言った。

「よろしい。私も政府の敵なんです。みなさんはおそらくこう言うでしょう。そう、自分たちは当局に対して一発やるつもりだが、手段がない、武器がないんだって。そんなの簡単です。至極簡単。これほど簡単なことはありません」

わしらはまだ一言も口をきいていなかったが、その都会人は一人で話を進めた。問いを投げかけ、それに自分で答えた。

「みなさんはこう言うかもしれません。言うのは簡単だけど、実行に移すのは難しいってね。ここで十五分待っていてくれれば、みなさんが必要としているものを持って来て、使い方を説明してあげます。本当かどうかって？　私のことを信じてくれないんですか？　では、待っていて下さい」

そう言うと立ち上がって、わしら一人一人と握手をし、注文した葡萄酒代を払って出て行った。

その姿が見えなくなるや否や、近くに座っていた青年が寄って来て言った。

「あれは警察官なんです。扇動者。用心して下さい。何か爆発物を持って来て、みんなを逮捕させるでしょう。戻ってくる前にいなくなったほうがいい」

わしらは、扇動者に会わないように畑を通ってアヴェッツァーノを離れた。だが、用心するように言った青年も、わしらと別れる気配はなく後ろで何かわけのわからぬ話を呟き続けた。それを煩く思ったベラルドが二度ほどついて来るなと命じた挙句に、胸ぐらを摑んで溝に投げ込んでしまった。

わしらは、その日の朝、トラックで聖ロッコの幟を風にはためかせ希望に胸を膨らませて来た道を、喉はカラカラ、腹はペコペコ、心は暗澹たる思いで歩いて戻った。

フォンタマーラに着いたのは真夜中に近く、どんな風体だったかは想像に任せよう。それでも、収穫が始まっていたので、野良に出るため朝の三時にはすでにまた起きておった。

五

支配人《インプレザーリオ》がお金も払わずに自分のものにした羊の通り道に、自治体は木の柵をこしらえさせました。

この柵で、何世紀もの間みんなのものだった土地をだれかがわがものにできるなんて、信じられずにいたどん百姓たちのおしゃべりにけりが着くはずでした。ところが、議論は止みませんでした。ある晩、その柵が燃えたんです。

「木が乾き過ぎていたんだよな」ってベラルドが説明しました。「日光で燃えちまったのさ」

「月光で、って言わなくちゃ。夜、燃えたんだから」って、あたしは訂正しましたけどね。

支配人《インプレザーリオ》は自治体のお金でもう一度柵を作らせて、武装させた市の清掃夫を見張りに立たせました。この世が創造されて以来、戦争やら侵略やら羊飼いやら狼やら山賊の喧嘩やら、ありとあらゆるものを見て来た羊の通り道が、はたして清掃夫に恐れをなすものでしょうかね？

　それが、清掃夫がいるところでまた燃えちゃいまして。地面から火が出て何分も経たないうちに広がって柵が全部燃えちゃったのを、その人はちゃんと見たんですよ。奇跡を目にした者の義務として、清掃夫はその出来事をまずデモシカ司祭に、それから、聞きたがる人たちみんなに話しましたし、デモシカ司祭は、柵の火事は超自然のなせる業であるにちがいないけれど、悪魔の仕業だと断定しました。あたしらは、なぁんだ、悪魔って、聞いていたほど悪いやつじゃないんだわって思いましたね。でも、お上の面子を保たなきゃならない支配人《インプレザーリオ》は、悪魔を逮捕することができないものだから、清掃夫を牢屋にぶち込んじゃいました。

　悪魔と支配人《インプレザーリオ》と、どっちが勝つんだろうかって、あたしらは考えました（みんな反支配人《インプレザーリオ》でしたけど、おおっぴらに悪魔の側についたのはベラルドだけでした）。

　ある日、だんだん暗くなっていくなか、教会の前の広場でフーチノから男たちが戻って来るのを待つ間、あたしら女たちで話してたのはこのことです。あたしと一緒にいたのは、マリア・グラーツィアとチャンマルーガとフィロメーナ・カスターニャ、レッキウタにカンナロッツォのところの娘で、いつものように広場の谷に面した側の縁壁に腰を下ろしてました。すでに闇に沈んだ平野のほうを見ていました。フォンタマーラの下の谷は、国道の埃の線で二つに分かれていて、人っ子一人いなくて静かに見えました。平野から丘の上に大きなカーブを描きながらフォンタマーラに登って来る道もまた、人影がなくて静かに見えました。収穫期には労働時間が決まっていないので、うちらの男たちの帰りは遅くなりそうでした。広場の片隅では、最近旦那を亡くした喪服姿のマリア・クリスティーナが、自分の畑で採れたわずかな小麦を籠に入れて両腕で高いところから風に晒して落とし、籾がらと実をふるい分けていたのを覚えています。

それから間もなく何が起ころうかなんて、だれに想像できたでしょう。いつもするような話をしてたんです。

「豆にやる水がなかったら、この冬は男たちに何を食べさせたらいいの？」って言ったのはあたしです。フィロメーナは、「とうもろこしがなくて、小麦を全部食べなきゃならなくなったら、秋には何を蒔けばいいの？」って。

「これまでだって、災難はたくさんあったけど過ぎ去ったように、神様の思し召しがあれば、これだって過ぎ去るさ」

レッキウタは楽観的にそう言いました。「こんな調子じゃ、とてもじゃないけどやっていけないって、いったい今までに何度言った？　でも、やってこられたじゃん」

広場の隅っこでは、子どもたちが保安官ごっこをしてました。保安官はまさか歩いて移動したりしない、馬が要るっていうんで、女の子が一人ずつ馬になっていました。そのうち黄昏が来て、蛍が現れ始めました。女の子が一人（マリア・クリスティーナの娘だったと思います）あたしのところに来て、蛍が煉獄で飢えている魂にあげるパンのために小麦を探しに来るって本当かって訊いたんです。開いた手のひらには小麦がいく粒かのっていました。

そうこうしているうちに、すぐには気がつかなかったんですが、静けさの中に単調で規則的な音が忍び込んできました。最初は蜜蜂の羽音のようだったのが、じきに脱穀機のような音になって、谷間から上がって来るのだけど、何の音なのかよくわからないんです。脱穀機は見当たらないし、麦打ち場も空っぽのようだし。そもそも脱穀機は収穫の終わり頃にならないと谷を登って来ません。突然、その音がよりはっきり聞こえるようになって、平野からこっちへ登って来る最初のカーブに人がたくさん乗ったトラックが一台現れたんです。そのすぐ後にもう一台、それからまたもう一台。トラックが五台フォンタマーラにやって来ました。そしてすぐにまた一台現れて、全部で十台？　十五台？　十二台かしら？　カンナロッツォの娘は百台だって叫んでいたけど、あの娘《こ》は数を数えることできないからね。最初のトラックがすでにフォンタマーラの入り口の最後のカーブに来ても、最後尾のはまだ丘の麓にいたんですよ。あんなにたくさんのトラック、見たことがありませんでした。あたしらのだれもあんなにたくさんトラックが存在するなんて、想像したことさえありませんでした。

　あまりにたくさんの自動車の聞いたこともない騒音にぎょっとして、フォンタマーラのみんなが教会の前の広場に集まったんです、女や子どもや野良に行かなかった年寄りたちですけどね。フォンタマーラめざしてたくさんの自動車が思いがけなく突然、現れたことについて、みんなそれぞれちがった解釈をしてました。

「巡礼よ」とすっかり興奮したマリエッタが叫びました。「今の金持ちの巡礼は、歩いてじゃなくて車でお参りするのね。あたしたちの聖ロッコのところにお参りに来たんでしょう」

「でも、今日は聖ロッコの日じゃないけど」ってあたしは言いました。

一方、兵役で都会にいたことのあるチポッラが繰り返し言うには、「自動車レースさ。だれがいちばん走れるか、競走するんだ。都会じゃ、毎日、自動車を運転する者同士の競走がある」

トラックの音はますます大きくなって怖いくらいでした。それにトラックに乗った男たちの野蛮な叫びが加わりました。パンという乾いた銃声に次いで教会の大窓のガラスが落ちる音がして、あたしらの好奇心は恐怖に変わってしまいました。

「あたしらを狙って撃ってる、教会に向かって撃ってる」と叫び出しました。

「逃げろ、逃げるんだ」ってバルディッセーラがあたしら女たちに怒鳴りました。

「撃って来るから、逃げろ」

「でも、撃ってるのはだれ？　どうして撃つの？　どうして、あたしたちに向かって撃つの？」

「戦争なんだよ、戦争、戦争さ」バルディッセーラはすっかり気持ちを高ぶらせて言いました。

「でも、なんで戦争なの？　どうして、あたしたちに戦争しかけるのよ？」

バルディッセーラは繰り返します。「戦争さ。理由は神のみぞ知る。とにかく戦争だ」

「戦争なら、戦争についての連禱をあげなくちゃ」そう言って寺男のテオフィロが「平和の女王《レジーナパーチス》よ、我らのために祈り給え《オーラプロノービス》」と祈り始めたちょうどその時、二発目の銃弾が飛んできて教会のファサードを貫いて、下にいたあたしらは漆喰まみれになっちゃいました。

　連禱は中断されました。起こっていることすべてにおよそ意味がありませんでした。戦争？　でも、どうして戦争？　ジュディッタは痙攣の発作が起きちゃって。あたしらは彼女を囲んでやけを起こした山羊の群れみたいでした。みんな口々に支離滅裂なことを叫んでいました。バルディッセーラ一人だけが動じない深刻な声で繰り返していました。

「どうしようもない、戦争なんだから。運命だとしか言いようがない。戦争はやって来る時は、いつもこうだ」

　ベラルドのお母さんのマリア・ローザが、もっともなことを言いました。

「教会の鐘を鳴らそう。村が危険にさらされた時には、鐘を鳴らさなきゃいかん。いつもそうしてきた」

しかし、テオフィロはあまりに怯えていて立っていられない有様でした。で、あたしに鍵を渡してくれたんです。あたしは、ちょうどその時、広場に駆けつけたエルヴィーラと一緒に警鐘を鳴らそうと鐘楼に登りました。ところが、鐘のすぐそばまで来た時、エルヴィーラにためらいがちに訊かれました。

「ねえ、女に対する戦争って、これまでにあった?」

「聞いたことないけど」とあたしは答えました。

「でしょ? あの連中はあたしたちと戦うためじゃなくて、男たちのために来るのよ。警鐘を鳴らすのはよしたほうがいいわ。鳴らしたら、遠くにいる男たちが火事かと思って飛んで帰って来て、今押し寄せて来る連中と衝突するでしょう」

エルヴィーラはきっとベラルドのことを考えていたんですね。あたしは、うちの旦那と息子のことを思いました。それで、鐘には触れずに鐘楼に留まりました。

鐘楼の高いところからはフォンタマーラの入り口にトラックが止まって、そこからすごく大勢の銃を手に武装した男たちが降りてくるのが見えました。一つのグループがトラックのそばに残って、ほかの連中は教会のほうに向かって来ました。

あたしらの下では、フォンタマーラの女たち、子どもたちと年寄りが連禱を唱え終えて厄除けの祈りが始まっていました。寺男のテオフィロが震える声で祈りを唱え、ほかのみんなが声を揃えてそれに応えます。「主よ《リベラ》、我らを《ノス》救い給え《ドミネ》」エルヴィーラとあたしも鐘楼の上で跪いて、低い声で「主よ《リベラ》、我らを《ノス》救い給え《ドミネ》」って応唱していました。何ごとが起ころうとしているのか、だれにもわかりませんでした。テオフィロが思いつく限りの悪魔祓いを連ねて、あたしらはそれぞれ「主よ、我らを救い給え」を加えていたんです。

すべての悪より《アブォムニマロ》、主よ《リベラ》、我らを《ノス》救い給え《ドミネ》。
すべての罪より《アブオムニペッカート》、主よ《リベラ》、我らを《ノス》救い給え《ドミネ》。
お怒りより《アブィーラトゥア》、主よ《リベラ》、我らを《ノス》救い給え《ドミネ》。
不測の急死より《アスビタネアエトインプロヴィザモルテ》、主よ《リベラ》、我らを《ノス》救い給え《ドミネ》。
悪魔のわなより《アスピリトゥフォルニカショニス》、主よ《リベラ》、我らを《ノス》救い給え《ドミネ》。

どんなひどいことが起ころうとしていたのかなんて、だれにも想像できませんでした。テオフィロの厄払いの祈りがコレラ、飢え、戦争に対するところまで来たところで、武装した男たちの列が大声を上げ武器を宙で振り回しながら広場になだれ込んできたんです。その数とやら、あたしらは信じられず絶句しました。あたしとエルヴィーラは本能的に、こちらからは見えるけど向こうから見えないようにと鐘楼の隅っこに身を引きました。

武装した男たちは二百人ぐらいだったでしょうか。それぞれ短銃のほかにベルトに短剣を差していました。みんな死人の仮面をつけていました。あたしが知ってたのは、農地の警備員と道路工夫のフィリッポ・イケメンだけでしたが、ほかの連中も初めて見る顔じゃないし、遠いところから来たんじゃないんです。一部は見るからにどん百姓、土地がなくて地主らのところに働きに行って、稼ぎが少ないから盗みと牢屋で食い繋いでいるどん百姓たち。一部は、後ではっきりわかったんですが、市場で見かける類の仲買人や食堂の皿洗いとか、床屋とか、どこかの家に雇われている御者や道で楽器を弾く連中とか。ものぐさで昼間は度胸のない人たち。地主たちにはペコペコするけど、無罪放免になるなら貧しい人たちには悪事を働く人たち。良心の咎めなんて感じない人たち。かつては選挙の時にリンキオーヘン弁護士のことをあたしたちのところに頼みに来ていたのが、今度は、銃を手にあたしたちに戦争を仕掛けに来たんです。家族も名誉も信仰もない人たち、ヤクザな連中、貧しいけど貧しい者の敵なんです。

先頭を歩いていたのは国旗の三色の布のたすきをお腹に巻いた背の低い太った男で、その横ではフィリッポ・イケメンが偉そうにそっくりかえってました。

三色たすきの小男が寺男のテオフィロに質問しました。「何、言ってるんだ?」

「平和を懇願しているんです」って教会の男は怯えながら答えました。

「平和なら、俺がくれてやる」太っちょは笑いながらそう言うと、フィリッポ・イケメンに合図をしました。

道路工夫はテオフィロに近づくとちょっと躊躇してから平手打ちを一発食わせました。

テオフィロは片手を打たれた頰へ持っていき、周りを見回してからおずおずと訊きました。「どうして?」

「腰抜け、腰抜け野郎」三色腹の小男は罵り始めました。「なんでやり返さない?とんだ腰抜け野郎だ」

けれども、テオフィロは、とにかく面食らって、何も言わずにじっとしていました。

でか腹の男は、その場にいた女子どもや年寄り、体のきかない者たちの群れの中に、挑発していい結果が得られるようなタイプを見つけることはできませんでした。ちょっとフィリッポと相談してから、軽蔑を露わにこう言ったんです。「話にならん」そして群衆に向かって金切り声で命令しました。「全員、家に戻れ」

広場からフォンタマーラの人間がすっかりいなくなると、小男は黒い男たちに向かって命じました。

「五人ずつ各戸を回れ。隅々まで調べてあらゆる武器を差し押さえろ。男たちが戻ってこないうちに急げ」

あっという間に広場は空っぽになりました。あたりはもう暗くなっていました。でも、あたしらの隠れていた場所からは、五人ずつの小隊が路地から暗い家の中に消えていくのが見えました。

「電気がないところで捜索するのは難しいだろうね」ってあたしは言いました。

「父さんが寝ていてきっと怖い思いをする。わたし、家に帰って明かりをつけたほうがいいわ」エルヴィーラは鐘楼から降りる支度をしながら言いました。

「だめだめ、ここにいなさい。おまえの父さんを痛めつけるような真似はしないよ」ってあたしは言ったのです。

「何の武器を探してるのかしら?」とエルヴィーラは訊きました。「わたしたちのとこには銃なんてないのにね。ベラルドが野良に出ていてよかったわ」

「剪定用の刃物や鎌をかっさらって行くんだろう。あたしらのとこには、ほかに武器なんてないもの」あたしは、そんなことぐらいしか言えませんでした。

　ところが、突然、鐘楼の隣の家に住んでいたマリア・グラーツィアの叫びに次いで、フィロメーナ・カスターニャとカッラチーナの絶叫、もう少し離れた家々からの悲鳴と家具がひっくり返り椅子やガラスが壊れる音が聞こえてきて、あのゴロツキどもが探している武器がどんなものなのかがわかったんです。

　マリア・グラーツィアはまるで殺されかけている動物みたいな叫び声を上げていました。開き放たれた扉の向こうに雑然と見えたのは、五人の男が一人のかわいそうな女に獰猛に飛びかかるさまでした。あの娘《こ》は何度か逃げかけて扉のところまで来たのだけど、引っ張り戻されちゃって、足と肩を摑まれ地面に叩きつけられて動けないようにされて、着ていた物をすべて剝がれて、うち一人が穢せるようにあとの四人の男たちに両腕と両足を広げたまま押さえつけられて。マリア・グラーツィアは虐殺される動物みたいに喘いでました。最初の男の暴行が終わると、次のが来て責め苦がまた始まって。ついにはあの娘も抵抗するのをやめて、呻きがあまりに弱くなってあたしらのところまでは聞こえなくなってしまいました。

エルヴィーラは、あたしの横でこの一部始終を見たんです。どうやってそれを阻むことができたでしょう？　すべて、あたしらの目の前で、ほんのわずかしか離れていないところで起きたんです。あの娘、あたしにぴったり両腕で首の周りにしがみついて、かわいそうに、痙攣が起きたみたいに身体中が震えていました。鐘楼全体、あたしらの足元の地面ごと揺れているみたいでした。あたしは、エルヴィーラが落っこちないように一生懸命踏ん張ってました。木の階段を滑り落ちでもしたら、武装した男たちに気づかれて隠れているのが見つかってしまうから。エルヴィーラは、両目を大きく見開いてじっと瞬きもせずに、五人の男たちが去ったあとにマリア・グラーツィアの無残な体が横たわっている部屋を見つめていました。あたしは、一瞬、あの娘が正気を失っちゃいはしないか、怖くなりました。で、亡くなった人にするみたいに手であの娘の瞼を閉じてやったんです。その後、急にあたしも力が抜けちゃって、立っていられなくなって暗闇の中で二人一緒にしゃがみ込んでしまいました。

あの恐ろしい夜のことは、今、できる限りお話ししたことのほかは覚えていません。時として、あの晩目の前で起きたこと、今、お話ししたこと以外は、人生のすべての知識と記憶がなくなっちゃったように感じることがあります。残りのことは、その気があれば、うちの人がお話しできます。

これらのことはすべて、フーチノから戻って来る途中だったわしらには知りようもなかった。せめて教会の鐘が鳴っておればなぁ。わしらは帰り道、フォンタマーラの者同士で落ち合い、その中にはベラルドもおった。わしらのすぐ後ろにもほかの連中が歩いておった。村の入り口でトラックの長い列と兵隊の集団に出くわした時、ベラルドが言った。「きっと柵のことだろ。支配人《インプレザーリオ》が柵を燃やしたのはフォンタマーラの人間だって考えたんだろう。なんで、そんな突拍子もないこと、考えたりするんだろうね」

トラックの番をしていた兵士の中にはベラルドを個人的に知り恐れている者もおって、戻って来たのを見てすごく慌てやがったが、なぜフォンタマーラに来たのかは説明しようとしなかった。もしかすると、やつらだって正確には知らなかったのかもしれん。わしらはただ待つようにとだけ言われて、どん百姓の第二弾が到着すると、いっしょに村の中の広場まで連れて行かれて、そこには、道路工夫のフィリッポ・イケメンを助手にし、でかい腹に三色のたすきを巻いたちっこい野郎の指揮のもと、ほかの兵士たちが方陣を組んでおった。

方陣の真ん中には、なんと、バルディッセーラと寺男のテオフィロとチポッラとブラチョーラ老人と仕立て屋のアナクレートと、ほかにもだれか野良に出てなかったやつらが、戦争捕虜みたいに諦めたような真っ青な顔で黙ってじっとしておるのがちらりと見えて、びっくりした。

「何事だ?」とベラルドが訊いたが、だれも答えなかった。

わしらが到着すると、その方陣が開いて、中に入ると、また閉じられた。ベラルドは、笑うべきか憤慨すべきか迷っている様子でわしのほうを見ておった。わしらは戻って来る前に何が起こったのか、バルディッセーラから聞き出そうとした。やつはわしのところに来て耳元でこう囁いた。「前代未聞の出来事だ」それからベラルドに近づいて耳元で同じ言葉を繰り返した。そして、ほかの連中の耳元でも同じ言葉を呟いた。「前代未聞、いまだかつて見たこともない出来事だ」そう言われても何だかよくわからないのだが、確かなのは尋常じゃないということ、なにせ、これまではどんなに深刻なことが起きても、バルディッセーラはいつだって必ず過去の出来事と比較することができたのだから。自分にもわからないと告白したのは、これが初めてだった。

仕事帰りの第三弾を中に入れるため、方陣がまた開いた。その中には、ピラト、ロスルド、ミケーレ・ゾンパ、テストーネ、ウリーヴァ、ガスパローネとほかにも何人かの若いのがおった。こいつらは、ことの原因がわしらにあるかのような目でこっちを見ておったが、かくも大勢の武器を持った男たちを前にして、やつらさえ抗議を躊躇した。

「変なことって、一度起き始めると、だれにも止められんな」とゾンパがわしに言った。

わしはベラルドに念を押した。後生だから、落ち着いておれ、何も言わんように、みんなを面倒に巻き込んだりしないように、どうしても我慢できないんなら、こんなに鉄砲だらけのところじゃなくて、後で一人でやるように、とな。

遅れて戻って来てわしらの仲間に加わった連中のうちには、マリア・グラーツィアの許婚もおった。何が起きているのかはだれにもわからなかった。だれも口を利かなかった。それぞれほかのやつのほうを見ておった。それぞれ、何かしらの理由でお上と関わる羽目になっとるんだってことはわかって、他人よりまずい立場には陥らないようにしておった。みんな、心配だったのは自分のことだ。時折、だれかが新たに加わった。その太っちょのちび野郎がいったい何を考えているのか、なかなか想像できなかった。全員刑務所にしょっ引かれるんだろうか？　まさかいくらなんでもそんなこと、そもそも実際問題として不可能だ。わしらの村の広場で足止めを食わされる程度なら、みな我慢できたが、全員を役場町まで引っ張っていって牢屋に入れるには、ここにいる武器を持った男たちだけじゃ足りるまい。

だいたい黒シャツを着たこの男たちは、わしらの顔見知りだった。夜にならなきゃ、来る度胸すらないやつらだ。おおかたは酒臭くって、近くでじっと睨むと、まともにこっちを見返すことすらできないんだ。やつらも貧乏人さ。ただし、特別な種類の貧乏人、土地もなければ手に職もないか何でも屋、まあ、どっちも同じことだが、とにかくきつい仕事はやりたがらない。気弱で腰抜け過ぎて金持ちやお上にはたてつけないものだから、ほかの貧乏人やどん百姓や賃借人や小土地所有者相手の盗みや横暴に目をつぶってもらおうと、そいつらにへつらうんだ。昼間、道で顔を合わせるとぺこぺこしやがるくせに、夜や集団だと悪どくて凶悪な裏切り者になる。やつらは、これまでいつもお偉いさんの言いなりだったし、これからだってずっとそうだろう。だが、そいつらを特別な軍隊にまとめて、特別な制服を着せて特別な武装をさせるってのは、最近の新しい傾向だ。いわゆるファシストってのは、やつらのことだ。やつらが横暴に振る舞えたのには、ほかにも理由があった。わしらの一人ひとりは、体力で言えば、やつらの少なくとも三人分に匹敵した。だが、わしらの間に何か共有するもの、結びつきがあっただろうか？　わしらは同じ広場にいて、みんなフォンタマーラ生まれだった。わしらどん百姓に共通するのはその点だけで、ほかには何もなかったのだ。それ以外は、みんな自分のことで頭がいっぱいだった。どうやったらこの武装した連中の方陣から自分ひとりだけでも抜け出せるか。わしらはみんな家長だったから、自分の家族のことを考えておった。そうじゃなかったのは、おそらくベラルドだけだが、あいつには土地も女房もないからな。

そうこうしているうちに遅くなった。ベラルドが脅すような調子で怒鳴った。「さあ、早くしてくれんかね？」

でかい腹のちび野郎はその声の調子にぎくりとして、言った。

「これから、テストを始める」

「テスト？　何のテスト？　おれたち、学校にでもいるのかよ」

方陣の内側に一メートル幅の通路ができて、その両側にでかい腹のちび野郎とフィリッポ・イケメンが立った。羊飼いが羊の乳を搾る時、柵の中でやるのと同じだ。

かくしてテストが始まった。

最初に呼ばれたのは、寺男のテオフィロだった。

「だれに万歳だ？」三色たすきのちび野郎がだしぬけに質問した。

テオフィロは、呆気にとられた。

「だれに万歳だ？」と、当局の代表は苛立った調子で繰り返した。

テオフィロは、助言を求めるかのように怯えた顔でわしらのほうを見たが、わしらも皆、やつ同様、何を言っていいのかわからなかった。あわれな相手が答えそうにないのを見て、ちび野郎は大きな台帳を手にしたフィリッポ・イケメンに向かって命令した。

「こいつの名前の横に書け、頑冥」

テオフィロはいささか打ちのめされた様子で立ち去った。二番目に呼ばれたのは、仕立て屋のアナクレートだった。

「だれに万歳だ？」でか腹が訊いた。

考える時間があったアナクレートは、「マリア様に万歳」と答えた。

「どのマリア様だ？」とフィリッポ・イケメンが訊いた。

アナクレートはちょっと考えてから、迷い、それからはっきりさせた。

「ロレートのマリア様」

ちび野郎は、蔑むような声で道路工夫に命じた。「頑冥と書け」

アナクレートは立ち去る代わりに、ロレートじゃなくてポンペイの聖母様に変えてもいいと主張した。が、邪険に追い払われてしまった。三番目に呼ばれたのは、ブラチョーラ老人だった。やつも答えの準備ができていたので、「聖ロッコ様、万歳！」と叫んだ。

ところが、ちび野郎は、この答えにも満足せず、道路工夫に命じた。

「頑冥と書くんだ」

四人目はチポッラだった。

「だれに万歳か?」との問いに、やつはあえて問い返した。「どういう意味でですか?」

「思うままを正直に言えばよろしい。だれに万歳するんだ?」とちび野郎。

「パンと葡萄酒に万歳!」というのがチポッラの正直な答えだった。

これもまたガンメーと記録された。わしらはみな自分の番が来るのを待っていたが、お上の代表が、このだれに万歳するんだという変てこな質問にわしらからどんな答えを期待しているのかは、とんと見当がつかなかった。

わしらの最大の心配事はもちろん、答えが間違っていた場合に何か払わされるんじゃないかということだった。ガンメーという言葉が何を意味するのか知る者は一人もいなかったが、どうせ「払わなければならない」みたいなことにちがいない。要するに、また新しい税金を課す口実なんだ。わし自身は、わしらの中で一番学があって礼儀を弁えとるバルディッセーラに近づいて、答えを教えてもらおうとした。が、やっこさん、哀れむような目でニヤッとするだけで、自分はちゃんと心得ているが、教えてやるわけにはいかんといったふうだった。

「だれに万歳だ?」と法のちっこい番人がバルディッセーラに問うた。

年老いた靴職人は帽子を脱ぐと大声で言った。

「マルゲリータ女王様、万歳！」

が、反応は、バルディッセーラが期待していたものではなかった。兵士たちは爆笑し、ちび野郎はこう言った。

「もう亡くなってるんだぞ。マルゲリータ女王はすでにお亡くなりになっている」

「お亡くなりになっただって？」バルディッセーラは悲しみに打ちひしがれていた。

「そんなばかな」

「書け」とちび野郎は冷笑を浮かべつつフィリッポ・イケメンに言った。「憲法かぶれ」

バルディッセーラは、相次ぐ理不尽な出来事に首を振り振り立ち去った。その次は、ベラルドに入れ知恵をしてもらったアントニオ・ラ・ザッパで、こう叫んだ。「泥棒ども、くたばれ」

黒い男たちの間で、個人的な攻撃でも受けたかのような異議の声が広がった。でか腹がフィリッポ・イケメンに言った。「無政府主義者と書け」

ラ・ザッパは笑いながら立ち去って、それからスパヴェンタの番になった。

「放浪者《バガボンド》ども、くたばれ」とスパヴェンタが大声で言い、試験官たちの間にまたも怒声が上がった。今度も「無政府主義者」とみなされた。

「だれに万歳だ?」でか腹がデッラ・クローチェに問うた。

あいつもベラルドの子分だったので、万歳はだめ、くたばれしか言えなかった。で、こう言った。「税金、くたばれ」

するとこ今度は、黒い男たちもちび野郎も抗議しなかった。本当である以上、これは言っておかなくてはなるまい。

それでも、デッラ・クローチェもまた「無政府主義者」とみなされた。なぜなら、ちび野郎の説明によれば、言っていいことと悪いことがあるからだそうだ。

いちばん衝撃的だったのは、法の代理人に面と向かって「おまえに給料払うやつ、くたばれ!」と怒鳴ったラッファエーレ・スカルポーネだ。

ちび野郎、それには肝を潰したよ。不敬だってんで、やつを逮捕しようとした。が、ラッファエーレは気を利かせて方陣から出たところでそれを言ったんで、ヒョヒョイのヒョイって教会の裏に姿を消して、その後はだれも見なかった。

そのあと、ロスルドを筆頭に用心深い者たちが続いた。

やつは笑いながら、それ以上に用心深い答えを想像するのは難しい「みんな万歳」と答えたんだが、評価されなかった。ちび野郎はフィリッポ・イケメンに言った。

「書け、自由主義者、だ」

ウリーヴァは精一杯努力して「政府万歳！」と叫んだ。

すると、フィリッポ・イケメンが好奇心露わに訊いた。「どの政府だ？」

政府にも色々あるなんて聞いたことがなかったウリーヴァは失礼にならないようにこう答えた。「正当な政府です」

そうしたらでか腹が道路工夫にこう言った。「邪悪と書け」

次が順番だったピラトは、賭けに出ることにしてこう叫んだ。「政府万歳！」

「どの政府だ？」と狼狽したフィリッポ・イケメンが訊く。

「正当じゃない政府」

でか腹が道路工夫に命じた。「ならず者と書け」

要するに、だれも満足な答えを当てられずにいた。咎められる答えが増えていくに従って、まだテストを受けていないわしらの答えの選択の余地は狭まっていった。だが、もっとも肝心な、ちゃんと答えられなかった場合に何か払わなきゃいけないのか、そしてそれがいくらなのかは、わからないままだった。そのことを心配している気配がないのはベラルドだけで、万歳の代わりにくたばれっていう横柄な答えを仲間の若いやつらに入れ知恵しては面白がっていた。

「銀行、くたばれ!」とジュナンノ・キンヨービが大声を張り上げた。

「どこの銀行だ?」とフィリッポ・イケメンが問いただした。

「銀行といったら、あるのは一つだけ、支配人《インプレザーリオ》にしか金をやらないやつだ」と事情に通じているジュナンノが答えた。

ちび野郎は道路工夫に「共産主義者と書け」

同じように共産主義者と記録されたのは、だれに万歳するのかという問いに「トルロニア、くたばれ!」と答えたガスパローネだった。

一方、礼儀正しく「貧乏人万歳!」と答えたパルンモは社会主義者と記録された。

ベラルドのお袋さんのマリア・ローザが、路地を下りて来て教会裏の坂の手前のマリア・グラーツィアの家に入るのをわしらは見たが、広場の反対側に現れたのはちょうどその時だった。

「ベラルドは? ベラルドはどこ?」婆さんは大声をはり上げた。「みんな、このごろつきどもがうちらの家で何したか、知ってる？　女たちに何したか、知ってる？　うちらの男どもは？　男どもはいったいどこなの？　ベラルドはどこ？」

ベラルドはすぐに事情を察して、というか、少なくともそう信じて、恐怖で真っ青のフィリッポ・イケメンにいきなり迫ると襟を摑んで顔に唾を吐きつけ問い詰めた。

「エルヴィーラはどこだ？　エルヴィーラに何をしやがった？」

マリア・ローザ婆さんは教会の入り口までやってきて、跪いて叫び始めた。「聖母マリア様、どうかあたしらを守ってください。うちらの男どもは役立たずだから、あなたにすがるしかありません」

婆さんの祈りがまだ終わらないうちに、教会の大きな鐘が一回鳴り、わしらはふと鐘楼を見上げた。

大きな鐘の横に不思議なものが見えるじゃないか。顔が雪のように白くて両手を胸元で合わせた背の高くて痩せた若い女の幽霊だった。一瞬、みんな息を吞んだ。すると、幻は消えた。

「聖母マリア様、聖母マリア様」突然パニックに陥ったフィリッポ・イケメンが叫び出した。

「聖母マリア様、聖母マリア様」ほかの黒い男たちも同じ恐怖に駆られて叫び始めた。方陣は解かれて、兵士たちはトラックを止めてある村の入り口めがけてあたふたと逃げて行き、法の番人のちび野郎もそのなかにおった。

わしらはエンジンの音が遠くでするのを耳にした。そして、トラックがヘッドライトを点けてすごい速さで丘を下りて行くのを見た。何台いたのかは数えられなかった。長い列だった。

トラックの行列は、丘の麓を走る国道の手前の最後のカーブで突然停まった。三十分以上、停まったままなのが見えた。

「どうして停まったんだ？　戻ってくるんだろうか？」とわしはベラルドに訊いた。

「なんで停まったのか、スカルポーネなら知ってるかもよ」とやつは笑いながら答えた。

(翌日、丘の麓で停車した理由は、一台目のトラックが道に斜めに横たえられていた木の幹を避け損ねて横転したためだったとわかった。けが人が何人も出て、その中には三色たすきのちび野郎も含まれておった)

トラックが再び走り出したのは、夜が更けてからだった。

「寝るか、それともまた野良に出るまで待つか、どっちがいいだろう?」とわしはベラルドに訊いた。

「それよりも、鐘楼の上にだれがいるのか、見に行ったほうがいい」というのがベラルドの答えだった。

実際、ベラルドは悪魔は信じても聖母は信じていなかったのだ。悪魔の出現なら納得しただろうが、聖母マリア様の出現ではそうはいかない。で、いっしょに鐘楼に登ってみると、そこにいたのは、なんとうちのかみさんとエルヴィーラでたまげた。あの娘《こ》は気を失ったままで、なかなか意識が戻らなかった。

どうしたものか?　まさか日が昇るまでそこで待っているわけにもいかなかった。かといって、暗闇の中、鐘楼のはしご伝いに彼女を下ろすのは生易しいことじゃない。わしが足をもって先に降り、ベラルドが上で肩を支えた。

広場に降りてからも、エルヴィーラの状態は回復せず、なにか訊いても答えないし、立ってもいられなかった。それで、ベラルドにこう提案したのは、実をいうと、このわしだった。

「なあ、毒を食らわば皿までって言うじゃないか、ここで放り出すわけにもいかんだろ」

やつは、羊飼いが子羊を抱えるように軽々と両腕で抱きかかえると、あの娘《こ》の家のほうへ向かって闇の中に消えた。

六

その翌朝、ベラルドのお袋さんのマリア・ローザがわしのところへやってきた。

「うちの息子、見かけなかった？　あんたのところに泊まったの？　帰りを待ち続けて一睡もできなかったよ」

その言葉にわしはびっくりしたが、思い当たることについては言わないでおいた。気の毒な婆さんは息を切らしながら坂を登りつめ、スカルポーネの家の前でもベラルドを見かけなかったか尋ねるのが見えた。

だいぶ経って、わしが驢馬に荷鞍をつけている時、再びマリア・ローザがうちの前を通りがてら息子のことを庇うように言った。

「なあ、ベラルドは悪い子じゃないんだよ。だけど、かわいそうに恵まれない星の下に生まれてしまったのさ。かわいそうなあの子には辛い運命が定まってるんだ」

ところが、仕事に出かけて驢馬と一緒に鐘楼の裏にまわったところで、なんとベラルド本人とばったり出くわした。

「今、会いに行くところだった」やつは、いつもとは違う実に変てこな声でわしのほうを見ずに言った。「話さなきゃならないことがある」

「おまえのお袋さん、一軒一軒まわっておまえのことを探しとるぞ」

わしは不機嫌な声でそう言い、驢馬を押して急かせた。

けれども、ベラルドは気にも留めず、わしの声色からすでにお見通しだと察して並んで歩き始めた。そして突然、

「怒らないでくれよ。起こるべくして起きたことなんだ」

わしは、それを遮って言ってやった。「おまえは、どうも運命を軽く見過ぎてるんじゃないかね」

「そんなことないってば」と、やつはわしの腕を力強く摑んで抗議した。「そんなことないって知ってるくせに。これまで散々苦労してきたこと、知ってるじゃないか。それでも、投げやりにはならなかったことだって」

そして、ちょっと間をおいてから、ほとんどささやくように、しかし、しっかりした声で言った。

「おれ、今度こそ諦めない」

それでわしは訊いた。「どうするつもりだね？」

「結婚する。でも、何よりもまず、それもできるだけ早く生活をちゃんとしなくちゃならない。できるだけ早く土地を手に入れなくちゃ。賛成してくれるよね？」

「だがな、今の時代に土地を手に入れるのは簡単じゃないぞ」とわしは水を差した。

「ベラルド、おまえにはそれが大変なことがわかってるはずだ。二度も試してうまくいかなかったじゃないか」

「もう一度やってみる」とやつは力を込めて、いつにない楽観的な調子で言った。

「もう一度挑戦する。今度こそうまくいくところを見せてやる。今度はもう、おれ一人の問題じゃない。もう、おれの人生だけの問題じゃないんだから。力が十倍湧いてくるのを感じるんだ。きっとうまくいく」

わしはやつを諭そうとした。「力でどうにかなる問題じゃないんだ。意志でどうにかなるわけじゃない。必要の度合いも関係ない。フォンタマーラでもう一度土地を手に入れるのは、生易しいことじゃないぞ」とね。だけど、あいつの顔を見た途端、その朝はその時までまともに見ていなかったんだが、急にどうしようもなく憐れになっちまってな。一瞬、やつの悲しい未来が全部見えたような気がして、それがあまりに衝撃的で、その説明できない胸騒ぎをなるべく表に出さないように努めた。

「おお、ベラルド、神様がおまえを護ってくださるように祈るよ」とわしは呟いた。

「わしにはほかに何にも言ってやれることがない。神様のご加護がありますように」

わしの心情に気づいてか、やつも感動しているように見えた。そして、急いで挨拶すると鍬を取りに帰った。

その日一日中、考えずにいられなかったのは、ベラルドのこと、やつができるだけ早く土地を手に入れなければならないこと、それなしには自尊心が許さないからエルヴィーラと結婚しなきゃならないのにできないことだった。この発想を理解するには、近年、地元の土地を持たない者がおかれている惨めな立場を考慮しなければならない。フォンタマーラや周辺の村では、どん百姓の大半は小さな土地を持っているか、借りているか、あるいはその両方だ。土地を持たぬ者の数は少ない。土地のないどん百姓はみんなから白い目で見られ蔑まれる。というのも、土地の値が安いので、日雇いで土地を持てないやつは意気地なしの馬鹿者、意欲に欠ける男と見なされておったからだ。昔は、大抵そのとおりだった。けれども、その後事情が変わった。わしらの地方では、小さい土地を持つ者が畑を広げたり、日雇いが土地を買ったりすることはもうなかった。それどころか、小土地所有者がどん百姓の身分に転落することさえ起きた。だが、ご時世が変わっても受け止め方は昔のままで、土地を持たないどん百姓は大いに蔑まれた。

たしかに、ベラルドは色んな点で例外的などん百姓だったし、やつの貧しさは怠惰や無知のせいじゃなくて複数の不幸や不運によるものだったから、だれもあえて見下すような真似はしなかった。しかし、果敢で自尊心ある者として振る舞っていた本人が、エルヴィーラのような娘と結婚するには土地のない自分はさもしい、一言で言えば不釣り合いだと考えておったのだ。

オショクジチュー氏の領地で干し草を集めながら、わしは一日中、エルヴィーラの悲しくて危なっかしい身の上に思いをはせて、唯一の解決策は、数ヶ月間の都会での重労働、都会で都会人がやりたがらなくて田舎よりも稼ぎのいい仕事をベラルドのために見つけてやることだと確信した。その貯金で戻ってきてから何か手に入れることができるかもしれない。だが、またも騙されたり愚弄されたりせずにいい助言をもらうには、だれに相談したらいいのだろう？　神父も地主も弁護士もだめ。最近の出来事でわしらはすっかり不信に陥っておった。

バルディッセーラも頼りにならない。ここのところ相次いだ奇怪な出来事にだれよりも狼狽しておったのはやつなのだ。信じ続けていた堅苦しい古い世界が失われ、それに取って代わったのはと言えば、正気の沙汰じゃない、およそ理解できない出来事ばかり。

兵士たちがフォンタマーラにやって来て何人もの女たちを犯した。おぞましい横暴だったが、それ自体はちっとも不可解じゃなかった。でも、それが法の名において警察の分署長のいる前でなされたというのは、理解できることじゃない。

フーチノでは、小規模賃借人の借地料が上がり、大規模賃借人のほうは下がったが、これはまあ、言ってみれば自然なことにも見えた。しかし、それを提案したのが小規模賃借人の代表だったというのは、どう考えても自然じゃなかった。

いわゆるファシストは、法的に何ら文句のつけようがない人たちを、ただ支配人《インプレザーリオ》にとって邪魔だというだけの理由で、度々ぶっ叩き怪我をさせ殺しさえしたことは聞いてのとおり、それも自然に見えないわけではなかった。けれども、傷害や殺人を犯した者たちがお上に褒められたというのは、説明がつかない。要するに、しばらく前からわしらに降りかかる災難はすべて、一つ一つ検討してみると目新しくはないし過去に数多の前例が見出せるものだった。が、それらの起こり方は新しくて理不尽で、およそ説明ができないのだ。

フォンタマーラで収穫後に地元に残るはずだったわずかな小麦が、まだ穂の青い五月に支配人《インプレザーリオ》によって百キロあたり百二十リラで買い占められた。わしらにとってはまたとない機会に思われ、むしろ、いつもは慎重な支配人《インプレザーリオ》がまだだれも市場の相場を予想できない五月にあえて買い付けたことに驚いた。ただ、わしらは現金を必要としていたので、ろくに考えずにまだ青い麦を売り、近隣の村のどん百姓たちも同じようにした。謎は収穫中に解けた。政府がわしらの地域の麦を優遇する特別の法律を定めて、値が百キロあたり百二十リラから一挙に百七十リラに上がったのだ。明らかに支配人《インプレザーリオ》はすでに五月からその法律について情報を得ていたに違いない。何ら骨を折ることなくまだ収穫しないうちからわしらの小麦で百キロあたり五十リラ稼いだ。こうして、わしらの小麦の利益がすべて支配人《インプレザーリオ》にいってしまった。耕し、草をむしり、刈り取りと脱穀の利益、一年間の労働、汗と重労働と苦しみによる利益が、土地とは何の縁もないあのよそ者のものになってしまったのだ。どん百姓たちは土を掘り起こし、平坦にし、鍬や鋤を使い、実りを刈り取って脱穀したが、それがすべて終わったところでよそ者が割り込み稼ぎを持ち去った。

だれがそれに抗議できただろう？　抗議すらできなかった。すべて合法だったのだ。合法じゃなかったのは、わしらの抗議だけだ。

しばらく前からどんどん百姓相手の窃盗はすべてが合法になっておった。古い法律で用が足りない場合には、新しい法律がつくられた。

「こんなところにはもういられん」とベラルドは落ち着かない様子でわしに繰り返した。「出て行かなきゃならん。だけど、どこへ？」

だれもがベラルドの苦しんでいる様を目にしておった。やつはもう昔のやつじゃなくて、冗談を言ったり笑ったりすることもなく、人づき合いを避けるようになった。だれもが、やつの心に荊が刺さり血を流しているのを見ておった。

「助けてくれるのは、リンキオーヘン弁護士しかおらんな」わしはやつにそう言わざるを得なかった。「あの人なら、顔が広いから」

ベラルドとスカルポーネとわしは、その前の年、墓地裏の水害で半ば根こそぎになったリンキオーヘン弁護士の古い葡萄畑に葡萄を植え直す仕事をしたので、少額の貸しがあった。ある日曜日の朝、その取り立てがてら、ベラルドの都会での職探しを手伝ってくれるよう頼む機会を設けた。

「おまえを助けてくれるのは、庶民の味方だけだよ」とわしはベラルドに言った。

リンキオーヘン弁護士はわしらと握手し、下にも置かないもてなしでわしらを迎え入れてくれた。

「何日分、払わなきゃならなかったかね」とわしらに尋ねた。

ベラルドは十五日分、ラッファエーレとわしは十二日分だった。リンキオーヘン弁護士ほどの学問のある人にとっては難しい計算ではなかった。ところが、庶民の味方は突然、表情を翳らせた。そして、数分間、黙り込んでおった。書斎の中を二、三度行ったり来たりした。窓の外を見て、それからだれも立ち聞きしている者がいないかドアの鍵の穴に耳をそばだてた。そして、わしらのそばに来ると低い声で言った。

「ひどい話なんだ。政府がわたしらを迫害するさまときたら、あんたらには想像もつかんよ。毎日、わたしらを苦しめる法を考え出すんだ。もはや自分の金すら思い通りにできないんだ」

この言葉は、わしらにとってはかなり衝撃だった。政府は紳士たちまで迫害し始めたのだろうか？

「閣下の一言さえあれば、どん百姓はみな立ち上がります」とベラルドが久しく使っていなかった声色で答えた。

すると、リンキオーヘン弁護士は怯えた表情で言った。「いや、そういう話じゃない。もっと洗練された横暴なんだ。いいかね、あそこにあんたらのために用意した封筒が三通ある。一人一通ずつ、取り決めてあった賃金だ」

現に机の上には封筒が三つあった。やっこさんは続けた。

「合意どおりにちゃんと全部用意しておいたんだ。一銭も差し引いてなんかないよ。信じてくれるかね」

信じちゃいけない理由があるだろうか？

やっこさんは、感謝を込めて再びわしらと握手した。

「ところが、県内の農業労働者用の新しい労働契約が届いたんだ。わたしにとっては予期せぬ恐るべき打撃だった。自分の目で読んでくれたまえ」

リンキオーヘン弁護士が赤鉛筆で記したところを読むよう執拗に言うので、わしは差し出された新聞を疑心暗鬼で受け取った。そこに書かれたことによれば、十九歳以上六十歳以下の農業労働者、つまりわしらを対象に賃金が四十パーセント減額されたという。

「おかしいだろう？　どうだ？　ひどいじゃないか」と口を挟んで、さらに曰く、

「その先を読みたまえ、それだけじゃないんだ」

わしが読んだ続きには、改良作業、葡萄やオリーヴや果樹の新しい植え付けや植え直し、水路の掘削、植物の摘出や道の建設は、臨時の作業であり失業対策になるので、それ相応に規定以下、二十五パーセントの割引を適用しなければならない、とあった。

「堪らんだろ？」と弁護士は再び言い出した。「地主とどん百姓の間になんで法律が入ってこなくちゃならないんだ？　わたしらの自由はどこへ行っちまったんだ？」

明らかないかさまだった。法の名の下にわしらに窃盗をはたらくための新しい知恵だ。リンキオーヘン弁護士はつねにこの類の策略に長けていた。たとえば、回収できない手形を地元の市場で三分の一か四分の一の値段で買い取って、それを債権者のどん百姓に日雇い労働で払わせたりもした。どん百姓は賃金も出ないのに汗して働き、やっこさんはほんの端た金で済ませていたのだ。だから、その日、やっこさんの事務所に行く前にわしらは確かめ合った。互いに「わしらの中に不渡り債権や忘れていた手形のあるやつはいないだろうな？」とな。

だれもいなかった。が、今回は別の手のいかさまだったのだ。

「あそこに封筒が三つある」とベラルドが単純に意見した。「おれたちがそれをもらって行けば、それでことは済む」

そして、ベラルドは自分の封筒を取ろうとした。が、そうなることを見越していたリンキオーヘン弁護士は阻んだ。

「何するんだ?」声色と表情を変えて怒鳴った。「人の家でなんという横暴をはたらくのか?」

わしは、ベラルドの立場が悪くならないよう、すぐに介入した。

「横暴じゃありませんよ。わしらは一定の賃金のために一定の日数働いたんです。わしらが受け取るべき額を計算するのは難しいことじゃない。それで、今までどおりの友好な関係が保てるでしょう」

「法はどうなるんだ、法は?」と弁護士はわしに向かって怒鳴り始めた。「いったい法はどうなるのかね。この種の法を犯す者がどんな刑罰に処されるか知っておるか? あんたらは無知でそれを知らないが、わたしにはわかっておる。あんたらのせいで刑務所に行くなんぞまっぴら御免だ。本当に気の毒だが、あんたらのために刑務所に行くわけにはいかない。法は法だ。守らなきゃいかん」

「モーゼの法は盗むなと言っていますよ」とわしはつけ足した。

「この世では政府の法が物事を制しているんだ。とはいえ、法を守らせるのはわたしじゃない。もしあんたらが丁寧に言ってわからないのなら、憲兵を呼ぶしかないが」

この最後の一言は奇妙な効果をもたらし、リンキオーヘン弁護士自身も口にしたことを後悔したかに見えた。ベラルドにとっては顔を鞭打たれたも同然、反射的に立ち上がったが、わしが近寄ったのを見て取り再び腰を下ろした。気まずい沈黙がおりた。

「説明のし方が悪かったかもしれないが、わたしの暮らしも苦労が多くてね」と弁護士はしどろもどろに呟いた。

それはまんざら嘘でもなかったのかもしれない。書斎の壁には戦死した息子の大きな写真と、その隣に精神病院に入院中の奥さんの写真がかかっていた。やっこさんを見れば、もはやかつての恵まれた快活な男じゃないのはわかった。もっとも、だからといってより恵まれないわしらを犠牲にしてもいいってことになるか？

「羊飼いが苦しんでいる時は羊たちも苦しいものさ」あたかもわしらの思いに応える

かのようにやっこさんはそう言った。

ベラルドは、鎖に繋がれて震えながらもがくものの、その鎖から自由になれず、またそれを望んでもいない男のようだった。やつは落胆と悔しさのあまりスカルポーネのほうをまともに見ることさえできなかった。

「で、いくらになるんです？」ついにベラルドが口籠るように訊いた。

リンキオーヘン弁護士は、ベラルドのいつにない従順さに驚いて、野暮にも相手を褒めた。

「別に蒸し返すわけじゃないが、これまでも今のように良識を働かせておったなら、きっとおまえさんだって、もっとましな身の上になっていただろうにな」

そう言うと、書き物机のところへ行ってベラルドの封筒を取り上げ、中から金を出した。紙と鉛筆を取り出してブツブツ言いながら計算した。

「法に従って、まず四十パーセントを差し引く。その残りから、失業対策費として二十五パーセントを差し引かなきゃならん。ベラルドには三十八リラが残る。ベラルド君、残念だが、これは政府のせいなんでね」

十五日間の重労働の報酬が、たったの三十八リラ。

次にリンキオーヘン弁護士はわしの封筒を取り上げると金を出した。そして、封筒の上に計算を書き始めた。

「法に従って、まず四十パーセントを差し引く。それから、失業対策費として二十五パーセントを差し引こう。残りは三十四リラだ」

十二日間骨を折って三十四リラだ。あまりに微々たる賃金で、わしらの労働とは結びつかず、なにか魔術でも使われたみたいだった。わしは思った。こんなふうに馬鹿にされるために土地を耕し続けることに何の意味がある？　ベラルドはほかのことを考えているにちがいなく、黙ったままで、スカルポーネのほうは、わが目を疑うと言わんばかりにやつのことをじっと見ていた。ベラルドの行儀のよさに呆気にとられ、リンキオーヘン弁護士に対して憤慨するどころではなかった。

リンキオーヘン弁護士は、寛大な気持ちになりわしらを恨んでいないところを見せようと、召使いを呼んでわしらに葡萄酒を一杯振る舞った。

（あいにく、わしらはそれを飲んでしまった）。退散する時、わしはベラルドに残るよう合図をした。

玄関まで見送りに来た弁護士にベラルドは、「ちょっと話したいことがあるんですけど。助言がほしいんです」

わしは、外で待っているとやつに約束し、ベラルドが手のひらを返すものと予想、むしろ期待して助太刀に残ろうとするスカルポーネを引きずるように外に連れ出した。

わしはスカルポーネに諭すように言った。

「ベラルドはもう小僧じゃない、いい加減に自分の生活を考えるべき時なんだ」

「いつも自分の生活いちばんに考えてきたあんたらとて、さしていい暮らしをしてるわけでもないだろうが」とスカルポーネは軽蔑を込めて応えた。

外では、バルドヴィーノ・シャラッパが、かみさんに家の破綻の責任をすべて負わせて邪険に当たり散らしていた。気の毒なかみさんは、議論やら小言、ひっぱたいたりするのは人前じゃなくて家に帰ってからにしてくれと、とにかく黙るようにと頼み込んでおった。が、そうすればするほど旦那を激怒させた。

バルドヴィーノは、オショクジチュー氏から小さな土地を借りていて、最近、その借地料を支払った。ところが、意外にもクロリンダ夫人に借地料が足りないと言われたのだ。というのも、前の年にバルドヴィーノのかみさんが借地料と一緒に贈り物として卵を二十四個持って行ったので、夫人は慣習法に従い現金の借地料と一緒に卵も二十四個持ってくるように要求したのである。実を言うと、前年、贈り物という余計な知恵を働かせたのはバルドヴィーノだったのだが、それを届けたのはかみさんで、一回限りの特別な贈り物であるとの説明をしなかった。だから、バルドヴィーノは落ち度がかみさんにあると考えたのだ。そんなわけで、その年以降ずっと、バルドヴィーノが生きている限り、そして死んだ後も息子が生きている限り、夫人は慣習法に従って毎年卵を二十四個要求し続けるだろう。

要するにはっきりしていることは一つ、毎日、地主が得するような法律が作られているということだ。古い法で廃止されるのはどん百姓にとってよいものばかり、残りはそのままだった。いや、もっとひどいのは、古い習わしに従って、クロリンダ夫人はほかの古くからの地主同様、台所に卵の大きさを測る木の輪を置いていて、賃借人が贈り物として持ってくる卵の大きさを測っては、小さくて輪を通ってしまうのをことごとく拒否していた。断っておくと、その輪はかつて鶏がどういうわけかずっと大きな卵を産んでいた頃に遡るもので、夫人が小さい卵を拒み大きいのと取り替えるよう要求する頻度はますます増した。でも、鶏が大きな卵を産まなくなったからといって、なぜどん百姓が責任を取らなきゃいけないのか？　そもそも卵は贈り物なのだ。

ベラルドは、手紙を手にかなり満足げな様子で戻って来た。

「助けてくれるって約束したよ。すぐにローマの友だち宛てに紹介状を書いてくれた」

「おいおい、おまえ、庶民の味方の口約束を信じるのかよ」とスカルポーネが冷やかし半分の笑いを浮かべて言った。

「そういうわけじゃないけど、リンキオーヘン弁護士は、自分の身の安全のために、おれがちゃんと身を立て直すのを望んでいるんだと思う」

何はともあれ、ベラルドは幻想を抱きがちな男で、再び笑ったり冗談を言ったりするのを見かけるようになった。その晩は久しぶりにマリエッタの居酒屋にちょっと姿を見せた。もっとも、間の悪いことに、アメリーコがエルヴィーラの話、無論、悪口ではないんだが、とにかくその話をしている最中にやって来た。ベラルドはカタをつけなけりゃならない話を思い出したかのように、丁重にアメリーコを居酒屋の裏の畑に呼び出した。そして間もなく耳と口から血を流しているやつを伴って戻って来ると、マリエッタにきれいな水と酢で念入りに消毒してくれるように頼んだ。

同じ頃、デモシカ司祭にフォンタマーラの村人たちのためのミサを執り行なってもらおうと、寺男のテオフィロが寄付を募っておった。寄付には十リラほど集まったものの、デモシカ司祭の返事は、ミサ料金が上がったので少なくともあと十リラ出さなければ行かないというものだった。散々苦労した末にようやくあと十リラ集まって、ある日曜日の朝、デモシカ司祭がミサにやって来た。

男たちもちゃんと来させるために、説教ではコペルティーノの聖ヨセフについて話すと予告した。実際、教会は満員で、説教の内容を知ったベラルドもやって来た。黒シャツの男たちがファサードの窓を通じて弾を撃ち込んだ教会は、壁があちこち欠け落ちていて、かなり無残な有様だった。本当に美しいものはただ一つ、祭壇の聖体拝領の絵だけで、イエス様が手に白いパンを持ってこう言っておられた。「これは、わたしの体である」。白いパンはわたしの体だ。白いパンは神の子だ。白いパンは真実であり命である。イエス様は、わしらの食うとうもろこしのパンやあの味のないパンの偽物、神父の聖体《ホスティア》のことを言っているのではなかった。イエス様が手にしているのは正真正銘の白いパンで、「これ（白いパン）はわたしの体である」とおっしゃった。つまり、神の子の体、つまり、神様、真実、命だと。それは、白いパンにありつける者にはわたし（神）がいる、という意味だ。白いパンにありつけない者、とうもろこしのパンにしかありつけない者は、神様の恩寵にあやかれない、真実を知らないし、命もないのだ。豚や驢馬や山羊と同じで不純物を糧にしている。白いパンにありつけない者、とうもろこしのパンにしかありつけない者にとって、キリスト様は全く存在しないも同然。贖罪もなかったも同然。キリスト様がまだ到来していないようなもの。贖罪もまだこれから行なわれなければならないということなのだ。その絵は否が応でも、わしらの小麦、一年中苦労して育てたのに五月のまだ青いうちに銀行に買い占められて、後になってからずっと高い値段で売られたわしらの小麦のことを思い出させた。汗して育てたのはわしらなのに、わしらの口には入らなかった小麦のパン。わしらの口に入るのはとうもろこしのパンだけだ。にもかかわらず、キリスト様は祭壇から、とうもろこしのパンじゃなくて、ちょうどよく焼けた美味しそうな白いパンを指して、これはわたしの体である、とおっしゃっとるのだ。

「われらが父よ《パーテル・ノステル》」の祈りでも、「日々のパンをお与えください」のパンは、もちろんとうもろこしのパンなんかじゃなくて白いパンのことだ。聖体拝領の歌にある

「天から下って来た生けるパン」

というのも、とうもろこしじゃなくて小麦のパンなのだ。

デモシカ司祭は福音書を読むところまでくると、わしらに向かってコペルティーノの聖ヨセフについての短い説教をした。わしらはその物語を知っておったが、何度聞いても聞き飽きなかった。この聖人はどん百姓で修道士になったものの、ラテン語がさっぱりだめだった。そこで、ほかの修道士たちが賛美歌を唱えている間、聖母様を讃えるために、どこにいようが、教会の中でもとんぼ返りをした。聖母マリア様はこの無邪気な見世物がとってもお気に召したと見えて、修道士を勇気づけるために褒美として高いところまで跳べるようにしてくださった。以来、修道士のとんぼ返りは簡単に天井まで届くようになった。コペルティーノの聖ヨセフは、一生貧乏で苦労した末に高齢で亡くなった。言い伝えによると、神様の王座の前に現れた時、聖母様から度々話を聞いてすでに修道士のことをご存知だった神様は、とても愛しく思って抱擁し、こうおっしゃったそうだ。

「さあ、何でも欲しいものを言ってごらん。用意してあげよう。恥ずかしがらないで、いちばん好きなものを言いなさい」

つましい聖人はその提案にいささか困惑して、遠慮がちに尋ねた。

「どんなものでも、いいのでしょうか？」

永遠の父なるお人は、励ますようにおっしゃった。「ああ、どんなものでも構わないよ。天国では、仕切っているのはこのわたしだからね。ここでは、わたしは何でも好きなようにできるんだ。わたしは、お前さんのことを本当に愛しく思うから、どんなものでも言いなさい。叶えてあげるよ」

けれども、コペルティーノの聖ヨセフは自分の願いを口にする勇気が出なかった。とんでもない欲求で神様を怒らせてしまうのが怖かったのだ。神様が何度も促し怒らないと約束して、ようやく聖人は自分が望むものを言った。

「主よ、大きな一切れの白いパンです」

神様は約束どおり、お怒りになることもなく聖人を抱擁して一緒に感動の涙をお流しになった。それから、雷のような声で十二人の天使たちを呼ぶと、毎日、朝から晩まで、何世紀にもわたって《オムニア・セクラ・サエクロルム》天国で焼ける一番おいしい白いパンをコペルティーノの聖ヨセフに供するよう命じた、とさ。

これが、わしらの地元では父から子へと語り継がれているコペルティーノの聖ヨセフの実際の生涯だ。もっとも本当にこのとおりのことが起こったのかどうかは、だれにも保証できないがな。ただフォンタマーラのわしらにとってはお気に入りの物語で、何度聞いても聞き飽きることがなかった。ところが、デモシカ司祭はこの話を口実としてだけ使って、わしらの反抗心や無秩序ぶりを叱り、ちゃんと大人しくしないと神様の罰があるぞと脅しやがった。わしらはこの種の話になるといつもするように黙って聞いておったが、気の利かない司祭は税金の未払いについてまで小言を言い出したものだから、ベラルドに大きな声で野次られた。「いつも払う話ばっかりだ」そう言って出て行ったやつに続いて次から次へと男たちが外に出て、教会の中に残ったのは女子どもだけになった。

デモシカ司祭は空気を読んでそそくさとミサを終えると、カズラと白衣を置き苦虫を噛み潰したような顔で聖具室を出た。

この司祭は悪意のある人ではなかったが、生気がなくて臆病で大事な問題については信用できなかった。羊たちを狼から守るために命を危険にさらせる羊飼いでなかったのはもちろん、神様が狼をお造りになった以上、時々羊を貪り食う権利もお与えになったのだと説明できるだけの宗教的な教養があった。わしらは、洗礼や聖餐や懺悔、婚礼や終油などのサクラメントで世話になっておったが、金持ちや役所によるいじめに関してこの司祭に助けや助言が期待できないのは、経験でわかっていた。よく言うだろ、「神父は行動じゃなくて説教だ」とな。要するにあてにはならなかった。

司祭が聖具室から出てくると、壁に寄りかかっているバルディッセーラがいた。

(やつは、気づかれないようにうんとゆっくり背中を壁に擦りつけてシラミを潰しておったのだ)

神父は、黙っているのもばつが悪いからか、やつに尋ねた。「元気かね?」

「はい、とっても元気です」と将軍は答えてお辞儀をした。

しかし、広場の真ん中で女たちが教会から出てくるのを待っていた男たちの集まりから返って来たのは、もっと多様でそんなに愛想のいいものじゃなかった。

気を悪くした神父は言った。「あんたがたは忘れとるようだね、汝は額に汗してパンを得るだろうとお定めになったのは神様だよ」

勘にも運にも恵まれないデモシカ司祭は、自分の一言が蜂の巣を突っつくに等しいことに気づかなかった。数人が一斉に言い返し、ベラルドの声が止めを刺した。

「世の中が本当にその定めどおりに動いていれば、文句ねぇんだよ」

「どうして？　おまえさんにはそうなっているように見えないのかね？」神父は驚いて問い返した。

ベラルドは繰り返した。「本当にそうだったら、どんなにいいか。おれが額に汗したパンはおれのものになる、そうだったらな。だが、現実には、おれが稼ぐのは、概して働かないやつらの食うパンだ」

「畑を耕さなくたって、社会の役に立つことはできる」と神父は困惑顔で答えた。

ベラルドはしつこく続けた。「神様がなんておっしゃったって？　汝は額に汗してパンを得るだろう、だろ？　実際には、汝は支配人《インプレザーリオ》にパスタとコーヒーと酒をやるために額に汗する、なんだが、そんなことはおっしゃらなかった」

「わたしの仕事は宗教であって政治じゃない」と苛立った神父は相手の言葉を遮って言うと立ち去ろうとした。

が、ベラルドはその腕を摑んで放そうとしなかったので、みんなが笑った。

「神様がなんておっしゃったって？」とベラルドはもう一度訊いた。「額に汗して、だろ？　でも実際には、肺から血を吐いて、骨の髄でもって、命がけで、じゃないか」

「おまえさん、修道士になっておったら、きっと立派な説教師になれただろうよ」デモシカ司祭は真顔でベラルドにそう答えた。

この一言で司祭は笑いを自分から遠ざけて窮地を脱した。着いた時には求められた握手に二本指を差し出したが、立ち去る時には一本指だった。

「豊作の年なら、神父も悪くないさ」とミケーレ・ゾンパが結論づけた。「ミサや三日黙想や九日間の祈りを唱えて、洗礼や聖体拝領や終油をやって墓地まで一緒に行ったりしてくれるのは、豊作の年ならいいんだよ、マカロニにかけるチーズみたいなもんさ。だけど、飢饉の時には、しがない神父に何をしてもらえるっていうんだね？」

飢饉の時、どん百姓に残された道はいつもただ一つ、すなわち共食いだ。

フォンタマーラでは、もはやよその家族と和やかな会話を交わすこともなかった。ほんの些細なことで凄まじい喧嘩になった。喧嘩は日中、女子どもの間で始まり、夜、男たちが戻って来て再燃した。理由は、貸したきり返ってこない膨らし粉や煉瓦や樽だったり、一片の金板や木の切れ端、雌鶏や若干の藁だったりした。窮乏のさなかには、喧嘩の種は日に十二回発芽する。ともあれ、わしらにとって諸悪の根源はなんと言っても小川の水だった。

道路工夫たちがようやく新しい川底を掘り終え、水が分割される日には、灌漑水を必要とするすべてのフォンタマーラのどん百姓たちに加え、バルディッセーラといつもの暇人集団が現場におった。

水の流れの分岐点には、古い水路へ流れ続ける水と支配人《インプレザーリオ》のほうへ行く分、つまりあの魔訶不思議な四分の三と四分の三とに調整できるよう、二つの水門が設けてあった。

お歴々のやましい気持ちは最初から見え見えだった。役場町から憲兵がなんと百人ほどやって来て道沿いに並んでおるのだ。その中の一隊がわしらのほうに近づいてきて、蹴ったり押したりして、わしらは小川から遠く葡萄畑のほうへと追いやられてしまった。こんな数の憲兵は見たことがなかったので、わしらは、されるままになった。

「戦争だ」バルディッセーラが大いに動揺して言った。「本物の戦争だ」

「どん百姓に対する戦争だよ。おいら、数が多過ぎるのさ」とミケーレ。

スカルポーネは必死でベラルドを探し回っていた。

「このままじゃまずい。ベラルドはどこだ？　だれかベラルドを見なかったか？」

ベラルドの不在は、武装した連中の存在よりもずっと大きな落胆をもたらした。

スカルポーネはわしをちょっと傍らに連れ出した。その目には涙が浮かんでいた。

「ベラルドがどこにいるか、知ってるんだろ？　すぐに呼びにやるから、教えてよ。こんな大事な日にいないなんてあり得ない。やつがいないなんて、あり得ないよ」

　わしは本当のことは言わなかった。

「さあ、知らんね。多分あとから来るんじゃないか」

　それから間もなくして、あのテストの晩に来た兵士たちが二隊、次いでお偉いさんたち、勢力団が到着した。支配人《インプレザーリオ》と公証人、リンキオーヘン弁護士、いまや有名な三色のたすきを腹に巻いたちび野郎、《考える人》[15]、クッカヴァジオ氏、チッコーネ氏、ポンポニーノ氏にデモシカ司祭とペリーノ氏、それからわしらが知らない連中もおって、どん尻はフィリッポ・イケメンとホーニ・ツミナシだった。

　リンキオーヘン弁護士は一行から離れてわしらのほうへ来ると、一人一人と握手を交わし、わしらの身のために自分を信頼するようにと念を押した。わしらのためにできる限りのことをするという。しかし、こっちの言い分が通る可能性はまずないこと

15　原文名＝il Pensatore　イル・ペンサトーレ。ただし、これは明らかに本名ではなく渾名。

を隠しはしなかった。そうなったのも、わしらの思慮のなさのせいだという。

「ベラルドはどこにいる？　近寄らせないようにしなさいよ」とわしらに言った。

水の分割に立ち会うために年寄りの代表団を指名することになった。代表団にはピラトとロスルドとわしが呼ばれた。ほかのどん百姓たちは、憲兵の列の後ろの路上に集まることが許された。

かくも色んな種類の見物人がかくも広い場所に散らばって一斉に同じ一点をじっと見つめているさまは、屋外サーカスさながらだった。そうじゃなければ、フォンタマーラの村人たちと憲兵たちを見て、遺体が二つの水門の場所に横たわっているおぞましい殺人事件の現場検証を想像したかもしれん。でも、全体の光景は、畑のど真ん中に新しい十字架を立てる儀式を思い起こさせた。受難の儀式だ。

「ベラルドはどこだ？」とフィリッポ・イケメンに小声で訊かれた。

「もうすぐ来るよ」とわしが答えると、やつは蒼くなった。

公証人がわしらのほうに進み寄り、小川の水の分割についてのフォンタマーラの住民と支配人《インプレザーリオ》の間での合意を読んだ。

「合意は非常にはっきりしている」と言った。「水の四分の三は、市が掘った新しい川底を流れ、残りの水の四分の三が古い溝を流れ続けることになる」

「いや、そうじゃない」とすぐにピラトがまっとうにも抗議した。

「合意では、四分の三と四分の三だ。それに尽きる。だから半分ずつだ。四分の三がおれたちのもので、四分の三が支配人《インプレザーリオ》に行くんだ」

「いや、ちがう」とロスルドが怒鳴りだした。「合意はそんなんじゃない。わしらの水が四分の三で、そして、残り、なにせ水は少ないから残ればの話だが、残りが支配人《インプレザーリオ》のほうへ行くんだ。それだって、わしらにとってはとんだ迷惑なんだ」

そこで我慢のできなくなったわしは言った。「四分の三ずつなんてのは、邪鬼の知恵だ。こんな奇妙奇天烈、聞いたことがない。真実は、水がフォンタマーラのものだってこと、だからこれからもフォンタマーラのものであり続けるってことだ」

わしらの身振り手振りと怒声から、道で憲兵に取り囲まれていた村人たちは水の分割が自分たちに損なやり方でなされると理解して騒ぎ始めた。特にスカルポーネは例によって向こう見ずな若者連中の援軍を得て呪われた者のようにわめき立てた。

支配人《インプレザーリオ》が言った。

「フォンタマーラの住人たちが扇動的な態度をとり、年寄りの代表団ときては見解の一致すら見ない以上、自治体の長の権限を行使し、十人隊隊長ペリーノ騎士とリンキオーヘン弁護士をフォンタマーラの代表に任命する」

そして、自分の周りのお歴々に訊いた。「異議は？」

「対応は合法的です」とリンキオーヘン弁護士がわしらの名において宣言した。

「合法そのものです」ほかの連中も声を一つにして言った。

苛立った支配人《インプレザーリオ》が命じた。「さあ、先に進めよう。時間の無駄は御免だ」

その厚顔無恥ぶりときたら、実に信じがたいものだった。被告も原告も裁判官も傍聴人も全部一人でやっちまうんだ。

「わたしを信頼して、大人しくしていて下さいよ」

リンキオーヘン弁護士がそう叫んでいる間に、わしらは六人の憲兵に襲いかかられて、ほかのフォンタマーラの村人たちがいるところまで乱暴に連れ戻された。

小川で起きていることは、憲兵の人垣越しに漠然としか見えなかった。白状すると、わしにとってはそのほうが好ましかった。なぜなら、ほかのどん百姓たちの手前、負う責任がなくなったからだ。

混乱の中でわしらに見えたのは、まず公証人が、次いで建築士、それからスコップを持つ四人の道路工夫が小川に近づくさまだった。

ペリーノ氏とリンキオーヘン弁護士もまた何度か建築士と議論しているのが見えた。しかし、道路の縁が小高くなっている上に、憲兵と水の分割調整に当たる二人の専門家を取り囲んだ当局の連中の多さが邪魔になって、あの忌々しい「四分の三と四分の三」がいったいどんなふうに解釈されるのか見ることは叶わなかった。けれども、百メートルほど先、古い溝の流れがバレッタの畑とキョーコーシストのそれとの間で折れ曲がる地点では、わしらの水がどのくらい減ってどのくらい残るのかがはっきりと見えた。だから、わしらの視線はみなそっちに釘付けだった。そこを見ながら、そばで当局とわしらの代表たちが決めていることを推測しようとした。

そこの水位が下がっていくのを最初に知らせたのはスカルポーネだ。わしらの水の量が今のまま残るだろうと予想した者はだれもいなかったが、あっちの溝で水位がゆっくりと下がっていくのを目にすると、みんな一斉に支配人《インプレザーリオ》と勢力団を呪い始めた。水位はゆっくりと溝の深さの半分まで下がり、それでも止まらなかった。

「泥棒、泥棒、泥棒」とわしらは叫んだ。

クアルテーナやリッキウタやカンナロッツォの娘やジュディッタ、リモーネやマリエッタやほかの女たちは、地面に跪くと拳を天に振り上げて思いつく限りでいちばん恐ろしい呪いをわめき立てた。

「あたしらから盗んだ水と同じだけ、やつらが血を流しますように」

「あたしらから盗んだ水の量だけ、やつらが涙を流しますように」

「胃袋の中でヒキガエルが生まれますように」

「胃袋の中で水蛇が生まれますように」

「やつらがもう二度とかみさんや子どもの顔を見られなくなりますように」

わしらの最も近くにいて呪いの言葉をはっきり聞き取れた憲兵たちは、恐れをなして哀願した。

「もういい、そのくらいでやめてくれ」

そう言われると女たちはますます興奮した。

「やつらが砂漠でくたばりますように」

「永遠の火の中でくたばりますように」

「イエス様、ヨセフ様、聖アンナ様と聖マリア様、あたしの魂のために、どうか願いを叶えてください」

そうこうする間も、こっちから見える溝の折れ目では水位が下がり続けた。そして、とうとう古い溝の底の石ころや茂み、草までが現れてしまった。

「こと終われり《コンスンマトゥム・エスト》」そうデモシカ司祭が言うのが聞こえた。

「水を全部、ぜ〜んぶ盗りやがった」わしらはまた怒鳴りだした。スカルポーネとジュナンノ・キンヨービはほかの若い衆の後押しを受けて、わしらを道路に封じ込めていた憲兵たちの人垣に攻撃を加え、憲兵らが銃床で応酬し、「下がれ、下がれ」と怒鳴りながら暴れた。

その混乱の中から、リンキオーヘン弁護士の声が辛うじて聞こえてきた。

「落ち着いて、落ち着いてください。わたしは、みんなの利益を守るためにここにいるんだから。わたしに任せておきなさい。無茶なことはしないように。まずい目に遭うようなことはしなさんな」

リンキオーヘン弁護士は道路の縁をわしらのほうへやって来ると、いつもながらの演説をぶって、わしらは性懲りもなくそいつに耳を傾けた。

「みなさんは、もうわたしを信用してくれないのかね？　事態が悪くなるのはそのせいだよ。怒声や暴力で利益が守れるとでも思うのかね？」

そう言うと、今度は支配人《インプレザーリオ》に向かって言った。

「この人々の不満は弁解できるものです。何か妥協案を見つける必要があります。フォンタマーラの人々は善良な人々であり尊重に値します。新しい溝の掘削と二つの水門は自治体が費用を負担しました。すでになされたことはなされたことです。キリストの言葉にもあります。すでに起こったことは起こったこと《クオド・ファクトゥム・エスト、ファクトゥム・エスト》」

「おいおい、わたしの仕事を奪う気かね」とデモシカ司祭が笑いながら口を挟んで、勢力団も一緒に笑った。

「一定の期限を定めて、それ以降は小川の水が全部フォンタマーラに戻ることにしてはどうでしょう」とリンキオーヘン弁護士が持ちかけた。「そうすれば、フォンタマーラの人々に安心してもらえます。彼らの損失は合法的なんですよね？　でも、永久にというわけではない。どなたか、ご提案をお願いします」

「五十年間」と支配人《インプレザーリオ》が提案した。

その恥知らずな提案が受けたのは、わしらの憤慨の叫びだった。もっとも、叫んだ者の中には、それが聞こえなかった者もおった。

「殺されたほうがまだマシだ。牢屋へ行くほうがまだいい。泥棒！　泥棒！」わしらはまた叫び出した。

リンキオーヘン弁護士は騒ぎを鎮めることに成功し、支配人《インプレザーリオ》に向かって言った。

「五十年は長過ぎます。もう少し短い期限にする必要があります」

「四十年」とデモシカ司祭が提案した。

「三十五年」と提案したのはペリーノ氏だった。

「二十五年」と公証人。

サーカスのような喧しさだった。新しい提案はどれもわしらの拒否の叫びに遭った。いつものとおり、提案が聞こえなかった者も叫んでおった。もっとも、聞こえたところで何になる？　なにしろ連中のあらゆる言葉、あらゆる仕草がいかさま臭いのだ。ついにあの三色たすきのちび野郎が動いて、憲兵たちにわしらをさらに遠ざけるよう命じた。憲兵たちにとっては容易なことではなかった。わしらは押されたり叩かれたり蹴られたりしては、それに仕返しし、そうこうしているうちに水門の近くの進展を見失ってしまった。

ある時点で公証人が一枚の紙を手にしているのが見えた。

「あっ、紙だ！」とスカルポーネが、ついにいかさまを自分の目で見た者の怒りを込めて叫んだ。

「えっ、もう紙があるか?」と、そこまでは見えなかったバルディッセーラが不安そうに訊いた。「ということは、裏切り行為の執行完了だ」

わしらは、紙の周囲にお歴々が集まってちょっとの間それを取り囲んでから、お辞儀や握手や祝辞を交わすのを見た。だが、連中の声はこっちでは聞こえなかった。あとで言われたのは、水を失う期間が十ルストゥルムで、その提案はリンキオーヘン弁護士がわしらのためにしたということだった。が、その十ルストゥルムとやらが、果たして何ヶ月、あるいは何年に相当するのか、わしらの中に知る者はいなかった。

七

十ルストゥルムが、いったいどのくらいの期間なのかという謎を解くために、フォンタマーラではかなり長いこと議論が続いた。バルディッセーラは、十世紀だと言い張った。

「十ヶ月のことなんじゃない?」とマリエッタは主張してみた。が、その意見はだれにも支持されなかった。

いずれにせよ、十ルストゥルムがフォンタマーラにとって意味するのは飢えだった。丘の麓の畑は、小川に見放されて日に日に悲惨さを増した。しかも、まるで神様と支配人《インプレザーリオ》が申し合わせたかのように、五月の末から雨がさっぱり降ってなかったのだ。

作物は、だんだんに干からびていった。乾ききった土には大きな亀裂が入った。遠くから見ると、ピラトとラノッキアのとうもろこし畑だけが例外に見えたが、それも見かけだけ。葉の部分は成長していても、子実は稀で小さくて貧弱な豆粒しかつけていなかった。これじゃ、せいぜい家畜の餌ぐらいにしかならないものだ。もっと惨めなのは、ミケーレ・ゾンパとバルドヴィーノとわしの豆を蒔いた畑で、豆は日に焼けた芝麦さながらだった。バルレッタやジュナンノ・キンヨービやブラチョーラやキョーコーシストの畑ときたら、まるで溶岩が流れた後のようだった。

フォンタマーラにとってそれが飢えを意味したのは、よそに借りたり持っていたりしている土地からの収穫が、ふだんは税金や地代その他の出費に充てられていたからだ。一方、潤った畑からの作物はわしらの食う物、とうもろこしパンと豆のスープになっていたのだ。水泥棒が、わしらにパンもスープもない冬を宣告してしまった。こんなことって、あり得るか？　わしらのだれ一人としてそんな見通しに慣れようとする者はいなかった。でも、だれに相談したらいいのか？

四分の三と四分の三のいかさまに次いだ十ルストゥルムのいかさまで、もっとも鈍い連中も目覚めた。この二件で、わしらはこれまでずっと自分たちの利益を守ってもらうために頼りにしてきた男に極めて巧みに騙されたのだ。もう、だれも頼れない。それが、わしら個人にとってはもちろん、村にとってもどういうことを意味するのか、説明するのは簡単じゃない。フォンタマーラのように貧しい村は、だれか「紳士」、できれば弁護士の後ろ盾なくしては、地べたを這う虫けらも同然、どう扱おうがだれにも文句を言われず好きなようにできる存在と見なされるし、近くの村の横暴に抗議したり、仕事や出稼ぎや兵役中の休暇や、不幸があった時や結婚をめぐる助言が必要だったりする時、フォンタマーラの村人はみな、その人に助けを求めていたのだから。

　フォンタマーラの村人は、たとえば、単なる出生証明書を発行してもらう時でさえ、リンキオーヘン弁護士の同伴なしに一人で役場に行くようなとんでもない真似は絶対しない。一人でのこのこ役場に出向いたりしたら、教会に入り込んだ犬ころみたいに足蹴にされて追い出されるのがおちなのだ。バルディッセーラの思い出話によると、ローマとペスカーラ間に鉄道が通ったばかりの頃、フォンタマーラの村人はフォッサ駅にいく時、切符を買うのに必要な金ばかりか、リンキオーヘン弁護士の紹介状を持って出かけていたんだとか。その後、旅は頻繁に、汽車もいつも混むようになって、この習慣は廃れ、ついには、リンキオーヘン弁護士に話しもせずにこっそりローマに出かけるどん百姓さえ現れた。でも、ほかのことに関しては、「紳士」の加護なくては、みじめなどん百姓は飼い主のいない羊も同然だった。

　とはいっても、年寄りたちの記憶によれば、昔からずっとこうだったわけではないらしい。昔は、地元に司教を含む三、四人の地主がいて、その連中がすべてを所有し、みんなが知っている二、三の法律をもとにあらゆることを仕切っていたという。それで暮らしやすかったかって言えば、そんなことは全然ないんだけれど、すべてが簡単だった。ことが複雑になっていかさまが始まったのは、年寄りたち曰く、ピエモンテ王国の連中がやって来てからで、毎日新しい法律と新しい役場ができていたらしい。で、その中を生き抜くのに弁護士が必要になった。かたちは、法律が地主を離れてだれにとっても同じものになったが、それを守ったり、抜け道を見つけたり、ダシにして横暴を働くために弁護士の重要さと数が増した。と同時に、古い地主たちや坊主の地位が転落しちまったことは、オショクジチュー氏やデモシカ司祭を見りゃわかる。

わしが子どもだった頃には、フォッサには弁護士は二人しかおらず、それが公証人も務めておった。今じゃ、調停をやる小者のインチキ野郎を勘定に入れないでも、弁護士が八人に公証人が四人もおる。大勢おるものだから、弁護士たちは食っていくために毎週新しいもめごとや喧嘩を起こさせたり、些細な裁判を長引かせたりするんだ。かつては簡単にかたがついた諍いが、今じゃ、弁護士のせいで何年も続くし、金もわんさとかかるし、憎悪や恨みが後々まで残る。弁護士のせいで、家同士に信頼関係がなくなっちまった。弁護士はとにかく何にでも口を出すんだ。どうすりゃ、やつらなしになれるだろう？　やつらは、その仕草や声色や服の着方から挨拶のし方、飲んだり食べたりするやり方まで、まるで貧乏人の想像を掻き立てるためにわざと考えられたかに見える。どん百姓の夢は、弁護士に代父になってもらうことだ。だから、子どもが一人前のキリスト教徒になる堅信式があると、教会では、弁護士の周りにどん百姓の餓鬼たちが大勢、その周りには着飾った母親たちが群がるのを見かけるものさ。

弁護士の客にならないのは、守るものも、失うものも、稼ぐものも、何もないどん百姓だけ。ゴロツキはべつだがな。ゴロツキは、人一倍弁護士に守ってもらう必要がある。でも、だれから守ってもらうのかって言えば、もちろん金持ちからじゃない。

リンキオーヘン弁護士に、わしらはいったい何度騙されただろう。でも、どうやってやっこさんなしでやってこられただろうか？　それにやっこさんは、いつだって親切で、みんなと握手するし、酔っ払っている時なんか、わしらを抱擁すらして許しを乞い、わしらはいつも許しておった。だけど、四分の三と四分の三のペテン、トゥルムは、あんまりにも酷すぎた。

水を失うこと、つまり飢え死にするってことを甘受できる者は一人もいなかったが、取り戻す道を知る者もいなかった。ピラトとゾンパは支配人《インプレザーリオ》相手に訴訟を起こしたがったが、わしとほかの当事者たちはその案に反対した。その種の裁判がどんな結果になるか、嫌というほどわかっていたからだ。何十年も、時には何百年も続いて、裁判所も転々と変わり、村全体の財を食い潰した末に、状況は元のまま。仮に訴訟を起こすとしても、いったいだれに頼むんだ？　リンキオーヘン弁護士か？　やっこさんは、また四分の三と四分の三や十ルストゥルムみたいな新たないかさまを考え出すだけさ。話にならん。とはいえ、だれも失われた水を思い切れる者はいなかった。収穫をまるごと諦められる者、パンもスープもない冬の見通しに慣れる者などおるわけがなかった。

「これで終わりさ」とゾンパは繰り返した。「見てろ、神様がお怒りになって、近いうちに地震が起きて、もうこの話はなくなるぞ」

憤慨したバルディッセーラは、それに応えてこう言った。「政府の法律が無効になって、法を守らせにゃならん連中が真っ先にそれを破るようになった時には、民の法が復活する」

「民の法って？」とみんなが訊いた。

「天は自ら助くる者を助く」バルディッセーラはベラルド・ヴィオラの苦い信念をと

うとう受け入れるに至ったのだ。「わかるやつにはわかる」

たしかにそのとおりではあったものの、打つ手にはならない。それに、あいつは口でなんと言おうが虫一匹殺せなかった。

一方、ベラルドは何も言わなかった。哀れなベラルドは、もうかつてのやつじゃなかった。ほかのことで頭がいっぱいだったのだ。やつの沈黙は、子分のつもりでいた若い衆を打ちのめした。水の分割に立ち会わなかったのは裏切りとみなされた。やつに対する不満はリンキオーヘン弁護士に対する以上に苦々しいものだった。ベラルドは、いまや人づきあいを避けて、姿を見せることも稀だった。これまでと全然ちがう意味で、今まで同様やけになっておった。わしらの権利を取り戻すための計画は、ちっともやつの興味を惹かなかった。

「気の毒なこった」とやつは言った。「だが、おれには水をやらなきゃならん土地はない。それに、もう小僧じゃないんだ。自分の生活を考えなきゃならんからな」

ベラルドの頭の中にあるのはただ一つ、出稼ぎに行って、がむしゃらに、人の倍働くこと。六ヶ月か一年してからフォンタマーラに戻って来て土地を買って結婚すること。ほかの話をしてもまったく取り合わんのだ。もう昔のやつじゃなかった。わしは、そんなやつに同情しておった数少ない人間の一人だった。

わしには繰り返しこう言っておった。「村を出て一日に十時間、十二時間、十四時間だって働く。そうして千リラ稼いで戻って来るんだ。十リラは大した金じゃないが、給料の相場はそんなもんだろう。ほかのやつらよりたくさん働きゃ、もっと稼げるだろう。使うほうは徹底的に節約する」

ローマから何かよい知らせが来たか、時々、リンキオーヘン弁護士に訊きに行った。それも村人たちとのしんどい議論を避けようと、だれにも言わずに夜出かけて行った。弁護士のほうは、やつが早く出発できるようにしてやりたいと本気で思っているらしく、いろんな助言を与えては、分別をつけて貯金し結婚するという決意をしきりに褒めた。

司祭の声色を真似て父親みたいな口調で言い聞かせるのだ。

「分別のない気まぐれを防ぐには、嫁さんと子どもと家といくばくかの貯金が何よりさ。おまえさんみたいな若者を落ち着かせるには、憲兵で脅したりするよりもはるかに効く」そう言って、打ち解けた調子でつけ足した。「わたしだってね、独り者だった時分には、かなり奇抜だったのさ」

　こうした言葉にベラルドは、これまで騙されたことも忘れて感動し、自分の新たな人生の決意を固めるのだった。そして、ついにある晩、庶民の味方が急いで事務所に来るようベラルドを呼びに来て、ローマの商人を紹介した。そのよそ者は、首都で仕事を見つけるための助言をいくつかベラルドに与えてくれた。

「もし、憲兵に汽車を降ろされたら、どうしたらいいんです？」とベラルドは尋ねた。

「仕事を探しに行くなんて、言う阿呆がいるか」と、その人は、愚かな質問を一笑に付して叫んだ。「ローマには、巡礼に行くとか、総合病院にいる死にかけた親戚を見舞いに行くとか、言えばいい」

　ベラルドが出稼ぎに行くために百リラ貸してくれと言ってきたので、わしはうちの息子を一緒に連れて行くことを条件に貸してやった。やつは了解した。

　出発の前の夜、息子について頼んでおきたいことがあったので、ベラルドを探しに行くと、エルヴィーラの染め工房におった。やつは、気の毒なダミアーノが横たわる藁布団の足元に座っとった。

　わしは、ベラルドに注意してほしいことを話し始めた。

「きつい仕事の場合は、うちのやつには十時間以上は働かせないでほしい。それから、淫らな女たちの出入りするような宿には行かないでくれよ」

が、そこにラッファエーレ・スカルポーネがやって来て、中断を余儀なくされた。一緒にほかの連中も来たが、そいつらは外で待っておった。

「隣町のスルモーナで革命だ！」とスカルポーネは入って来るなりベラルドに向かって叫んだ。

「何の革命？」とベラルドは煩そうに答えた。

「何の革命って、どういう意味だ？」

「スルモーナなら、アーモンド菓子屋の革命か？」とベラルドは笑いながら言った。

「スルモーナで、どん百姓の革命が起きたんだ」スカルポーネは冗談など言っている場合じゃないという声で説明した。

「だれから聞いた？」ベラルドは、怪訝そうに訊いた。

「バルディッセーラからだ」

「バルディッセーラは、だれから聞いたのさ？」

「それは秘密だ」とスカルポーネ。

「だったら、嘘さ」ベラルドはそう結論づけて、中断した話を再開しようとわしのほうを向いた。

スカルポーネは外に出ると、待っていた連中の中からジュナンノ・キンヨービを呼んで靴職人を呼びに行くように言った。

待っている間、だれも口をきかなかった。部屋の片隅では、エルヴィーラがスープの豆を準備していた。

バルディッセーラは、不承不承やって来て、ダミアーノに格式張った挨拶をすると、こんな話をした。

「今日、靴底を買いにフォッサに行ったのさ。広場で教会から出てきたクロリンダ夫人に会ったんだ。みんなも知ってのとおり、少年時代にあのうちに仕えていたことがあるから、気心が知れてるし、会えば挨拶する。オショクジチュー氏の奥さんは、おいらに小声でこう言った。あんたは聖アントニオ様のお使いだ。ちょっと話があるから、うちに来てちょうだい、って。何のことなのか想像もつかなかったが、言われたとおりにするしかないんで、靴底を買うとすぐに奥さんのとこに行った。で、ご本人自らドアを開けてくれて、おれに訊くんだ。すごいニュース、知ってる？ スルモーナで革命なのよ。この辺りの憲兵たちも駆り出されて行ってるのって。奥さんの話だと、スルモーナにも支配人《インプレザーリオ》みたいなのがおって、みんな身包み剝がれてしまったそうだ。革命は三日前に起こって、まだ続いているんだとか。わたしらの吸血鬼にも罰を受ける時が来たってことかしら？　って、奥さんは暗に支配人《インプレザーリオ》を匂わせて訊くんだ。おれは、何にも言わなかったけどな。二ヶ月前から聖アントニオ様のお像の前に朝も晩もずっと蠟燭を点けてるのよ、あいつに災いが降りかかりますようにってね。でも、なかなか起きないわって、おれの耳元で囁くんだ。それでも、おいらが相変わらず何も言わないんで、奥さん、はっきりこう言った。今こそ行動を起こす時なのよ。憲兵はスルモーナに行っちゃっているんだもの。支配人《インプレザーリオ》に対する不満は、みんなが抱いているんだよ。要は、ことを始める、動くこと。だけど、それができるのはフォンタマーラの人たちだけよ。教会の前であんたを見た時、わたしにはすぐにわかったわ、聖アントニオ様があんたをよこしてくれたんだって、となる。おいらは、町に下りて来たのは靴底を買わなきゃならなかったからだって説明したんだけど、奥さんはほかのことで頭がいっぱいだった。そうじゃなくて、あんたをよこして下さったのは聖アントニオ様なの。今朝、いつもどおり応誦をしている時にね、聖人様がわたしにインスピレーションを与えて下さって、こうおっしゃったの。お前は何もできない。あの吸血鬼に思い知らせてやれるのは、フォンタマーラの連中だけだって。そして、教会を出たら、なんと、ばったりあんたに会ったんだものって、奥さんは説明するんだ」

オショクジチュー氏の奥さんは年老いた靴職人に、フォンタマーラの人間たちに道具、よくわからんが、たとえば石油とか武器とかだろうか、それが必要なら、信用できる人を介して頼めば、手に入れることができると暗に匂わせた。

バルディッセーラの話が終わるとすぐ、スカルポーネはベラルドに訊いた。「なあ、どう思う？」

「おまえは、どう思うんだ？」とベラルドは訊き返した。

「ここに来る前、大勢で集まったんだ。外、路地で待ってるやつらの分も代弁して言うと、スルモーナの例に倣うべきで、助けはだれのものであろうが断るべきじゃない」とスカルポーネは決然と答えた。

やつはすでに計画を考えていて、支配人《インプレザーリオ》のいくつもの工場を夜の間に破壊することから始めると言う。

が、ベラルドは、上の空の様子で「なんで、そんなことするんだ？」と異議を唱えた。スカルポーネは苛立ちまぎれに言い返した。

「なんだよ、おまえ、月の世界にでも住んでるのかよ？　おれたちが支配人《インプレザーリオ》に散々な目に遭わせられてるの、知らんのか？　自分たちで裁きを下すしかないってこと、わからんのかよ？　この冬は、フォンタマーラじゃ、石を食わなきゃならないんだぜ」

ベラルドは言わせておいた。そして、同じように無表情でわざと無邪気さを装ってバルディッセーラに訊いた。

「クロリンダ夫人は、支配人《インプレザーリオ》が憎らしいからって、なんで聖アントニオ様に助けを求めたりするのかね？　旦那はいないのか？　聖アントニオ様は、夫人に同情するなら、どうしてフォンタマーラの人間なんかを引き合いに出すのかね？　仕えている天使がいるんじゃないのか？」

同じ調子で、今度はスカルポーネに尋ねた。

「支配人《インプレザーリオ》の工場に火をつけりゃ、冬の間、おれたちが燃えかすを食って飢えをしのげるとでも思ってるのか？　セメント工場や煉瓦工場や皮なめし工場の工員たちが失業して、何かフォンタマーラの人間たちの得になることがあるっていうのか？」

最後に、声色を変えて本心をあらわにした。

「どっちにしても、その話はおれには関係ないね。おれたちの身の上は本当にひどいものだ。だから、みんなそれぞれ自分のことを考えるべきさ。今までのおれは、自分には関係ないことに首を突っ込み過ぎたんだ。その結果がこうだ。三十になるのに持っているのは寝床の藁だけさ。おれはもう小僧じゃないんだから、自分の生活を考えなきゃならん。だから、邪魔しないでくれ」

「邪魔してるのはおれたちじゃないぜ、おれたちの生活を邪魔しているのは、支配人《インプレザーリオ》じゃないか」とスカルポーネは反論した。

　ベラルドは、わからんやつだと言わんばかりに首を横に振った。そんなことくらい、百も承知なのだ。ほかのどん百姓相手に何百回とそういう話をしたんだから。でも、もう小僧ではないし、もう自分一人のことを考えていればいい身分じゃない以上、命も身柄も前みたいに向こう見ずに危険に晒すことはできない。考え方を変えざるを得なくなった。そして、考え方を変えていた。やっと村全体がベラルドみたいに考えるようになった今、ベラルド自身の考え方のほうが変わってしまったのだ。

　そして、疑いを挟む余地のない調子でよりはっきり説明した。「おれはな、おまえらの水や土地のために牢屋に入るのは御免なんだ。自分の暮らしを考えなきゃならんからな」

スカルポーネとバルディッセーラは立ち上がって出て行った。

外の路上で待っていた若者たちに、スカルポーネはわしらにも聞こえるような大きな声で言った。「ベラルドのやつ、びびってやがる」

さて、どうなるか？　フォンタマーラの若い衆にとって、ベラルドは神も同然だった。ベラルドの指揮下なら、やつらは殺されるような真似でもすすんでやっただろう。だが、ベラルドなしでは、あえて何かを企むこともないのは容易に見通せた。

この議論の間中、エルヴィーラは黙ったまま戸口のそばに立っていた。口論の間、あの娘《こ》は一瞬もベラルドから目を離さず、最初はまさか本気で話しているわけじゃあるまいといった物珍しそうな目で、それから驚いた表情で、そして、ついにもう疑いを挟む余地がないことがわかると、不安げに心配そうな目で見ていたが、ほかの連中がいる間はあえて口を挟んだり反論したりはしなかった。けれども、スカルポーネとバルディッセーラが行ってしまうと、窘める口調でこう言わずにはいられなかった。

「わたしのためにあんなふうに言ったのなら、忘れないでほしいの。あなたのことを思うようになったのは、今のとは反対の考え方をする人だって聞いていたからなのよ」

エルヴィーラからも咎めを受けて、ベラルドは苛立ちを隠せず、何かきつい言葉を返そうとしたが、黙って挨拶もせずに立ち去るほうを選んだ。

わしが家に戻るとかみさんと息子が待っていた。

息子にローマで恥をかかせまいとかみさんが用意したわしのスーツは、肩が少しぶかぶかだったのを別にすれば、ほぼちょうどいい大きさだった。実を言うと、もう十年ぐらいになるスーツだが、わが家にあるいちばん上等なものだった。かみさんは、息子を災いから守ってくれるようにと、コペルティーノの聖ヨセフのお守りを襟の生地と裏地の間に縫い付けてやった。戸口の手前には、最初の何日か分の食料、パンと玉ねぎ二個とトマト、一握りのアーモンドといくばくかのチーズを入れた袋が用意されていた。わしは、万一に備えてリンキオーヘン弁護士の紹介状を息子に渡した。二年ほど前のものだが特定の用途はなくわし自身、何度か使ったもので、まだ役に立つかもしれなかった。

「みんなが話してる革命って、どこまで本当なの？」とかみさんが心配そうに訊いてきた。

「なるようになれってんだ」とわし。そして息子にはこう言った。「お前は明日、日が昇る前に発たなきゃならんのだから、よく寝ておけ」

わしらはそれぞれ眠ろうとし、あるいは寝たふりをしたが、だれも眠れなかった。夜中の二時頃、突然、教会の鐘の音が聞こえた時、三人ともまだ眠ってはいなかった。最初の音と二番目は力強くはっきりと聞こえたが、そのあとは、最初の音の遠い木霊のような音だった。

「今の、聞いた?」とかみさんがびっくりしてわしのほうに寝返りを打つと訊いた。

「きっと、マリア様だろう。さあ、眠ろう」

わしはそう言ったものの、その場しのぎの答えだった。三人とも耳をそばだて、息を殺していたが、そのあとは何も聞こえなかった。

それから三十分ほど経っただろうか。再び二、三回、最初のよりも弱い鐘の音が聞こえた。

「今の、聞いた?」とまたかみさんが不安を募らせて言った。

「風だろう。とにかく寝ようや」とわし。

だが、外は穏やかで風ではあり得なかった。そもそも、すごい北風だって、一度も鐘を鳴らしたことなんかなかったのだ。

さらにしばらくしてから、鐘がもう一度鳴ったが、それが聞こえたのは、わしらが耳をすましていたからだ。

「ふくろうかもよ」わしは当てずっぽうを言った。

「ふくろうって、鐘鳴らせるの？」

「ふくろうじゃなけりゃ、きっとブナテンさ」

「ブナテンが、何を探しに鐘楼まで行ったりするの？」

「ブナテンじゃなけりゃ、きっと魔女だろう」ほかには答えようがなかった。

あの時、フォンタマーラでぐっすり眠っておれた者は少なかった。だれもが鐘の音を気にしながら、きっと、わしらと似たり寄ったりの推測や議論をしていたにちがいない。が、みんな自分のことにかまけていて、だれが鐘楼にいるのか確かめに行こうと起きる者はいなかった。

その後の話は、うちの息子がするだろう。

八

ベラルドとぼくは、朝の四時にフォンタマーラをあとにして、ローマ行きの汽車に乗るためにフォッサに向かいました。

ベラルドはひどく不機嫌で、ぼくがおはようと言っても答えてくれませんでした。でも、ぼくは、出発早々からごたごたしないように気づかないふりをしました。

「ゆうべ鐘が鳴ったの、聞いた？」と、やりとりを始めたくて訊いたんですが、風に向かって話しているのと同じでした。

水害の聖母様の礼拝堂あたりでもう一度試してみました。

「鐘が鳴ったの、聞いた？」

でも、今度も答えてくれませんでした。

とっても大股で速く歩くので、ぼくも遅れないように一生懸命歩きました。

フォッサに入ったところで、汽車の警笛が突然聞こえてびっくりして、乗り遅れないように駆け出しました。でも、それは貨物列車で、ぼくらの汽車にはまだだいぶ時間がありました。

駅の待合室に着いて三十分ぐらいした頃、入り口にスカルポーネが現れました。ベラルドは見なかったふりをして、背を向けると壁に貼られている掲示を大袈裟な注意深さで読み始めました。だけど、スカルポーネはまっしぐらにベラルドのほうへ来て言いました。

「テオフィロが首を吊っちまったんだ」

ところが、ベラルドは掲示から目を離そうとしないんです。

「今朝、バルディッセーラが鐘楼のはしごの上にいるのを見つけたんだ」とスカルポーネは続けました。「鐘の縄を首に巻いてた。死体はまだ生温かかったんだって。縄にぶら下がったまま一晩中もがいていたにちがいない。だれも助けに行かなかった」

「冥福を祈る」ベラルドは振り返らずに言いました。スカルポーネは、あたかもベラルドの反応のなさを信じていないかのように話し続けました。

「神父のところに行ってきた。今、デモシカ司祭の家から戻るところなんだ。神父のやつ、まず、なんでこんなに早く起こすんだって散々人を罵りやがってから、テオフィロの亡骸に罪の赦しを与えに来るのを拒否しやがった。おれは訊いたんだ。教会のために一生働き続けた寺男を祝福してやらないなんて、どうしてそんなこと言えるんですかって。そしたら、首吊るようなやつは地獄行きだ。寺男が首吊ったら、地獄の底に落ちる、だってさ」

「冥福を祈る」とベラルドは平然と構えたままで繰り返しました。

「テオフィロの遺体を教会の真ん中に置かなきゃならんよ」スカルポーネは続けます。「そうすりゃ、聖母様と聖ロッコ様、聖アントニオ様、コペルティーノの聖ヨセフ様や聖ベラルド様やほかの聖人たちみんなの目に触れる時間があるだろう。そうすりゃ、おれたちがどんな身の上にあるか、見てくださるだろう」

「冥福を祈る」またベラルドが言います。

やがて、ぼくらの汽車がやって来ました。

「行かないでくれよ」とスカルポーネがいきなり言いました。

「なんで？」ベラルドは驚いたように応えました。

「行かないでってば」とスカルポーネがすがりつくように頼みました。

ベラルドは汽車のほうへ向かいました。で、ぼくもやむなくそのあとに続きました。

スカルポーネはぼくの後ろで首を横に振りつつ目には涙を溜めていました。

「きょうは、フォンタマーラに憲兵たちが来るんだよ、テオフィロのことで」とスカルポーネが言い足しました。「ベラルド、頼むから、行かないでくれ、おれたちを見捨てないでくれよ。あしたにすればいいじゃないか」

でも、ぼくらは出発しました。

旅の間中、汽車の中では一言も言葉を交わしませんでした。ベラルドは、ぼくの向かいに座って考えごとに耽りきっている人みたいに窓の外をずっと見たままでした。よく見れば、ベラルドが失敗しないためならどんなことでも厭わないのがわかりました。遠慮も後ろめたさも一切ない感じなんです。それが自分の役に立つと思ったら、ぼくを窓から放り出すことだって平気でできたでしょう。顎のあたりを見ていて怖くなりました。腹が減ったら、きっとぼくは食われちまうだろうって思いました。

汽車の窓越しに見えたのは、山や草原や家や菜園や庭や畑や小川や茂みや牛や羊や町で、そして、土地、土地、土地がすごい速さで通り過ぎていきました。

「なんてたくさん土地があるんだろう」ベラルドは口の中でつぶやいていました。

ふと、二人の憲兵がぼくらの乗っていた車両に入って来て乗客一人ひとりに質問しているのに気づきました。

「行き先はどこだ?」とぼくらも高飛車に訊かれました。

「巡礼です」と答えると、ベラルドは、教区の印の入ったデモシカ司祭の手紙を差し出しました。

「じゃ、気ぃつけてな」と憲兵たちは言いました。

ベラルドはニヤリとしました。

ローマの駅で汽車を降りる前に、ベラルドは、どんな困難をも打ち砕いてみせると言わんばかりに靴の紐をしっかり結んで手のひらに唾しました。

ローマでは、ベラルドがリンキオーヘン弁護士のところで会った旅人から勧められたという《よき盗人の木賃宿》に寝泊まりすることになりました。木賃宿の扉には、ゴルゴタの丘の三つの十字架の絵が描かれていました。それを見たら、宿の名前は、キリスト様の右の十字架に架けられて、死ぬ前にキリスト様を神様だと認めたことのご褒美に「きょうからわたしと一緒に天国に行く」というお言葉を頂いた、あの有名な泥棒をさすんだろうと考えますよね。ところがどっこい、後でわかったんですけど、《よき盗人の木賃宿》という立派な名前は、実は宿の主人そのもので、この人は、盗みで何度かムショ暮らしをした後、歳取ってからファシストにくっついて、体制に反対する人たちのリンチに何度も加わり、協同組合や労働者団体を襲う愛国的な盗みを専門にしてたんです。で、それが評価されて、愛国的な厳かな儀式で警察の長官自身から「よき盗人」っていう肩書きをもらったんだとか。

翌日、ぼくらは、開拓事業の仕事をくれる窓口に出向きました。制服を着た門番に四階に行けって言われました。行ってみると廊下には、待っている人が大勢いました。ぼくらはその人たちのあとに並びました。お昼頃、順番が回ってきたんですが、その時になって初めて四階じゃなくて五階の列に並んでいたことに気づいたんです。

それで、翌日、四階に行きました。いたのはぼくらだけで、ベンチに腰掛けて三時間待ちました。大勢人が行ったり来たりしていましたが、だれもぼくらを相手にしてくれません。質問しても、迷惑そうに答えるだけです。結局、六階に回されました。六階では、別の場所に行けと言われるまで二時間待ちました。

こうして、三日目を迎えました。新しい窓口では、こう訊かれました。

「登録証《テッセラ》は？」

「何の登録証ですか？」ぼくらはびっくりして答えました。

　ぼくは、親父から渡されたリンキオーヘン弁護士の古い手紙を取り出しましたが、職員にせせら笑われて、

「そいつは要らない。要るのは登録証だ」

　別の窓口に連れて行かれて、そこの職員から二枚の紙に毎月一枚、全部で十二枚の切手を貼ったものを渡されました。

「三十五リラ」って、職員に払うように言われました。

「金、金、金を払うことばっかり」とベラルドが言いました。

　三十五回引っ叩かれるのと同じくらいの痛手でした。三十五リラ払って、その紙切れをもって最初の窓口に戻りました。

「はい、登録証です」

「当然の義務を果たしたまでだ」というのが、返ってきた答えでした。

「あした、職安に行って、失業者、開拓事業への志願者として登録しなさい」

　こうして、四日目が過ぎました。

　言っておくと、手続きの長さについて、ベラルドはちっとも苛ついているように見えませんでした。それどころか、努めて当たり前だとみなそうとしていました。

「仕事をもらうのが難しければ難しいほど、そこからの稼ぎは多くなるぞ」とぼくに繰り返し言いました。

窓口がしまっている午後は、ベラルドにあっちこっち連れて行かれました。はじめて「銀行」って書かれた札のある建物に行き当たった時には、「ほら、見てごらん」とぼくに言いました。ベラルドは、数分間、その看板に見とれていました。

「支配人《インプレザーリオ》が金をもらってるのは、ここなんだ」とぼくの耳元で囁きました。

ところが、少し先にもう一軒、その先にも三軒目、四軒目の銀行があって、ついには数えるのをやめました。支配人《インプレザーリオ》の銀行は、どれなんだろう? 答えを見つけるのは容易じゃありませんでした。ローマのど真ん中の聖ピエトロ寺院があるはずだと思っていたところには、銀行しかありませんでした。

「ほら、見てごらん」新しい銀行を見つけるたびにベラルドはぼくに言いました。

銀行は、どれも競い合うように見事で、なかには教会のように円屋根のあるものもありました。その周りは大勢の人と車でとても賑やかでした。

ベラルドは、飽きることもなく感心して見入っていました。

「でも、円屋根があるし、教会なんじゃないの?」とぼくは異を唱えました。

「うん、教会だ、別の神様のね」とベラルドは笑いながら答えました。「今、この世を実際に治めている神様、金だよ。すべての人間を従わせるんだ。言葉では天の神様について説教するデモシカ司祭みたいな神父もな」と言ってから、つけ足しました。「おれたちのつまずきの元は、もしかすると、この世を治めているのが別の神様なのに、古い神様を信じ続けていたことなのかもな」

ベラルドは、泉を見つけるたびに、朝、フーチノに向かう時に驢馬がするように、立ち止まって水を飲んでいました。だけど、信じられないくらい高いところまで噴き上がるすごいのもあって、あそこじゃ、水は飲めませんよね。

「なんてたくさんの水を、もったいない」ベラルドは愚痴りました。「これだけの水がフォンタマーラにあったらなあ」

ある日、ベラルドは道端の行商からきれいな色の肩掛けと櫛と髪留めを買いました。「機会を見つけて、エルヴィーラのところに送ってやろう」と、気張ってその名前を口にしながら言いました。「似合うと思うかい？」

「もちろん」とぼくは答えて、こういう時によく言う台詞をつけ足しました。「きれいな人には、何でも似合いますよ」

そして、「本当にきれいだと思う?」ってぼくに訊いて、こうも言いました。「大事な人になると、だんだん色んなことの意味が変わっちゃうものさ」

ベラルドは、大通りや公園のベンチに腰掛けるのがとても好きでした。

「さあ、座んな」とぼくにも言って、「嘘みたいだけど、ただなんだよ」

そして、いつも同じベンチや近くに座った人たちの会話に注意深く耳を傾けていました。ぼくにはこう打ち明けました。

「もしかすると、だれかが、床貼り職人を探してるって言うのが聞こえてくるかもしれないだろ。頑丈で信用できる、できればアブルッツォの山から下りてきたような、要するに、力仕事を嫌がらないのがいい、とかさ」

ある晩、ぼくらの木賃宿の前に人だかりができていたんです。車用トレーラーのタイヤの一つが外れちゃって、車両が壁に寄りかかるように半分横倒しになっていたのを、何人もの人が立て直そうと一生懸命頑張っているんだけど、都会でよくあるように、騒ぎばかり大きくて力はそれほどじゃない。そこにベラルドが近づいて行って上着と帽子を脱いで屈むと、車両の下にしゃがみ込んで背中でゆっくりとタイヤが取れちゃって地面にくっついているほうを持ち上げて、みんなが感心しきっている前で運転手がタイヤを元どおりに直すまで支えていたんです。

　この出来事があってから、ベラルドはいくらか前みたいによく喋るようになりました。その晩、ぼくに訊きました。

「クロリンダ夫人は、銀行の力をぶっ壊すために聖アントニオ様の像の前に蠟燭を二本つけっぱなしにしてるんだとさ。笑っちまうだろ?」

　でも、ぼくは議論する気になれなくて。ベラルドが、出発の前の晩にスカルポーネとした口論のことでうずうずしていて、その話をしたがっているのはわかったんですけど、でも、ぼくとじゃ、あまり議論にもならないんですよね。

「突拍子もないこと考えるのも、若いうちならいいんだよ」とも言われました。「栗を焼くんなら意味あるけど、支配人《インプレザーリオ》の家を燃やすなんて、真面目に考えてみろよ、何の意味がある?」

　話したくてたまらないのはわかっていたので、ぼくは言わせておきました。

「勇気があるかないかの問題じゃないんだよ。わかるかい? おれがびびってるだと? スカルポーネのやつ、なんだってそんなこと、考えるのかね? びびるとかびびらないとかの問題じゃないってのに。ほかのやつらよりもちょっと余計に稼ぐために危ない目に遭わなきゃいけないとしたら、見てろ、今のおれには、だれもやったことがないことをするだけの力があるって感じてるんだ。わかるかい？　いいか、見てろ。あしたは仕事にありつけるだろうし、働き始めたら、わかるだろうよ、みんなが、そして、技師たちだってわかるだろうよ」

「テオフィロの葬式、どうなったかな？」とぼくは、現実に立ち戻らせるために訊きました。でも、気に食わなかったんですね。

「勇気の問題じゃないって言ってんだよ、おれは」って、乱暴な言い方で応じました。

「力の問題でもないんだ。支配人《インプレザーリオ》がおれたちに暴力でも振るったかよ？　そんなこと、全くないぜ。支配人《インプレザーリオ》がおれたち相手に使ったのは勇気でも力でもなくて、知恵さ。そうやって小川を掻っ払いやがった。掻っ払ったどころか、フォンタマーラのほうでくれてやったんだぜ。だって、まず政府への請願書に署名して、それから四分の三と四分の三の、そして十ルストゥルムのインチキを受け入れたじゃないか。支配人《インプレザーリオ》はどうするべきだったたって言うのさ？　自分の利益を考えて正当なことをしたまでだ」

　こんなことを言うほど、混乱した考え方をしていました。加えて、胸に秘めていた本心を口にしました。

「そりゃ、土地の値段は下がらなきゃおかしいさ。水がないんだから、うんと安くなって、作る作物も別のものにならなきゃな」

帰ったら手に入れるつもりの土地についてはすでに目をつけてあるけれど、ぼくにはどこなのか言おうとしませんでした。

五日目の朝、仕事をもらいに職安に行きました。朝の間中、窓口で待たされたあと、訊かれたんです。「出身は、どこの県かね？」

ぼくらはすぐに答えました。「アクイラ県です」

すると、「だったら、アクイラの職安に行かなきゃだめだ」と言われたので、訊きました。「アクイラの職安って、どこにあるんですか？」

その職員は吹き出して、ほかの職員たちにぼくらの質問を繰り返して、その場全体に陽気な笑いが広がりました。それが静まると、窓口の職員は、笑いすぎて涙が出てきた目を拭いてから、ぼくらに教えてくれました。

「アクイラの職安は、アクイラにある」

でも、ぼくらにはイタリア一周《ジーロディターリア》をする気なんて到底ありません。

「もう窓口は見飽きた」とベラルドは力強く宣言しました。「おれたちが弁護士の紹介状を持ってローマに来たのは、開拓事業で働くためで、十字架の道行きをするためじゃない」

職員は、ぼくらの目の前で窓口を閉めてしまいました。こうして、十字架の道行きが続くことになりました。

《よき盗人の木賃宿》の中に、アブルッツォの弁護士、アキッレ・パッツィエンツァ騎士がいました。よき盗人に勧められて、とにかくその人に相談することにしました。面会に呼ばれたのは明くる日、ローマに来て六日目で、暗さも狭さも散らかりぶりも汚さもぼくらの部屋と大体同じで場所も隣にある弁護士の寝室でした。アキッレ・パッツィエンツァ氏は寝台の上に完全に横になっていました。痰がらみの貧相な年寄りで、十日目ぐらいの無精髭を生やし、黄色い服を着て白い布地の靴を履き、頭には麦藁帽子をかぶって、胸には銅の勲章、口に楊枝をくわえていましたが、それはぼくらとの面会用に整えた恰好でした。寝台の下には尿がいっぱい溜まった壺が見えました。一番暗い面の壁には黄緑に光り輝く肖像画が掛かっていて、ぎょっとするような頭部の絵の下には統領《ドゥーチェ》と書かれていました。

「相談料は、十リラだ」とパツィエンツァ氏が開口一番言いました。

ぼくは衝動的に、「はい、構いません」と答えました。

「十リラ、前払いだ」と騎士は付け足しました。

ぼくらは、十リラ渡しました。

「一人十リラだ」と騎士がまた言いました。

ぼくらは、もう十リラ渡しました。

すると、騎士は、起き上がって、ぼくらには何も言わずに部屋を出て行きました。

廊下で咳をするのが聞こえました。それから、その咳がゆっくりと階段を降りて、よき盗人が待ち構えている一階で暫く止まってから、表の通りに出て向かいの居酒屋に消えました。

咳が再び現れて通りを渡り、のそのそ苦しそうに階段を登ってぼくらのいる部屋の前でぐずぐずしてから、入ってきて寝台の上にパンとサラミを半分と赤葡萄酒を半リットル置くまで、一時間近く待たなければなりませんでした。

パツィエンツァ騎士は、また体を横たえると、ぼくらがまだ何の
していないのに、こう言いました。「あんたらのケースは

そして、しばらく黙って考えてから、こう訊きました。「金は、あとどれだけ残っとるのかね？」

ベラルドの帽子に銅の小銭も含めて持っているものをすべて入れて数えると、およそ十四リラでした。がっかりした騎士は判決を下しました。

「あんたらのケースは、取り上げる意味すらない、それどころか絶望的だ」

それから、またしばらく黙って考えたあと、こう訊きました。

「フォンタマーラからもっと金を送ってもらうことはできんかね？」

「もちろん、大丈夫です」ベラルドは、そんなことはないのを百も承知ですぐに答えました。

「それから、取り上げる意味すらない雌鶏も送ってもらえるかね？　ついでに若干のチーズと、あと若干の咳止めの蜂蜜もだな？」と騎士はつけ足しました。

「もちろん大丈夫です」と、蜂蜜なんて、生まれてこのかた舐めてみたこともないベラルドが慌ててそう答えました。

すると、パツィエンツァ騎士は、馬のような笑顔で黄色い歯を四十本ぐらいのぞかせながら言いました。「あんたらのケースは明るいぞ」

そして、「さあ、話しなさい」と命じました。

ベラルドは、ぼくらがローマに来た理由を説明しました。

騎士は起き上がって、古い傘の取っ手だったと思われる杖を探し、出陣する人間がやるみたいにそれを摑むと、ぼくらに言いました。「ついて来なさい」

ぼくらは後について行きました。最初に行ったのは電報局でした。騎士はこんな内容の電報を用意しました。「ニヒャクりら、ちーずジュッきろ、ハチミツ二きろ、ニワトリスウワ、イソイデオクレ」そして、ぼくらに訊きました。

「電報はだれ宛てにすればいいんだ？　あんたらのどっちの家のほうが金がある？」

「うちの父、ヴィンチェンツォ・ヴィオラ宛てに送ってください」と、子どもの時に親父さんを亡くしたベラルドが答えました。

パツィエンツァ氏が電報を窓口に出そうとした時、ベラルドが尋ねました。

「騎士は、桃はお好きじゃありませんか？」

「好きも好きじゃないも、桃は咳にすごく効く」

というわけで、電報に桃十キロが加えられました。騎士は電報の写しを取ってから、ぼくらに言いました。

「払ったら、ついて来なさい」

次に行ったのは、ぼくらがその前の日に門前払いを食らった組合の職安でした。パツィエンツァ氏はぼくらを廊下で待たせましたが、窓口越しに、フォンタマーラに送った電報を見せて大事なところを指差しながら責任者と何やら盛んに議論しているのが見えました。責任者が何か重要な問題を弁護士に指摘したのでしょう、真っ青になってぼくらのところに急いで戻って来ると、こう訊きました。

「フォンタマーラのチーズは、下ろして使うやつか？ それとも切って食べるのか？」

「軟らかいうちは切って食べるし、硬くなったら下ろして使いますよ」

ベラルドは騎士を大いに満足させる返事をして、責任者も安心させることができました。

ほかに特に問題はなかったので、騎士はぼくらのところに戻って来て言いました。

「手続きは始まった。ここに必要な書類、出生証明と犯罪証明と品行証明を取り寄せて、それが揃えば、失業者のリストに載せてもらえる。開拓の仕事はその先だ。この窓口に呼ばれるだろう」

ローマに来て七日目、残りのお金は四リラにもなりませんでした。パンを二キロ買って、一銭もなくなりました。

「職安からの呼び出しにそんなに時間がかかるはずはない」とベラルドは自身を励ますためにぼくに繰り返していました。

まだ絶望からは遠かったんです。だから、寝台の上に寝ている最中、いきなり変てこな幻想に囚われて急いで通りに出たりしました。ぼくにはこう説明しました。

「どっかの紳士がおれたちに声かけて訊いてくるかもしれないだろ。すみません、君たち、働きに来てくれませんか？　とりあえず日に三十リラ、もちろん食べ物と飲み物も出します。よければ、明日から始めてください、ってさ」

で、広い通りまで出て、最初に見つけたベンチに座って、まわりでしている話に耳を傾けていました。ところが、しばらくしてから、ベラルドは突然、また別の望みの虜になって言うんです。

「アキッレ・パツィエンツァ氏がおれたちのことを探してるかもしれん。きっと、おれたちがいないんで怒ってるぞ。せっかく同郷のやつらにいい仕事を見つけてやったのに、消えちまったたって」

それで、呼ばれたらすぐに行けるように、まあ、食べていなかったから歩きたくなかったってこともありますが、それからは木賃宿から出ることはありませんでした。足音が聞こえるたびに部屋の外に飛び出して、郵便配達が来るたびに、よき盗人が待ち構えている一階に駆け下りました。

実を言うと、落ち着けずにいた点では、パッツィエンツァ騎士も同じでした。もちろん、ぼくらが仕事に呼ばれるのを待っていたのに対し、騎士はベラルドの親父さんから美味そうな手数料が届くのを待っていたっていう違いはありますけど。三人とも一日中、寝台の上で横になって過ごし、三人とも何かそれらしき動きがあるたびに階段を駆け下りました。そして、階段を登る時、相手を責め合う言葉は日ごとに辛辣になっていきました。

「父親のくせに、おまえの親父はいったい何してる?」とパッツィエンツァ騎士はベラルドに言いました。「二百リラ送ってくるのになんでこんなに時間がかかるんだ?」

ベラルドはこう言い返していました。「いったいぜんたい仕事はあるんですか、ないんですか? あるんなら、なんで呼ばれないんです? 仕事があるなら、なんであんなに形式にこだわるんです?」

騎士はさらに「小包がのろいのはわかる、特に壊れやすい容器が入っていりゃ、届くのにすごく時間がかかるのはしょうがない。が、電報為替なら一日で届くんだよ。おまえの親父は自分勝手なやつだ」

「仕事するのに、なんで出生証明が要るんですか？」とベラルドはやり返します。

「仕事をしたいって言うやつがいたら、もう生まれてるに決まってるじゃないか。生まれる前から仕事を欲しがるやつがいるかってんだ」

食ったのは待ちぼうけだけの日が三日過ぎて、ベラルドとぼくは郵便配達が来てももう玄関まで下りて行かなくなっていました。朝から晩まで寝台に横になってたまに便所に水を飲みに行く時だけ起きました。それに比べると、パツィエンツァ騎士のほうがずっと楽観的で律儀なのがわかりました。日に三度、郵便配達が来るたびに咳の音が寝台から起き上がって部屋から出て階段をゆっくり一階まで下りて、それからしばらくしてまたゆっくり上ってきて、ぼくらの部屋の前でぐずぐずして、鍵穴からいつも新しいフォンタマーラを呪う言葉を吐き捨てるのが聞こえました。

あわれな老人は喘ぐように、そして怒鳴っていました。

「ベラルド・ヴィオラ、おまえの親父は人でなしだ。おまえの親父のせいで、おれはもうおしまいだ。ベラルド・ヴィオラ、おまえの親父のせいでおれは死ぬ。おまえの親父のせいで、おれは三日も何も食っておらんのだ」

　ベラルドは応えませんでした。またも黙りこくるようになっていました。寝台に横たわって両手を頭の下に敷いて、一言も言わずに天井を何時間も見ていました。

「どうする？　永遠に食べないでいるわけにはいかないよ」とぼくは訊きました。でも、ベラルドは答えません。

　ある時は、こう言いました。

「聞いた話だと、おれの祖父さん、山に入っている間、三週間何も食わずに水だけ飲んでいたことがあるんだってさ」

　べつの時には、「きょうは、何曜日だい？」と訊かれました。そして、こうつけ加えました。「マドンナ・デッラ・リーベラにお参りに行ったエルヴィーラは、もう戻って来たはずだ。お許しをもらうために、あのかわいそうなマリア・グラーツィアと一緒に徒歩で巡礼に行ったのさ」

　ぼくは言いました。「エルヴィーラは、お許しをもらう必要なんかない。マリア・グラーツィアと一緒に行ってあげただけでしょう」

何も食べなくなってから四日目の午後、すごく嬉しいことがありました。五時頃だったと思うけど、階段でパツィエンツァ騎士とよき盗人がなんだか騒いでいるのが聞こえました。

「やったぞ！　やった！」と騎士が叫んで、愛国的な歌を歌っていました。

勝利《ヴィットーリア》の女神はいずこに？
その御髪を捧げん
ローマの婢として
神が彼女を創造す[16]

二人は、ぼくらの部屋の前まで来ると、ノックもしないで扉を勢いよく開けて入ってきて、よき盗人はベラルド宛ての電報を振りかざし、パツィエンツァ騎士は葡萄酒の瓶を両手に持っていました。

「ベラルド・ヴィオラ！」と騎士は大声を張り上げました。「おまえの親父さんは立派な紳士だ。電報為替が届いたぞ」

「えっ、本当に?」ベラルドは、びっくりして喜びのあまり我を忘れたようでした。二十年前に死んだ親父さんが電報為替を送ってくれたなんて、どうして考えられたのか。四日も何も食べていなかったから、きっと落ち着いて考える気力がなかったんでしょうね。

騎士が喜ばしい出来事を祝おうと葡萄酒を注いでいる一方で、ベラルドは電報を手にとって開き中身を読んで、読み返してから、ぼくらの顔をじっと見て、一言も言わずに電報をたたむとポケットに入れました。

「どうしたの?」

ベラルドは、きっと聞こえもしなかったのでしょう、答えませんでした。その顔は恐ろしい表情になって、突然、白目が淀んで血走っていました。

「どうしたの?」と、ぼくはもう一度、今度はできるだけやさしい声で訊きました。

ベラルドは、一言も口をきかずに寝台に横になりました。

よき盗人とパツィエンツァ騎士は愕然として部屋から出て行きました。ぼくはベラ

16　マメーリの賛歌。第二次大戦後、イタリア共和国の国歌になった。

ルドのそばに座って、小声でまた訊き直しました。

「ねえ、どうしたの？　何があったの？　だれかが死にでもしたの？」

答えはありませんでしたが、ぼくはなぜか、フォンタマーラでだれか親しい人が死んだのだろうと察しました。

その晩の八時頃、ぼくらの部屋の隣の、前にアキッレ・パツィエンツァ騎士がいるって言った部屋がいつになく騒がしくなったかと思うと、騎士がやってきてぼくらに言いました。

「組合の職安の責任者が訪ねて来た。あんたらの証明書が届いたんだ。首長が発行した品行証明書には、こう書いてあったぞ。国家的見地から見て最悪の品行、だと。こんな証明じゃ、仕事をもらうのは不可能だ。それから、警察にも通報された。仕事なんて、見つかりっこない」

そして、扉を閉めて立ち去りました。

その五分後、また扉が開いて、よき盗人がこう言ったんです。

「この部屋には、別の客が入ることになった。三十分以内に部屋を空けるように」

《よき盗人の木賃宿》を出なければならなかったのは、もうすでに暗くなってからでした。

「どうする?」とぼくはベラルドに訊きました。

でも、何と答えることができたでしょう。当然、返事はありませんでした。

ぼくは、空腹で足には力が入らないし、頭がひどく痛みました。時々、倒れそうになりました。通りにいる人たちは、振り返ってぼくらのほうを見ました。怖がるようにぼくらを避けていました。ベラルドは、本当に痛ましい姿でした。

通りには、西瓜をどっさり積んだ屋台があちこちにあって、いかにも陽気に振る舞ういろんな人たちが群がっていました。中には、いろんな色の電灯を飾ったアーチのついている屋台もありました。居酒屋の庭には、もう食事を済ませたに違いないカップルが踊っているのが見えました。

「どこかの修道院でスープを配ってるところに行ってみるのは?」とぼくはベラルドに提案しました。

が、返事はありませんでした。

こうして、べつにそんなつもりはなかったのだけど、駅の近くに来ました。広場にはすごく大勢の憲兵や兵士や警官がいて通る人を尋問していました。一人の若者が驚いた顔でぼくらの姿を見つめると、道を塞ぐように目の前に来ました。

「こんばんは」と笑いながらベラルドに言いました。

ベラルドは怪訝な顔で相手を見たものの、返事はしませんでした。

「ちょうど君のことを考えていたんだ」と若者が言います。「ここで会わなかったら、フォンタマーラに探しに行くところだったよ」

「金は一銭もない。たかりたけりゃ、ちゃんと相手を選べ」

若者は、それを聞いて笑いだしました。見かけは工員か学生。背は高くて服装はきちんとしているけど、おしゃれじゃなくて、声も仕草も怪しい感じはしませんでした。

「この前、アヴェッツァーノに行った時のこと、覚えてない?」と若者はベラルドに訊きました。「ほかのフォンタマーラの連中と赤毛で顎に傷のあるおまわりに連れて行かれた居酒屋のこと、覚えてる？　覚えてるよね。でも、あの時、そいつに気をつけろって言ったやつのことは、忘れちゃったんだね」

ベラルドは、若者をじっと見て、その時のことを思い出したようでした。

「何か、食い物おごってよ」

ベラルドがせっかくのチャンスを逃そうとしているのを見て、ぼくはその人に頼みました。

若者は、ぼくらをミルクホールに連れて行って、卵とハムを注文しました。

「これ、おれたちの分か？」ベラルドは疑り深く訊きました。「だれが払うんだ？おれたち、すっからかんなんだぜ」

ベラルドを安心させるため、若者はカウンターに行って食べ物代を前払いしなければなりませんでした。その間、ベラルドはまるで「あいつ、頭がおかしいにちがいない」といった顔でぼくを見ていました。

「憲兵や兵隊の騒ぎ、何事だい？」ベラルドはひとしきり食べてから、訊きました。

「レーノ・ショータイフメーノオトコ[17]狩りだよ」

何だかよくわからない答えでした。若者は小声でつけ足しました。

「しばらく前から、謎の人物、レーノ・ショータイフメーノオトコが治安を乱してるんだ。特別裁判所で裁判があると、必ず潜《もぐ》りの新聞を作って配るレーノ・ショータイフメーノオトコの話になる。不正事件を告発したり、労働者たちにストライキをする

17　原文名＝il Solito Sconosciuto　イル・ソリト・スコノシュート

よう、市民には命令に従わないように煽ったりする潜りの新聞だ。非合法の新聞を持っているために捕まった連中は、みんなそのレーノ・ショータイフメーノオトコから受け取ったって自白するんだ。そいつ、最初は特定の工場の周りを好んでうろついていた。それがじきに都会や兵隊たちの宿舎にも足を延ばすようになって、ついには大学にも姿を現したんだ。同じ日にいくつかのちがう県や国境でも見たって報告されている。最もやり手の警官たちが追っかけてるんだけど、今のところ、だれにも捕まえられないんだ。何千人もの人が逮捕されて、政府は何度かその中にそいつ、レーノ・ショータイフメーノオトコがいるって信じた。ところが、しばらくすると、また潜りの新聞が出て、特別裁判所ではそいつの活動が報告されるようになって。最近じゃ、アブルッツォにも行っているらしいよ」

「えっ、アブルッツォに？」ベラルドは力を込めて訊き返しました。

「スルモーナとか、プレッツァとか、アヴェッツァーノやほかの場所。どん百姓の反乱があると、そこにはそいつがやって来る」

「そいつ、いったい何者だ？　悪魔か？」とベラルド。

「かもね」アヴェッツァーノの青年は笑いながら答えました。「でも、いい悪魔だよ」

「フォンタマーラへ行く道、教えてやりてぇところだな」とベラルドがつけ足すと、小声で「もう知ってるよ」と返事が返ってきました。

ちょうどその時、兵隊のグループをあとに従えた警官が一人、ミルクホールに入って来て、ぼくらのほうに来たんです。

「パスポートか身分証明書を見せろ」と高飛車に言われました。

警官がベラルドとぼくが組合で受け取った登録証とアヴェッツァーノの青年の身分証明書やパスポートやほかのいろいろな書類を調べている間に、兵上たちはミルクホールを捜索しました。

ぼくらの書類は事足りて、警官が立ち去ろうとしていたちょうどその時、兵士たちが警官に駆け寄って、上着掛けの下にあった布の包みを見せました。その包みの中身を見るや否や、警官と兵士たちはまるで毒蜘蛛に刺されたみたいに飛び上がって、「この包みはだれのものだ？　ここに置いたのはだれだ？」と怒鳴りながら、ぼくらに飛びかかりました。

そして、答えも聞かずにぼくらを捕まえて警察署に引きずって行ったんです。

ベラルドは、床に置かれていた包みが盗まれた物で、ぼくらは泥棒として捕まったんだと信じて、警察署に連れて行かれる間中、叫ぶのをやめませんでした。「おれたちが泥棒だと？　ふざけるんじゃねぇ！　盗人はてめえらだろうが。おれたちは泥棒どころか、盗みの被害者なんだ。泥棒は、おれたちから三十五リラ盗りやがった組合だ。泥棒は、おれたちから二十リラ巻き上げたパツィエンツァ騎士だ。おれたちが泥棒だと？　泥棒は支配人《インプレザーリオ》だぜ。どうせおまえらには、やつを捕まえる度胸なんか、ないだろうが」

ぼくらが連れて行かれた警察署には、市内のあちこちで逮捕されたほかの集団が五月雨式《さみだれ》に到着していました。

「レーノ・ショータイフメーノオトコ狩りが続いてるんだ」と、アヴェッツァーノの青年に小声で説明されて、ベラルドは盗みで捕まったんじゃないとわかってやっと落ち着きました。

わずかな手続きの後、すでに二人の囚人がいる暗い牢獄に閉じ込められた時、ベラルドとぼくは微笑みを交わしました。しめしめ。これで寝るところとあくる日の食べ物は確保できた。先のことはゆっくり考える余裕があるだろうって。

監房の半分は、コンクリートの床が歩道よりもちょっと高いくらいになっていて、それが寝床の役目を果たしていました。片隅には一つ穴が空いていて、その役目はより明らかでした。すでに中にいた二人の囚人は、上着を畳んで枕みたいに頭の下に敷き隅っこでうずくまるように体を縮めて寝ていました。ぼくもすぐその真似をして上着を脱ぐと畳んで頭の下に敷いてからコンクリートの上に横になりました。一方、ベラルドとアヴェッツァーノの青年は、房の中を行ったり来たりしながら、何やら盛んに議論を始めました。アヴェッツァーノの青年は、知らない二人を警戒してか、小声で話していましたが、ベラルドは声を小さくできませんでした。議論の中身でぼくがわかったのは、ベラルドの言っていることだけでした。

「このレーノ・ショータイフメーノオトコってのは、どうも合点がいかねぇな。レーノ・ショータイフメーノオトコってのは、都会人かどん百姓か、どっちなんだい？都会人のくせにアブルッツォに来るなら、なんか下心があるに決まってるぜ」

アヴェッツァーノの青年は笑ってました。

ベラルドは、反論します。「都会のやつらはいい暮らししてるんだ、どん百姓からふんだくってるんだもの。そりゃ、都会にだって暮らしが楽じゃない連中がいるのはわかってるさ。たとえば、パツィエンツァ騎士は懐豊かなやつじゃない。でも、あれは本物の都会人じゃなくて都会に移り住んだアブルッツォの人間だ」

　ベラルドも何度か小声で話そうと努力して、そうするとぼくには議論がわからなくなりました。でも、二人の仕草からわかり合えずにいるのは見てとれました。小声で話したほうがいいような時にベラルドは大声を張り上げて、だれとも知れない同房の二人ばかりか、近くの監房にいる連中にも聞こえそうでした。

「ミルクホールで見つかった包みの中身は新聞だって？　ただの紙の包みのために大勢の人間を逮捕するのかよ？　紙の包みにいったい何の価値があるんだ？」

　アヴェッツァーノの青年はベラルドに声を小さくするように言って、ベラルドも了解するのですが、でも、すぐにまた声が大きくなってしまうのです。

「都会のやつらと田舎のどん百姓が一緒になるだって？　都会のやつらはいい暮らししてるけど、どん百姓はどん底にいるんだぜ。都会のやつらはそんなに働かないくせに余計稼いで、いいものを食ったり飲んだりして税金は払わないじゃないか。おれたちが布やら帽子やら靴底にいくら払わされてるか見りゃ、わかるぜ。おれたちは虫けらみたいなもんなんだ。みんなに散々利用されて踏んだり蹴ったりされて騙されて。リンキオーヘン弁護士にもなんだぜ。あの庶民の味方でさえ、そうなんだぜ」

アヴェッツァーノの青年は辛抱強く聞いていました。

「おれにはわからんな」とベラルドは繰り返していました。「なんで都会のやつらがただでどん百姓に配る新聞を出したりできたのさ？　なんで、レーノ・ショータイフメーノオトコは、余計なお節介なんかせんで自分のことを考えておらんのだ？　もしかして紙を商売にしておって、商品を捌くために新聞を印刷してるやつなんじゃないのか？」

相手は声を小さくするよう諭します。

「おまえの話に出てくるやつら、牢屋に入るやつらは、頭が変なのとちがうかね？」とベラルドが言うのも聞こえました。「頭が変なんじゃないとしたら、何の得になるんだ？　おまえが名前をあげた政府に銃殺されたっていう連中、どんな利益を得たのさ？　銃殺されるのは、得する方法の一つなのかね？」

ぼくが理解できた限りでは、その正体不明の男はベラルドの感じやすいところ、自尊心をくすぐろうとしていました。こう言うんです。

「ほかのどん百姓たちがある種のことを理解できないのは、わかるよ。だけど、君ともあろう男なら……」

ベラルドが反論するたびに、繰り返していました。

「君ともあろう男なら、口ではなんと言おうが本気で信じているはずがないよ。君ともあろう男なら」

アヴェッツァーノの青年は、ベラルドの反論のほとんどが実は自分自身に言い聞かせるためなんだとわかったにちがいありません。フォンタマーラを出発した時のベラルドの希望は儚く消えてしまいました。自分の生活だけを考えて仕事を見つけ土地を買う、そんな可能性はもうありませんでした。あらゆる道が閉ざされてしまったのです。

首長《ポデスタ》がぼくらのことを品行最悪の人間だと決めつけたせいで、もうあらゆる道が閉ざされてしまったことは、パツィエンツァ騎士が断言しました。だから、ベラルドは、以前の自分の考え方がこれまで以上の勢いでまた頭をもたげてきたことを感じていたはずです。アヴェッツァーノの青年に反論していたのは、それに対する最後の抵抗でした。

そのあと、会話は外国、なんとロシアにまで飛んだようでした。ベラルドがこう言うのが聞こえたんです。

「ロシアだって？　よく話に聞くけど、なあ、ロシアって、本当にあるのかい？　みんなが話題にするけど、だれも行ったことないんだぜ。何しろ、どん百姓はどこにでも行ってるんだ。アメリカにだってアフリカにだって、フランスにだって行ってる。だけど、ロシアに行ったやつはおらんぜ」

いくつかの点、たとえば自由についての議論では、ベラルドは譲りませんでした。

「公の場で話す自由？」とベラルドは馬鹿にするように言いました。「何言ってんのさ。おれたち、弁護士じゃないんだぜ。新聞を発行する自由？　印刷屋じゃあるまいし。そんなことより、何で仕事する自由を問題にせんのか？　土地を持つ自由はどうした？」

それから、疲れていたぼくは、気づかないうちに眠ってしまいました。ベラルドに起こされたのは、何時間か寝たあとでした。ぼくの足元に座っていて、アヴェッツァーノの青年がその近くにいました。まだ寝ないで議論しているのを見て、ぼくはびっくりしました。アヴェッツァーノの青年は、自分の人生、子ども時代のことや少年時代の話をしていました。

二人の間にもう口論はありませんでした。話し方や仕草から、ベラルドがもはや抵抗をやめたのがわかりました。前のベラルドが戻ってきたんです。

「どうしたの？　どうして寝ないの？」とぼくは寝ぼけ眼で訊きました。

「いや、おれたち、眠り過ぎたのさ」とベラルドは笑いながら答えました。

本当に久しぶりに見る笑顔でした。その笑顔があまりに素晴らしくて、ぼくは怖くなりました。二人の話し方や笑い方から、ベラルドがその正体不明の男と友だちになったことがわかったんです。ベラルドにとって友情が何を意味するのか知っていたぼくは、すぐにもう救われないだろうという悪い予感がしました。

その時、小声でこう言われたのを、ぼくは一生忘れません。

「おれの人生なんて、もう意味がないって思ってたけど、もしかすると、まだ意味があるかもしれん」

それから、こうつけ加えたんです。

「それどころか、今はじめて意味を持つようになったのかもしれん」

「えっ、仕事、見つかったの？」とぼくは訊きました。

「仕事？　仕事って？」というのが、ベラルドの答えでした。

「ローマに出てきたのは仕事を探すためだったこと、忘れちゃった？」とぼくは重ねて言いました。

「さあ、おやすみ。その話は、あしたにしよう」

そう言われて、ぼくはまた眠りに落ちました。

ふたたび目を覚ました時には、もう朝でした。ベラルドは、檻の中のライオンみたいに房の中を大股で行ったり来たりしていました。アヴェッツァーノの青年はぼくのそばに横になっていましたが、眠ってはいませんでした。

そばにいたのは、ぼくが目を覚ますのを待っていたかのようでした。

「ベラルドのこと、信用しているかい？」と小声で訊かれました。

「うん」とぼくは答えました。すると、こう言い足しました。

「どん百姓はみんな、やつを信じるべきだよ。フォンタマーラに帰ったら、君からそう言うんだ。みんなに、やつを信じろって。ほんとに滅多にいない男だよ。やつに起こったことは、起こるべくして起きたんだ。やつみたいなどん百姓は、イタリア中探してもいないだろう。フォンタマーラで、今、僕が言ったことをみんなに伝えるんだよ。そして、ベラルドに言われたとおりにするんだ。君たちはきっと、今日か、でなければ二、三日中には自由の身になってくにに帰らされるだろう。僕はそうはいかないだろう。ごめんね、詳しいことは説明できないけど、フォンタマーラに帰ったらベラルドが話してくれるよ。まず最初にしなけりゃいけないのは、ベラルドとスカルポーネを仲直りさせることだ。あとは、ベラルドが承知してるから」

八時にコーヒーのお椀が配られました。ベラルドは、房の中で行ったり来たりするのをやめて看守に言いました。

「署長と今すぐ話したいんですけど」

「番が来るのを待て」看守は屁とも思わない調子でそう答えると、ベラルドの鼻先で扉を閉めました。

アヴェッツァーノの青年は、このやりとりを見逃さず、仰天した目でベラルドを見ました。あえて説明を求めこそしなかったけれど、その眼差しには裏切られたかもしれないという恐れが残っていました。

九時に三人揃って署長のところに連れて行かれました。

ベラルドは一歩前に出ると、こう言いました。

「署長さん、おれ、事実を全部話す用意があります」

「話しなさい」と法の人は言いました。

「駅の近くのミルクホールで見つかった非合法の印刷物は、おれのものです。あれを印刷させたのは、おれです。レーノ・ショータイフメーノオトコってのは、このおれです」

九

ショータイフメーノオトコ、レーノ・ショータイフメーノオトコが、とうとう捕まりました。ショータイフメーノオトコ、レーノ・ショータイフメーノオトコが捕まって、そいつはどん百姓だったという最初の知らせに、新聞記者や国の高官たちがぼくらの捕らえられていた警察署に押しかけてきました。

警察はずっとそのショータイフメーノオトコを都会で探していたわけですが、そもそも正体不明の都会人なんて、一人でもいるでしょうか？　都会の人間はみんな、登録証やら台帳やらに記録されて、判子を押されて、監視されて、正体が明らかになっています。でも、田舎のどん百姓はどうでしょう？　田舎のどん百姓をちゃんと調べて理解してる人なんて、いますかね？　田舎のどん百姓のことをちゃんとわかっている政府なんて、今まで一度でもありましたか？　田舎のどん百姓を全員、登録証や台帳やらに記録して、判子を押して、監視して、わかるなんてことができる人、いるでしょうか？

考えてみれば、ショータイフメーノオトコ、レーノ・ショータイフメーノオトコが田舎のどん百姓だってのは、何の不思議もありません。ベラルドは時々監房から出されては、尋問のためや、レーノ・ショータイフメーノオトコである田舎のどん百姓をとにかく一目自分の目で見たいっていう官吏の前に連れて行かれました。夜は、予防措置としてぼくら三人は別々の房に入れられましたが、それに続く日は、三人一緒に尋問に呼ばれました。

署長はベラルドから色々なことを聞き出そうとしました。秘密の印刷所はどこかとか、印刷工はだれなのかとか、ほかの共犯者がいるかどうかとか。でも、ベラルドは、答えませんでした。ベラルドは、あくまで黙り続けるつもりであることを署長に見せるために、唇を歯で挟んで血が出るほど固く閉じていました。尋問ごとにベラルドは傷だらけになっていきました。はじめは右目の下に青いアザができて、そのあとの尋問では、すぐにはだれかわからないくらい唇や鼻や耳や眉などに乱暴された跡が見えました。それでも口は割りませんでした。署長の質問に答えなかったんです。裂けた唇をこれ以上かみしめることができないものだから、歯を食いしばって見せて、署長に黙り続ける固い意志を示したんです。

ある晩、ぼくにも「特別なお呼び」がかかりました。

「さあ、本当のことを吐け」と署長に命じられました。

で、本当のことを言いましたが、信じてもらえませんでした。

地下室に連れて行かれて、木の台に革のベルトで後ろ手に縛り付けられました。そして突然、火の雨がぼくの上に降ったようでした。まるで背中がほっかり開いてそこに火が入ったかのような。まるで底なしの崖から落ちたみたいでした。

意識が戻った時、ぼくの口から出た血が台の上に垂れて小さな流れになっているのが見えました。舌の先でちょっと味を見て、喉が焼けそうだったので少しそれを飲みました。

その翌日、アヴェッツァーノの青年は釈放されました。

ベラルドとぼくはまた、どう見ても警官の顔をした男と一緒の房に入れられました。ぼくはその疑いをベラルドに耳打ちしましたが、返ってきた答えは、「どうでもいい。言うべきことはすべて言ったんだから」でした。

ところが、アヴェッツァーノの青年が出獄したと言うと、思いがけない反応を見せました。

「ああ、そう？　だったら、おれたちも出る方法を見つけなきゃいかんな。芝居は短くてこそ意味がある」

でも、芝居は、始めるのは簡単でも幕にするのは生易しいことではなさそうでした。ベラルドが署長に最初の自白が方便だったと言うと、署長は笑いだし、「知ってることを全部吐くか、ひどい目に遭うか、どっちかだな」と言って房に送り返しました。

その晩、ベラルドにまた「特別のお呼び」がかかりました。ベラルドに対する「特別なお呼び」は、なんとも残忍なものでした。ベラルドは抵抗しました。やられるまではなく、仕返しするのです。手足を縛るのに、八、九人も警察官が駆り出されました。抵抗せずに拷問される覚悟を決めた晩も、警官の一人が膝を縛っている上に倒れかかってうなじに噛みついて頑として放さず、ほかの警官たちが金槌でベラルドの顎を叩かなければなりませんでした。その日、最後に足と肩を引きずられて房に戻されたベラルドは、十字架から降ろされたキリスト様のようでした。

「やつは外にいて、おれは中にいる」ベラルドは、翌日、ぼくに言いました。「つまるところ、やつだって都会の人間だ。やつが今、多分いい思いしてやがるのに、おれはやつのために散々な目に遭ってる。全部ばらしてやって何が悪い？」

（ぼくらが警官じゃないかと疑っていた囚人は、興味津々話を聞いていました）

ふたたび署長の前に呼ばれた時、ベラルドがとにかく釈放してもらうためにアヴェッツァーノの青年から聞いたことをすべて話すのがいいことなのか悪いことなのか、ぼくにはわかりませんでした。

「すべて白状すると決めたんだね？」と署長はベラルドに訊きました。

ベラルドは、かすかに頭を動かして頷きました。身体中傷だらけで、立っているのが精一杯でした。その顔はもう見る影もありませんでした。「荊冠のキリスト像《エッチェ・ホモ》」さながらでした。

すると、署長は引き出しを開けて、大きい字でこう書かれたタイトルの新聞をベラルドの前に広げたんです。


ベラルド・ヴィオラ万歳！

「この新聞、この非合法の印刷物には、君らの逮捕から今日に至るまで警察がとるべくしてとった君らへの対応について書かれている。全部白状すると決めたからには、どうやって獄中から潜りの新聞の編集部に情報を流したのか、そのことから話したまえ」

　ベラルドは答えませんでした。署長は続けました。

「この新聞には、フォンタマーラのことがいろいろ書かれている。水路の変更のこと、家畜の通り道のこと、フーチノの問題やテオフィロとかいう者の自殺やエルヴィーラという者の死などについてだ。フォンタマーラの人間でなければ提供できないような情報であることは明らかだ。どうやってそれが可能になったのか、説明しなさい」

　ベラルドは答えませんでした。暗示にでもかかったように、所長が目の前に置いた新聞を、自分の名とエルヴィーラの名の印刷されている新聞を見ていました。大きな活字でベラルド・ヴィオラ万歳！　と書かれた新聞です。

「さあ、話したまえ」と署長は固執しました。

「無理です、署長さん。むしろ死んだほうがましだ」奇妙な感情の高まりに捉えられたベラルドはそう答えました。

　署長は、説得を続けました。でも、ベラルドの心、魂はもうそこにはありませんでした。もう署長の姿も目に入らなければ、声も聞こえないようでした。そして、まるで死を前に遺言を残した人間みたいに房に連れて行かれるままになりました。それでも、闘いはまだ終わっていませんでした。

その夜、ぼくらは二人とも一睡もしませんでした。ベラルドは、爆発しそうなのを抑えるかのように両手で頭を抱えていました。白状すると決めたのかと思えば考え直し、また話す決心がついたかと思いきや、やっぱりまずいと感じる繰り返しでした。頭が割れそうなのを両手でぎゅっと押さえていました。なぜ、獄中にい続けなきゃいけないのか？　なぜ、三十の歳で獄死しなきゃならないのか？　名誉のため？　理想のため？　政治なんか、これまで関わったこともなかったじゃないか？　そうやって一晩中、ぼくに、そして自分自身に問いかけていました。もう一人の囚人は、一言も聞き漏らすまいと耳をそばだてていました。葛藤は続いていました。

「エルヴィーラが死んじゃった今、生きていることに何の意味があるだろう？　おれが裏切ってしまったら、すべてがだめになる。おれが裏切ったら、フォンタマーラの地獄は永久に続くだろう。おれが裏切ってしまったら、またチャンスが訪れるまでまた何百年もかかるだろう。おれが死んだら？　自分のためじゃなくてほかの連中のために死んだ最初のどん百姓になれる」

これはベラルドにとって大きな発見でした。この言葉で、房の中に眩い光が差し込んだかのように、ベラルドの目はかっと見開かれました。

あの時の眼差し、あの時の声を、ぼくは一生忘れないでしょう。

「何か新しいこと、新しい例になる。まったく新しいことの始まりだ」

そう言ってから、突然、とても重要なことを思い出してつけ足しました。

「おれ、子どもの時から言われていたんだ、きっと牢獄で死ぬだろうってな」

このことに納得がいってとても安心したようでした。そして、切り倒された樹木のように、火にくべられるのを待つ薪のように、コンクリートの床の上に横になると、一言だけ言い足しました。

「会ったら、みんなによろしくな」

それがベラルドから聞いた最後の言葉でした。

翌朝、二人は別々にされて、それきりでした。

その二日後にぼくは署長に呼ばれました。いつになく丁寧で、こう言われました。

「昨晩、ベラルド・ヴィオラは自殺した。絶望から独房の窓際で首を吊ったのだ。それは確かな事実だ。だが、現場にだれもいなかったために調書が取れていない。調書なしですませるわけにはいかないのだ。もし、同郷人の自殺を証言する調書に署名するならば、本日、すぐに釈放してもらえるぞ」

ベラルド・ヴィオラが殺されたと聞いて、ぼくは泣き出してしまいました。

署長は一枚の紙に何かを書いて、ぼくは読みもせずにそれに署名しました。何でも、たとえ自分の死刑判決だったとしても、署名したでしょう。

それから、警察の長官の部屋に連れて行かれました。

「君は、故人ベラルド・ヴィオラの友人でしたか?」と訊かれました。

「はい、そうであります」

「故人には、自殺願望の傾向があったんですね?」

「はい、そうであります」

「故人が最近、愛情問題で苦しんでいたことも間違いありませんね?」

「はい、そうであります」

「故人は、君と同じ房に収容されていて、君が眠っているすきに窓の格子を利用して首を吊ったんですね?」

「はい、そうであります」

「大変よろしい」

部屋から出る時に、尋問に同席した署長からそう言われて、煙草を一本勧められました。

それから、裁判所の裁判官のいる部屋に連れて行かれました。同じやりとりの繰り返しでした。

「君は、故人ベラルド・ヴィオラの友人でしたか？」と裁判官に訊かれました。「故人が最近、愛情問題で苦しんでいたことも間違いありませんね？　故人は、君と同じ房に収容されていて、君が眠っているすきに窓の格子を利用して首を吊ったんですね？」

「はい、そう、そのとおりであります」

その人もぼくに署名させて、お役御免にしてくれました。

正午に釈放され、駅に連れて行かれて退去命令の紙つきで汽車に乗せられました。

そのあとのことについては、母と父がお話しできると思います。

十

息子がフォンタマーラに戻って来た時、この子が語ったことの大方については、あたしら、すでにレーノ・ショータイフメーノオトコから聞いて知っていました。

マリア・ローザ婆さんにとっては、それはそれは酷い知らせでしたが、いずれそうなるとわかっていたことでもありました。一晩中、フォンタマーラに婆さんの嘆きの声が響き渡りました。

「かわいそうな息子よ」って大声で叫んでいました。「こんなに辛い運命とともにこの世に産み落とした母さんを許しておくれ。かわいそうなあの子の嫁にも許しを乞わなきゃならん。いいなずけになることで、自分の人生を駄目にしてしまったのだから」

住処の洞窟の前の石に腰掛けて悲嘆にくれる母親の周りには、あたしら、大勢の女たちが集まって、死者のための祈りを唱えていました。

「あの子は祖父さんと同じ最期を遂げた」ってマリア・ローザは嘆き、泣いていました。「何度、こうなるんだって予言されただろう？　子どもの頃から言われていた。ヴィオラ家の男たちはキリスト教徒《ふつうのにんげん》のように家で死んだりはしないんだって。なぜなのかは、だれにもわからない。でも、咳や熱で死ぬことはないんだ。ヴィオラ家の男たちは、寝台や暖炉のそばにじっとしていることができない。椅子に座っていることができないんだよ。なぜそうなのかは、今も昔もだれにもわかんない」

あたしらの中には、マリア・グラーツィアもいました。フォンタマーラを取り調べに来た法の番人たちから辱めを受けた、あの時の被害者の若い娘ですが、巡礼の旅とエルヴィーラの最期について話してくれました。

最初は、マリア・グラーツィアと一緒につらい贖罪のお参りに行こうとしたエルヴィーラがいったい何の罪滅ぼしをしたがっているのか、だれにもわからなくて、ただ友だちのためについて行ってあげるのだろうと信じていた人たちもいました。ところが、丸一日歩いて石だらけの埃っぽい急なフォルカ・カルーソの谷間を越え、サン・ヴェナンツィオの渓谷の長い道を通ってマドンナ・デッラ・リーベラの聖地に二人が到着してすぐ、マリア・グラーツィアには、エルヴィーラの巡礼の意味がわかったそうです。聖なる像が見えるや否や、エルヴィーラはこう言ったんです。「聖なる処女マリア様、たった一つだけお願いがあります。どうか、ベラルドをお救い下さい。その代わりに、わたしの持っているただ一つのささやかなもの、自分の命を捧げます。迷いも悔いも暗黙の了解も何もなしに、そのままそっくり、この命を捧げます」こう言い終わった途端に、エルヴィーラはすごく高い熱を出しました。まるで乾ききった枝の束に火を点けたみたいに、すごく熱くなったんです。エルヴィーラは聖なる像に向かって繰り返していました。「この命を捧げます」そして、その願いが聞き届けられたとわかると、低い声でこうつけ足しました。「どうか、家で死ねるよう、お慈悲をください」そして、お優しい聖母様は、そのお慈悲をくださったんです。エルヴィーラは家に帰って、身の回りのわずかなものを整えると、寝たきりの親父さんを叔母さんの一人に託して床につき、息を引き取りました。

「で、ベラルドは救われたのかね？」って女の一人が呟きました。

「多分ね」ってマリア・ローザ婆さんが答えました。「そりゃ、だれにもわからんがな」

「牢屋で死ぬなんて、変わった救われ方だね」って別の女が小声で言いました。

「そりゃ、だれにもわからんな」ってお袋さんが繰り返します。「かわいそうな息子よ。土地を持つように生まれて来たわけじゃないのに、なんとしてでも土地を持とうとした。椅子に座っていられないくせに家庭を築こうとしたんだ。あの子は間違ったことが許せない質だった。友だちのために生まれて来た子だった。それなのに、自分の暮らしだけを考えようとした。あたしはあの子の母親だからな、あれがローマに発つ前に口にした信じられない台詞、冒瀆の言葉を繰り返してあんたらに聞かせることはできない。あれは、目的を果たすためになら、本当にどんなことでもする用意があったのさ。愛する一人の女のためにな。その女の死が、あの子を救ったのさ」

「牢屋で死ぬなんて、変わった救われ方だね」もう一人の女が呟きました。

「だれにもわからんな」ってお袋さんは怒りを込めた声で続けました。「ベラルドの救いは、多分、自分の運命を取り戻したことなのかもしれん。ヴィオラ家の男たちの救いは、いつでも、ほかのキリスト教徒《にんげん》のそれとは違うのさ。ヴィオラ家の男たちは、ほかの連中みたいな死に方をしないんだよ。咳や熱で、おしっこがいっぱい溜まった尿瓶が下にある寝床で死んだりしない。寝台にじっとなんかしていられないんだから。あんたら、あの子の祖父さんがどんな死に方をしたか、年寄りから聞いたことがないかね？　あの子の親父もどんなふうに死んだのか、だれも知らないのさ」

「印刷しなきゃならない紙の話、あれ、いったい何?」ってリモーナが訊きました。

「変なことの新しいやつみたい」って娘の一人が答えました。「スカルポーネが話しているのを聞いたけど、あたしにはチンプンカンプンだったわ」

息子が戻って来たのは、わしらがちょうど十人ほどで、どん百姓の新聞、否、どん百姓が初めて出す新聞を作るためにとレーノ・ショータイフメーノオトコが置いていった箱とほかの品の周りに集まっていた時だった。その箱には「謄写版」って書いてあった。

わしらは無邪気にもマリエッタのところ、通りのど真ん中のテーブルの上にその箱をドカンと置いて、今言ったとおり十人ほどで出す新聞について議論しておったんだ。変な話だったが、変だということには気づかなかった。

いちばん読みやすい字を書くマリア・グラーツィアが書く役になった。文法とアポストロフィのつけ方を知っているバルディッセーラもいた。レーノ・ショータイフメーノオトコから箱の使い方の説明を受けたスカルポーネもいた。

最初に議論したのは、新聞につけなきゃならない名前についてだ。

バルディッセーラは、都会でよく使われる名前、イル・メッサッジェーロだとか、ラ・トリブーナだとか、そういうのがいいと言った。ところが、ベラルドのやり方を受け継いだスカルポーネがそれを黙らせた。

「おれたちの新聞は、ほかの新聞の真似事じゃないんだよ。これまでにはなかった新聞なんだぜ」とスカルポーネが断言した。

ミケーレがいい名前を提案した。「真実」っていうすごく意味ある名前だ。だが、スカルポーネは顔をしかめて言った。「真実だって？　だれがそんなもの、知ってるんだ？」

「知らないよ。知らないから知りたいと思うんじゃないか」とミケーレは答えた。

「で、真実がわかったら、それで何するのさ？　スープでも作るのか？」

これがスカルポーネの理屈だった。

ロスルドもいい名前を思いついた。「正義」だ。

「おまえ、頭、おかしいぜ」とスカルポーネが意見した。「正義はいつだっておいらを苦しめてばかりいるじゃないか」

わしらにとって「正義」が意味するのはつねに憲兵だった。正義と関わりあうというのは、憲兵と関わりあうこと。正義の手中に落ちるというのは、憲兵の手中に落ちることにほかならなかった。

「おれの言ってるのは本物の正義のことだぜ」とロスルドは不満そうに言い返した。「万人に等しい正義だ」

「そいつは、天国に行きゃ、見つかるだろうよ」とスカルポーネ。

そう言われては、返す言葉がない。

マリエッタは新聞の名前に「どん百姓のラッパ」を提案した。

が、だれもそれを取り上げようとはしなかった。

「どうすりゃいいんだ？」とスカルポーネが言った。

「新聞の名前を決めるのよ。あんたもなんか提案すればいいでしょ」とマリエッタが答えた。

「おれは提案したぞ。どうすりゃいいんだ？　だ」

わしらはびっくりして互いに顔を見合わせた。

「そんなの、名前にならんよ」とバルディッセーラがあえて反論した。「そんなの新聞の名前じゃないぜ。新聞の天辺に書く名前が必要なんだよ。わかるか？　きれいな字で書かれた新聞の名前さ。わかるか？」

「もちろんさ、新聞の天辺にきれいな字で書くんだ、どうすりゃいいんだ？　って。そいつが名前だ」とスカルポーネは応じた。

それでもバルディッセーラは異議を唱え続けた。「そんな名前、笑われるだけだ。おれたちの新聞がローマに届いてみろ。みんなが見て大笑いになる」

スカルポーネは憤慨した。この新聞はどん百姓の新聞、どん百姓がはじめて出す新聞なのだ。手書きの新聞。ローマでどう思われようが、やつにはどうでもよかった。

ついにはバルディッセーラも納得して、スカルポーネの提案が受け入れられた。

マリア・グラーツィアが新聞の名前を書いている間に、最初のニュース記事についての議論に移った。

マリア・グラーツィアは小学生みたいに頭を傾げて書いていたし、すべてが子どもの遊びのように見えた。わしは思った。変てこだな、はじめてのことがたくさん、いっぺんに起きておる。

ゾンパが提案した。「最初のニュースはこれだ。みんな、賛成だろう、ベラルド・

ヴィオラが殺された」

スカルポーネはそれに賛成だったが、つけ足しを提案した。

「ベラルド・ヴィオラが殺された。どうすりゃいいんだ？」

「どうすりゃいいんだ？　は新聞の名前にあるじゃないか」とゾンパが異を唱えた。

「一回だけじゃ、足りんよ。繰り返さなきゃ」というのがスカルポーネの答えだった。

「繰り返さないんなら、新聞の名前にする意味がない。いっそのこと、名前にするのをやめたほうがいい。どうすりゃいいんだ？　ってのは、ニュースの一つ一つにつけなくちゃ。水を盗まれた。どうすりゃいいんだ？　わかるか？　神父がおいらの死んだ仲間の葬式を断った。どうすりゃいいんだ？　法の名の下においらの女たちが辱められた。どうすりゃいいんだ？　リンキオーヘン弁護士はとんでもないインチキ野郎だ。どうすりゃいいんだ？」

そう言われて、わしらにもスカルポーネのアイディアがわかり、賛成した。

もう一つ、ちょっと議論になったのは、ベラルドの苗字の書き方についてだった。バルディッセーラがヴィオラにエルがふたつ要ると言い張り、ミケーレが一つでいいと考えたからだ。しかし、マリア・グラーツィアが、一つか二つかどっちにでも取れるように書けると言って、その話には片がついた。もうほかに議論することもないようだったので、わしは集まりを抜け出して家に帰った。もう顔を見られないのではないかと思っていた息子が無事戻って来たので、しばらく一緒にいたかったからだ。

わしの知り合いが大勢いるサン・ジュゼッペ村に配りに行けるようにと、スカルポーネが新聞《どうすりゃいいんだ?》を三十部うちに持って来たのはすでに夜遅くなってからだった。その翌日は、ほかのフォンタマーラの連中も近くの村々に新聞を配りに行くことになっていた。作ったのは、全部で五百部だ。

うちのかみさんはその紙を見て不審そうな顔をした。

「なによ、あたしらも、あのホーニ・ツミナシみたいに紙を配るの?」

「ベラルドのことが書かれてるからな。そうでなけりゃ、こんなことせんよ」とわしは言い訳した。

かみさんの反応は、「変なことって、起こり出すとだれにも止められないんだから」

「ほんとだな。わしらのやることじゃない。だけど、ベラルドの名前が載ってるんだ。そうじゃなきゃ、やらん」

サン・ジュゼッペにはかみさんの実家があるんで、息子が無事戻って来たことを祝うために三人揃って行くことにした。それがわしらの命拾いになった。

午後、出かけて、半時間ほどで道で行き交う連中に新聞を配った。それから、親戚と一杯やって晩飯を食って、九時頃にフォンタマーラに帰ろうとむこうを出たんだ。歩いている途中、遠くで爆音が聞こえた。

「何のお祭りかしら？」どこの村から爆音が聞こえてくるのか判断するためにかみさんが訊いた。

何の祭りなのか、答えに窮した。聖ルイジ様の祭りはもう過ぎたし、聖アンナ様のはまだだったからだ。

先に進むにしたがい爆音の頻度が増えた。

「フォンタマーラから聞こえてくるような気がする」とわしは言った。

その時、フォッサのほうから来たマナフォルノの馬車引きが通りかかり、立ち止まらずにわしらに怒鳴った。

「おい、フォンタマーラの衆、あんたらの村で戦争が起きてるぞ」

わしらはそのまま歩き続けた。

「戦争？　どうして、また戦争だなんて？」

「フォンタマーラの村人同士の戦争？　まさか」

「支配人《インプレザーリオ》がフォンタマーラに仕掛けた戦争？　なんで、また？」

爆音は時折止んでは、またより激しくなった。さらに先に行くと、音がフォンタマーラから聞こえてくること、そして銃声であることがはっきりした。

「どうすりゃいいんだ？」わしらは狼狽しきって訊き合った。

（まさにスカルポーネの問い、どうすりゃいいんだ？　だった）

しかし、答えを出すのは問うよりも難しかった。

とにかく、わしらは先へと進んだ。

フォッサからの道とフォンタマーラからの道が行き交うところで、パスクワーレ・チポッラとばったり出くわした。

「どこに行くのかね？　フォンタマーラじゃないだろうな？　冗談じゃないぜ」

チポッラはそうわしらに怒鳴ると、フォッサめがけてまた走り出した。

わしらもその後について走った。

「いったい全体、フォンタマーラでなにが起きたんだ？」とわしはパスクワーレ・チポッラの後ろから大声で訊いた。「なんであんなに銃声がするんだ?」

「戦争だ、戦争、どん百姓に対する戦争、新聞に対する戦争だ」というのがチポッラの答えだった。

「ほかのやつらは?」とわしは尋ねた。

「逃げたやつは助かった。逃げることのできたやつはな」とチポッラは走るのをやめずに答えた。

「スカルポーネは逃げた?」と息子が訊いた。

「冥福を祈るしかない」チポッラはそう言って十字を切った。

「ジュナンノ・キンヨービは逃げた?」

「冥福を祈るしかない」チポッラはそう言うと十字を切る仕草を繰り返した。

「ピラトは?」とわしが訊いた。

「山のほうへ逃げた」

「ミケーレ・ゾンパは?」

「山のほうへ逃げた」

「バルディッセーラ将軍は?」

「冥福を祈るしかない」

「ほかにだれが死んだんだ？」

遠くから馬の足音がこっちに近づいてくるのが聞こえた。フォンタマーラへ駆けつけるペシーナの憲兵かもしれなかった。

わしらは畑の真ん中に飛び込んだ。暗闇の中でパスクワーレ・チポッラの姿を見失ってしまった。

以来、やつの音沙汰はない。

ほかの連中についても、どうなったのか、全然わからない。死んだやつら、助かったやつら、わしらの家や畑についてもそれきりだ。

かくして、わしらはここにやって来た。

レーノ・ショータイフメーノオトコのツテと助けで外国のここまでやって来たんだ。そうはいっても、このままここにいるわけにもいかないのはわかっておる。

どうすりゃいいんだ？

こんなに散々苦労して、大勢死んで、たくさん涙を流して、痛い目にあって、憎悪と不正と絶望ばかり抱えて、どうすりゃいいんだ？

解説

齋藤ゆかり

声なき者の声

『フォンタマーラ（苦い泉）』は、二十世紀イタリア文学の異色の作家、イニャツィオ・シローネ（一九〇〇～一九七八）の代表作と見なされている小説である。ファシズム政権の弾圧を逃れて亡命していたスイスで、一九二〇年代末から三〇年代初めにかけて執筆され、刊行後二、三年のうちにヨーロッパと南北アメリカの各地で訳本が世界的なベストセラーになった。

一九三六年の初夏、在米イタリア移民向けにイタリア語版を出す企画が持ち上がった際、著者がニューヨークの編集者に送った序文には次のような記述がある。

『フォンタマーラ』が最初に本になったのは、一九三三年四月に出たドイツ語版でした。その後、フランス語、英語、スペイン語、ポルトガル語、ロシア語、ポーランド語に訳され、米国版やヘブライ語版、チェコ語、ハンガリー語、ルーマニア語、クロアチア語、デンマーク語、オランダ語、スウェーデン語、ノルウェー語、フラマン語、スロヴェニア語、イディッシュ語でも出版されました。

そして、今、これを書いているところに、近々インドでもベンガル語で刊行されるという知らせが届きました。イタリア、アブルッツォ地方の実在すらしない小さな村の物語にこれほどの関心が集まったのは、どう考えても文学的な理由からではなさそうです。現代イタリア文学のれっきとした才能をもつ作家たちが地方や田舎の物語を書いた例は過去にも数多あるけれども、それらが外国で注目されたことは、ごく限定的、束の間の例を別にすれば滅多にないからです。『フォンタマーラ』の成功を説明するのは、わたしに言わせれば、政治的要因の大きさですらありません。反ファシストの間であまねく好評だったわけではないし、ファシストや共産主義者の人たちから酷評を浴びたことは周知のとおりです。［中略］成功の謎が解けたのは、あちこちの国で翻訳出版が検閲により著しく困難に陥っていると知った時でした。たとえば、ポーランドやユーゴスラヴィアでは、検閲当局がイタリア語からの翻訳だとは信じてくれず、検閲の裏をかいて自国の村の出来事を語るための工作にちがいないと決めつけたのです。出版社は書類を持ち出して本当にイタリア語からの翻訳であることを証明しなければなりませんでした。聞くところによれば、大勢の読者にとっても翻訳か否かの疑問は残ったそうです。彼らの多くが、『フォンタマーラ』の中にガリツィア〔現ウクライナ西部を含むポーランド東部〕やクロアチアの自分たちの村の物語を見出したからです。これはつまり、アブルッツォの架空の村フォンタマーラが、諸国の現実であるということを意味します。ベンガル語版が出たら、英国の検閲は流通を許してくれるでしょうか。翻訳者曰く、「フォンタマーラについて語られていることはすべて、私らにとっての日常茶飯事そのものです」

『フォンタマーラ』に取り柄があるとすれば、それは、どん百姓の普遍性を示したことです。貧しい農民の苦しみは、どこの国でも同じです。地方色や風習のボロ切れの下にあるのは、至るところで酷い労働に血のような汗を流し、虐げられ、騙され、搾取、愚弄されて、強欲で寄生する一方の支配階級によって無知な状態に置かれている人間なのです。

物語《ストーリア》の歴史《ストーリア》

著者イニャツィオ・シローネは、一九〇〇年、イタリア中部ローマの東、アブルッツォ地方の山間の町ペシーナで小さな土地を持つ農家に生まれたが、早くに両親を亡くした影響か、極めて早熟な経歴をもつ。はじめての小説『フォンタマーラ』を書き上げた三十一歳の時には、すでにペンを頼りに十三年もの実務経験を積んだ労働運動の活動家だった。経歴の詳細については年譜に譲るが、十七歳でアブルッツォ州の農民連合書記長に担ぎ出されたのを皮切りに、一年後には社会党青年部の週刊誌《アヴァングアルディア》の編集長に就任し、一九二一年に同党が分裂して共産党が創立された時には、青年部を率いて新党に加入している。ファシズム政権によりイタリア共産党が非合法化された後も、その幹部として一九三〇年までイタリア国内外で度々投獄の憂き目をみながら活発な抵抗、宣伝活動を繰り広げた。しかし、かたやモスクワでスターリニズムの実態を直に体験し、また、以前から自分の知る農村の実態とマルクス主義のイデオロギーとの隔たりを痛感していたシローネは、一九三一年、ついに党と袂を分かつに至る。

小説『フォンタマーラ』は、このような状況下で執筆された作品だった。この小説の誕生について、戦後、著者はこう回顧している。

この本を書いたのは一九三〇年のこと、亡命先スイスのサナトリウムとスキー場で知られるダヴォスという小さな町にいた時だった。一人ぼっちで、だれにも知られず、イタリアのファシスト警察に捕まらないように名前も偽っていたわたしにとって、書くことは、悲しみに押し潰されずに生きていくための唯一のよりどころになった。しかも、医者の見解では余命もあまり長くなかったので、おのれと生まれ故郷の真髄を込めた村を自分で拵えて、せめてふるさとの人たちの間で死ねるようにと、信じられないほどの焦燥感と不安に駆られながら大急ぎで書いた。

ところが、幸か不幸か、生き延びることができて、命辛々逃げ込んだ先だった執筆が長い亡命生活の基盤となろうとは、人生は予期せぬこと、謎に満ちている。

もっとも、最近、モスクワのロシア国立社会・政治史文書館から、一九二九年にドイツ共産党の出版関係者宛てに送られた初稿の一部が発見され、この作品がじつは共産党の広報活動の一環としてすでに一九二八年頃に着想されていたことがわかった。そのバージョンでは、献辞が「貧しい農民たちを覚醒し組織するために南イタリアへ赴いたがゆえに特別裁判でこれまで有罪判決を受けた北イタリアの共産党員、工員、知識人たちに」となっている。初稿の発見者ジュリオ・ナポレオーネの考証によれば、『フォンタマーラ』は文学という形をとった共産党のプロパガンダとして生まれ、当初は、工場労働者と農民の共同戦線を通してファシズムに抗する革命を起こすことを狙った啓発のための小説だったと考えられる。

しかし、作品のこのような原型について、シローネ自身が言及した痕跡は、今のところまだ見つかっていない。公言しているのは、書き出したのがスイスのアスコーナにいた一九二九年で、ダヴォスとチューリッヒで執筆を続け、一九三一年夏に脱稿したことと、執筆直前に読んだのが、マルクスの『ルイ・ボナパルトのブリュメール十八日』だったということだ。ナポレオンのクーデタ戦術の分析に、ファシズムによる大衆の利用方法との類似性を見出し、いずれも手先になるのが同じ社会的存在、すなわち、本書の表現を引くなら「特別な種類の貧乏人、土地もなければ手に職もないか何でも屋、まあ、どっちも同じことだが、とにかくきつい仕事はやりたがらない」（二八九ページ）連中であることが確認できたという。

いずれにせよ、見つかった原稿の序文と第一章の中身そのものは、のちに刊行された版や戦後の改訂版と大筋において大差ない。

一方、書物となった『フォンタマーラ』は、出版当時、著者にとって最も親《ちか》しく特別な存在だった二人、ファシスト警察による拷問の後遺症で一九三二年に獄中死した弟ロモロと、二〇年代から三〇年代初頭までずっと党のための行動と運命をともにしてきたパートナー、ガブリエッラ・ザイデンフェルトに捧げられている。

四歳下の弟ロモロは、一九一五年にイタリア中部を襲ったアヴェッツァーノ大地震までに父母兄弟姉妹を次々に亡くしたシローネにとって、唯一残された家族で、一九二八年四月、兄のいるスイスへ亡命しようとしていたところを、数日前にミラノで起きた国王狙撃テロへの加担容疑で逮捕された。そして、証拠もないまま一度は死刑判決を受けるが、シローネの奔走でロマン・ロランやアンリ・バルビュスらヨーロッパの著名な知識人が国際世論を喚起して冤罪が判明、最終的には禁錮十二年の判決を受けた。罪状は非合法の共産党への所属。本人が兄への連帯からそう宣言したことによるが、実際に入党したのは逮捕の直前で、しかも兄は当時、その決断を全く知らされていなかったようだ。弟の逮捕は、むしろ共産党の幹部で国外に逃亡中の兄への打撃を狙ったものだった可能性が高い。

ところが、当のシローネは、その前年、イタリア代表の一人として共産党の国際組織コミンテルンの執行部臨時総会に参加し、モスクワでスターリニズムの勃興を目の当たりにして以降、党のあり方に疑問を抱いて、共産主義の理想と現実の間ですでに煩悶を重ねていたのだ。そんなさなかに、たった一人生き残った家族である弟が、自分のせいで逮捕されたばかりか、兄に恥じるまいと共産党員を自称して有罪判決を受けたと知った時の胸中はいかに。そして、『フォンタマーラ』でも描写されているような警察による拷問の後遺症により、二十八歳の若さで命を落としてしまった弟の悲劇について、作家は滅多に口にしなかったらしいが、一生自責の念を負い続けたようだ。弟が共産党との関わりゆえに獄中にいるまさにその時に、スターリニズムに抗して党首脳部における異端者となり、ついには共産党から追放される一九三一年までの心の揺れは、自伝的エッセイ『非常口』で克明に語られている。

もう一人のガブリエッラ・ザイデンフェルト（一八九六〜一九七七）は、ハンガリーから移住したユダヤ人の血を引く女性で、当時はイタリア領だったフィウメ（現クロアチアのリエカ）で銀行に勤めていた。一九二一年、妹とともに創立まもないイタリア共産党に入党。シローネと出会ったのは、その年の晩秋に地元で開かれた共産党青年部の会議でのことだった。以後、恋人であると同時に同志として十年あまり活動、苦労、危険な運命をともにした。二人の恋愛関係は『フォンタマーラ』が完成した時期に終焉を迎えたものの、連帯と友情は彼女の死まで変わることがなかったという。シローネにとっては、文字どおり最初の人生の伴侶であり、極めて困難な時代に人間的な成熟を遂げる支えを提供してくれた存在だったと思われる。

『フォンタマーラ』の初稿の完成について、シローネは、一九三一年一月、スターリン批判でいち早く党を追われた先輩で友人のアンジェロ・タスカ（一八九二〜一九六〇）宛ての手紙で、こう予告している。

目下、南部の暮らしを素材にした小説の執筆に取り組んでいます。原稿の一部とメモがダヴォスの未払いの宿賃の担保として衣類と一緒に差し押さえられていなければ、今頃はもう完成していたはずなのですが。［中略］これが今まで書いたものと異なるのは、形だけ。小説を書いたのは、政治論文や記事ではすべてを言い尽くせない、どうしても網羅しきれない現実があるからです。

こうして無事、書き上げはしたものの、「処女作を執筆している新人作家の心境からはおよそかけ離れた心持ちだった」シローネに、本として出すあてがあったわけではない。タスカにも発表方法を相談しているが、念頭にあったのは雑誌への連載に過ぎず、出版を実現させようと動いたのは、もっぱら原稿を読んだ友人たちだった。そのうちの一人ネティエ・ストゥロによる自主的なドイツ語訳が原稿を回し読みしたチューリッヒの文化人の間で評判になり、感銘を受けたドイツの作家のヤーコプ・ヴァッサーマンが、自分も著書を出しているベルリンの出版社ベルマン・フィッシャー社に渡りをつけた。同時に《フランクフルト・ツァイトゥング》紙上での連載も決まっていた。ところが、まさにその時、ヒットラーのナチスが政権を掌握して、計画は挫折してしまう。

ナチス政権による国内外のドイツ語出版界への介入が始まり、ファシズム政権も領事館を介して在スイス亡命者を取り囲む環境に圧力を加えるなかで、『フォンタマーラ』の購入予約金を元にした自費出版の後ろ盾を引き受けたのは、のちにドイツ語圏の亡命作家の作品を数多く手がけるチューリッヒの出版人エミール・オプレヒトだった。そして、この出版地の変更が、奇しくも作品の広がりと成功に一役買うことになる。なぜなら、この時期のチューリッヒには、ナチス・ドイツから知識人や芸術家の亡命者が多数流れ込んでいたからだ。彼らの多くは、スイスの当局から長期の滞在を許されずに他の西ヨーロッパ諸国や南北アメリカ大陸へ渡るのだが、その際に『フォンタマーラ』を携えて行き、移住先で翻訳出版に貢献したケースが少なからず存在した。

ちなみに、著名な亡命者でスイス滞在中にシローネと交流を持った人物には、前述のヤーコプ・ヴァッサーマンのほか、米国へ渡るまでの五年間をこの地で過ごしたトーマス・マンと息子のクラウス、劇作家のブレヒトやエルンスト・トラー、マンとも親しかった作家のベルナルト・フォン・ブレンターノや思想家マルティン・ブーバーらがいる。また、『フォンタマーラ』以降、シローネの作品を次々にフランス語に訳すことになる詩人ジャン・ポール・サムソンは、第一次世界大戦時に兵役を拒否してスイスに逃げ込んだフランス人で、前述のドイツ語への翻訳者ネティエ・ストゥロとその夫で亡命者の支援に熱心だった医師エーリッヒ・カッツェンスタインにシローネを引き合わせたのもこの人だった。他方、シローネは、一九三二年から三四年にかけて、バウハウス出身の芸術家を含む文化人の協力を得てドイツ語の文化誌《インフォルマシオン》を出しているし、三〇年代末には、『特性のない男』の著者でオーストリア人のロベルト・ムージルの友となり、苦境にあったムージルを日常生活面で助けたりもしている。

この作品が次々に翻訳されて、ヨーロッパ、そして世界のあちこちで読まれ、広く共感を呼んだ最大の理由は、おそらく冒頭の著者の言葉どおりであろう。けれども、一九三〇年代という時代と、出発点がチューリッヒであった偶然が作品の普及に果たした役割も、決して見逃せない。

反ファシズムのベストセラー

脱稿から二年、ようやく本になった『フォンタマーラ』の反響から読みとれるのは、この作品の特異性だ。いち早く読んだトロツキーは、一九三三年七月にこう評した。

なんと素晴らしい本だろう！　最初の行から最後の行までが、イタリアのファシズム体制の嘘と暴力と腐敗の糾弾である。『フォンタマーラ』は、熱のこもった政治的プロパガンダだが、革命的な情熱がここでは芸術作品に昇華されている。イタリア南部の寒村に過ぎないフォンタマーラが、読み進むにしたがい、この国のすべての農村とその貧困、絶望だけでなく反乱の象徴になっていく。

シローネは、本人の言葉によるとフォンタマーラで人生の最初の二十年を過ごしており、イタリアの農民を熟知している。彼は、それを美化することも気取ることもなくあるがままに捉え、見たままを芸術的情景に託しつつマルクス主義的方法の助けを借りて概論化する。語るのは、農民自身、どん百姓と物乞いたちだ。それが困難な手法であるにもかかわらず、作者は本物の芸術家ならではの筆捌きで成し遂げている。その力強さには驚くべきものがある。

果たして、この本がソビエト連邦にも届いているのか、コミンテルンの出版社の目に留まったのかどうか、私は知らない。が、百万部単位で普及させるだけの価値がある作品だ。真に革命的な文学作品に対する当局の姿勢が如何なるものであるにせよ、『フォンタマーラ』が大衆への道を開くだろうとわれわれは確信する。この本の普及に貢献することは、すべての革命家にとっての義務である。

一九二七年のスターリンによる追放以来、ヨーロッパ各地、のちには北アメリカで亡命生活を送っていたトロツキーは、一時期、欧米の知識層の間に多大な影響力をもっていたと言われる。トロツキーの政治的姿勢についてシローネは、その追放に反対したがために自らもスターリンと党主流派の逆鱗に触れる憂き目を見たにもかかわらず、ついに同調することがなかった。が、『フォンタマーラ』を高く評価してもらったことには大いに感謝していたにちがいない。その後、トロツキーに近い米国の雑誌《パルティザン・レヴュー》等に請われて度々寄稿するようになる。

一方、原書のイタリア語版は、ドイツ語版より少し遅れて、パリとチューリッヒを拠点にする亡命出版社から刊行された。最初の評者は、共産党や社会党とは一線を画す反ファシズム運動「正義と自由」のリーダー、カルロ・ロッセッリだった。すでに原稿に目を通していたロッセッリは、本になると早速、亡命先のパリで発行していた《正義と自由のノート》の一九三三年十一月号に詳しい書評を掲載している。いささか長くなるが、重要な指摘を含んでいるので、抜粋を引用したい。

『フォンタマーラ』は、すべての反ファシスト、そして、芸術作品のうちに人間らしさを見出そうとする人々に、ぜひ薦めたい美しく悲壮な一冊である。

あえて抑制された、報告書のような、物語の密度を高める淡々としたスタイルで、ファシズムの革命が支配する時代、アブルッツォの干拓されたフーチノ湖が見える貧しい村の悲惨な出来事が語られている。

［中略］この勝ち目のない闘いの中で、著者は巧みにいくつかのタイプの人間像を描いている。が、彼の作家としての卓越した才能、あるいは、本質的な関心事は、そこにはないだろう。シローネが語るのは、社会、階級と社会的地位の物語であって、心理的な分析ではない。［中略］この作品はむしろ象徴的な性格を帯びている。それが頂点に達する最終章で、どん百姓たちが、よくわけもわからないままたどり着いた政治的な行動は、《どうすりゃいいんだ？》新聞を出すことだった。レーニンの有名な著書［邦訳『何をなすべきか』］を想起させる命名である。［中略］

エピソードのいくつかは読者にとって忘れがたく、たいていのファシズム独裁の糾弾よりも見事にその本質を暴露するのに役立っている。たとえば、消えてしまった水をめぐるどん百姓たちの焦りや絶望と破廉恥なほどコントラストをなす、地元のエリート集団が支配人《インプレザーリオ》の祝賀会で見境もなく暴食暴飲に現《うつつ》を抜かすシーン。［中略］だが、その効果が最大限発揮されているのは、ライトモチーフになっているどん百姓と大地主のトルロニアの対置、フーチノ湖の干拓で台無しになり干上がって縮小の一途を辿る小土地所有と、一万六千ヘクタールの肥沃な土地を誇るトルロニアの荘園の対置だ。いかなる農業大改革の計画案も、シローネの書いたページ以上に説得力を持つことはないだろう。［中略］

ムッソリーニについては、一言もない。ムッソリーニは、どん百姓にとって、たくさんある政府のひとつ、「力」なのだ。どん百姓の言葉を通して唯物史観が英雄崇拝を覆す。開拓事業の仕事を求めて地方から出てきたどん百姓のベラルドの目にファシズムに染まったローマがどのように映るのか、最後の描写は、反ファシズム文学の歴史に残るページである。シローネが控え目に淡々と語るベラルドの犠牲と死は、叙情詩レベルに達している。［中略］

不自然だったり短絡的に思われる箇所が所々にあるといえばある。田舎を、どん百姓であふれる都会の対極におくのは、断言が過ぎるように感じられる。けれども、全体としては、本物の作家による素晴らしい本だということを繰り返しておこう。おそらくは、イタリアの社会小説の最も優れた作品であろう。『フォンタマーラ』は、イタリア語で出る前にドイツ語で出版されて、非常に高い評価を受けた。トロツキーは書評で絶賛している。翻訳も多数準備が進められているようだ。

この本がイタリア人読者の間で末長く好評を得るよう願い、そして、作者が、南部の民衆の解放に始まるイタリアの革命のために、これからも作家としての才能を活かしてくれるように祈るばかりである。

ここで、ロッセッリのいうライトモチーフの背景、トルロニア大公とどん百姓の関係の史実に少しだけ触れておきたい。『フォンタマーラ』の巻頭でカリカチュア的に紹介されているトルロニア家の隆盛を決定的にしたのは、コロンナやボルゲーゼ、オルシーニといったローマ教皇も輩出している名家相手の金貸し業と政略結婚だ。すでに一八一四年、教皇ピウス七世から大公《プリンチペ》の称号を許されていたが、国家統一後、イタリア国王から正式にこの称号を授かったのは、二代目のアレッサンドロ（一八〇〇〜一八八六）で、一八七八年、フーチノ湖の干拓事業を成し遂げた功績を評価されたことによる。イタリアで三番目に大きい湖フーチノ湖は、洪水とマラリアを繰り返し引き起こすため、じつは古代ローマのユリウス・カエサル（ジュリアス・シーザー）の時代から再三の干拓が試みられたものの成功しなかった。アレッサンドロ・トルロニアは、ヨーロッパ各地から技師を集め莫大な資産を投じて念願の事業を実現したのである。しかし、干拓で得た一万六千五百ヘクタールの肥沃な土地のうち一万四千ヘクタールがトルロニア家の所有となったため、地域一帯の住民は、少数の有産階級を除き、従来の農作を破壊され湖の喪失によって漁業の道も奪われて、小作か出稼ぎ以外の道を断たれた。『フォンタマーラ』の村人たちの話題にのぼるのは、アレッサンドロの孫でボルゲーゼ家の血を引くジョヴァンニ・トルロニア（一八七三〜一九三八）であろう。上院議員やムッソリーニ内閣の大臣も務める時の政治家であった彼は、ローマの広大なトルロニア邸の一角を、一九二〇年代から一九四三年までムッソリーニに私邸として提供している。

さて、話を小説に戻すと、ロッセッリの予告どおり、一九三四年には英語版やフランス語版、オランダ語版などが出る一方、南米諸国ではスペイン語とポルトガル語の翻訳が次々と国ごとに異なる訳者により紹介された。翌年には、北欧、東欧に広がりを見せ、なんとスターリンのお膝元モスクワでもロシア語版が刊行されている。

スターリンに反旗を翻して党から追放された後のシローネをめぐって、共産党の姿勢は当初、必ずしも一様ではなかったようだ。一九三四年にモスクワで初めて開かれたソビエト作家会議では、「シローネは、『フォンタマーラ』でイタリアの農村の偽りない実態を教えてくれた。なぜなら、ファシズムの敵だからだ」と高く評価された。フランス共産党の機関紙《ユマニテ》も、この作品の連載を大々的に予告したが、結局、実現せずに終わったのは、イタリア共産党からの抗議があったからだという。

スターリニズムの非情を扱った小説『真昼の暗黒』の著者アーサー・ケストラー曰く、離反者に対し容赦ない共産党からこれほど例外的に柔軟な扱いを受けたのは、シローネが、ほかの元党員とは異なり、追放後、党の攻撃に出なかったかららしい。

シローネ文学の研究者エレイン・ミラーによると、この単純な物語の意味を真っ先に理解した読者の一人に、英国の小説家グレアム・グリーンがいた。グリーンは、週刊誌《ザ・スペクテイター》の書評で「私がこれまでに読んだ中で最も恐るべきファシズムの蛮行の報告書だ」とした上で、「ファシズムには二種類あって、イタリア製のはドイツ製の鉤十字《ハーケンクロイツ》よりも上等なのだと信じている連中はみな、この本を無残な最後までしっかり読むべきだ」と主張した。

『フォンタマーラ』は、まず、それまであまり知られていなかったファシズム体制下のイタリア社会の真相を国外に告発、暴露する役割を果たした。そして、特に英国や米国を中心に反ファシズム運動の言葉の「武器」となっていく。

一九三六年三月には、ヴィクトル・ウォルフソンによって戯曲化された『フォンタマーラ』がニューヨークのシヴィック・レパートリー・シアター（旧十四丁目劇場）で上演された。その前年、米国の複数の劇作家からシローネの元に寄せられた劇化の許可に関する問い合わせの中には、米国でも台頭しつつあるファシズムに警鐘を鳴らすために、『フォンタマーラ』をよりインパクトの強い芝居にしてファシズム政権の残忍さの事実を多くの人に知らせるべきだと主張しているものもあった。

そして、第二次世界大戦中には、イギリス軍が著者の了解を得ずにこの作品と二作目の小説『パンと葡萄酒』の原語版を二万部刷り、イタリア兵捕虜に無料で配布している。これは、この小説が反ファシズムの作戦に利用された最たる例だが、のちに、作家シローネにとって、むしろありがた迷惑な結果をもたらすことになる。

中世の画家のように

ところで、現在、イタリアで読まれ、本書も底本にしている『フォンタマーラ』は、亡命先からイタリアに戻った作家がかなり手を入れ一九四九年から一九五三年にかけて上梓したもので、一九三〇年代に普及した作品とはいささか異なる。書き直すに至った経緯について、著者は一九六〇年に米国で出た戦後版の序文でこう説明している。

ファシズム崩壊後、イタリアで復刻版を出すにあたり『フォンタマーラ』に加えた変更の根拠と意味を説明するには、作家というのは書く作業がほかの人たちにとってよりも難しい人間のことだと言ったフーゴ・フォン・ホーフマンスタールを引き合いに出さざるを得ません。

わたしは本を書き上げるたびに痛感させられるのです。物語に終止符を打ってしまうのが、独断的で辛く不自然な行為、少なくともわたしにとっては不自然な行為であることを。素材との絆があまりに深いために、それについて考え想像をめぐらすことがやめられなくなり、本が、すでに書店の店頭に並ぶようになったあとも、わたしの中で生き成長、変化し続けるからです。

［中略］もし、文学界の商業的原理を変える力がわたしにあったなら、一つの物語を自分で本当に理解し人にもわかってもらえるようになることを祈りつつ、書いてはまた書くことを繰り返しながら人生を送れるのにと思います。ちょうど、中世の修道士たちが、生涯いつも同じ聖人の顔を描き続けたように。でも、描かれた顔に全く同じものは一つもありません。

［帰国後］イタリアの出版社から『フォンタマーラ』を出すことになって、改めて読み直した時、わたしは少なからず驚きました。驚きというと、いま改めて目にするイタリアの現実とわたしの本との比較からくる困惑を想像するかもしれませんが、そうではなくて、一九三〇年に書いた物語と、以後もその世界に生き続けたわたしのうちで発展していった物語との対比に由来するものでした。かく

して、先にあげた画家のたとえに戻るなら、古いキャンバスの上に絵を描き直す羽目になったのです。登場人物も物語も前と同じ。でも、より前面に浮かび上がってきた人物もいれば、脇に引っ込んだ者もいます。

一九三三年版と比べると、戦後版は、大雑把に言うなら、表現が垢抜けし語彙選択への配慮がなされ、余談的なエピソードも省かれたことで、全体の流れが整い著者のメッセージがより的確、効果的に伝わるようになっている。マルクス主義的意図で着想された小説が、ドキュメンタリー的な性格をやや弱めて、より普遍的な古典として生き残れる文学作品になったとでも言おうか。ただし、大きく変化したのは、筆者の執筆に取り組む心境であって、メッセージそのものではないだろう。

イタリア文学の研究者トーマス・バーギンがニューヨーク・タイムズ紙上に寄せた新しい版の書評には、新旧バージョンの比較がある。

バーギンは、「私と同世代の人々の大半は、四半世紀前にこの物語から受けた印象を容易に思い出すことだろう」と前置きして、『フォンタマーラ』をアンドレ・マルローの『人間の条件』とジョン・スタインベックの『怒りの葡萄』に並ぶ二十世紀のプロレタリア小説の金字塔だとした批評家マルカム・カウリーに賛成しながらも、シローネの作品をそのトップに位置づける。そして、新しいバージョンではスタイルが軽く読みやすくなったことを認めると同時に、著者が前書きでは触れていない変化を二点挙げた。すなわち、シローネの政治的立場と文体における変化だ。一点目については、共産主義と社会主義に深く関わっていた戦前版の執筆時とは異なり、現在の著者はリベラルであり続けながらも政界を離れ、その関心は政治よりも宗教へ向かっていることを指摘。もう一つの変化は、美文調を好むイタリアの読者に若干合わせたのか、正統派への接近のきらいが見えることだ。後者については、オーソドックスな基準が本そのものの質を上げるかどうかは別問題だと釘を刺し、「私は、どちらかといえば最初のバージョンのほうが好きだ」と告白しつつ、新刊をとりわけ若い読者に薦めている。

戦前から愛読者の多かった米国では、二つの版の比較がかなり関心を集めたのに対し、イタリアでは、ファシズム時代に禁書だったイタリア語の戦前版は、こっそり読んだケースと捕虜用の海賊版を別にすれば、ほとんど知られていなかった。むしろ、英語やフランス語で作品に触れた読者のほうが多かったのではないかと思われる。

政治から文学へ

一九四四年秋、シローネは、十五年間の亡命生活の地スイスをあとにし、再び祖国の地を踏んだ。北イタリアではまだナチスとファシスト軍による占領とそれに抗するパルチザンの戦闘が続いていたが、以後居を定めることになるローマは、同年六月に連合軍により解放されていて、待ちに待った帰国は即、政治活動の再開を意味した。

もっとも、現実にはシローネの政治活動の再開はまだスイスにいた一九四一年六月に遡る。フランスがナチスに占領された後、同国を基盤にしていたイタリア社会党は、活動を陸の孤島となったスイスに移すことを決定し、党再建の指揮をシローネに依頼した。スイス滞在の条件として政治活動を禁止されていたシローネがあえて応諾した背景には、切迫した世界情勢はもちろん、戦後のイタリア民主主義と生まれつつあった欧州連邦の構想への深い思い入れがあったようだ。しかし、この地下活動は間もなくスイス警察に見つかって逮捕、拘禁される。幸い、戦時下は政治亡命者を強制送還できない原則と健康状態への配慮に救われて、帰国まで軟禁状態に置かれて執筆を続けることができた。

帰国後は、共産党と一線を画す立場から社会党内の改革を図ろうと、政治に多大なエネルギーを注ぐ時期が五年あまり続いた。けれども、冷戦下で党に第三の道を歩ませようとした彼の努力は実らず、一九五〇年末、政治の第一線から身を引いて、以後は「党なき社会主義者」を自称するようになる。共産党を離れた時と同様、今回も、権力掌握には関心を持たず理念に固執する自分のスタンスが、政治の世界では通用しないことを再認識しての決意だった。

作家シローネにとってのイタリアもまた、政界以上に生きにくい環境だった。まず出版社選びに手こずった。いずれ帰国してイタリアで作品を出す場合の出版社について、シローネの頭には明確な選択基準があった。イタリアがナチスの支配下に置かれていた一九四三年に、トリノの左派出版社の創始者ジュリオ・エイナウディが文学作品の版権を熱心に求めてきた時、彼は、「資本主義的な組織から完全に独立したギルドか協同組合タイプの出版社に委ねたいから」と断っている。大手のボンピアーニ社やモンダドーリ社からも好条件の提案がなされたが、「反ファシズムを含め政治とは無縁な新しい出版社、ファシストでも共産主義でも社会主義でもない出版社」を望んでいた作家の眼鏡にはかなわなかったようだ。白羽の矢が立ったのは、創立されたばかりの出版社ファロ。ところが、後から出版社探しを頼んだ友人の誤算が判明し、経営するのはファシストの過去を持つ日和見主義者で、しかも刊行物の政治色が鮮明になっていくのがわかって、契約を反故にせざるを得ない羽目になる。結局、話はモンダドーリ社に落ち着いて、以後、著作のほとんどがここから出版された。この紆余曲折は、ファシズムの崩壊で起こると期待していた社会的な変化が起きていない現実をシローネに痛感させた。

一方、ようやくイタリアで出版され始めた作品に対する文壇の反応は、それまでの国外での反響とは裏腹に、かなり冷たいものだった。

その一因は、国内に残っていた批評家の多くが、著者の同意もチェックもなく杜撰な編集で印刷された海賊版ではじめて『フォンタマーラ』を読んだために、前評判の期待に裏切られて正当な評価を下せなかったことにあるといわれる。海賊版が与えた連合軍のプロパガンダの旗振り的イメージも、亡命から戻って来た知識人をよく思っていなかった人々の間ではマイナスにはたらいた。

加えて、イタリアの文学界が圧倒的に「都会人」からなっていたことも、「どん百姓」の視点に固執しオーソドックスな文学的技巧を拒んだシローネの理解を妨げた主な理由に挙げられると思う。なかには、『フォンタマーラ』に限らず亡命中の作品すべてについて、翻訳に頼る海外でこそ高い評価が得られるかもしれないが、原語では読むに堪えない作品だとする酷評さえ存在した。同じく原語で読んだロッセッリら亡命知識人たちがその文学的価値に注目して絶賛したことを思い起こすと、不思議なほど対照的な受け止め方だ。ついでに記しておくと、シローネの文才にいち早く気づいたのは、二〇年代前半、共産党の党員教育を担当していたグラムシだったらしい。若いシローネのプロパガンダ活動に期待を寄せる幹部たちにこう言って諭したという。「彼が政治家じゃなくて文人だってことを忘れてはいけないよ。物書きとして成長するのを邪魔しないように、あまり重要な任務は与えないようにしなくちゃ」［カミッラ・ラヴェーラ談］

しかし、シローネ文学のイタリアにおける受容を阻んだ最大の存在は、戦後の文学界に多大な影響力をもっていた共産党であろう。ことに、スターリニズムの告発と党との決別の経緯を語ったエッセイ『非常口』が一九四九年末に発表されると、共産党リーダー、トリアッティによる政治的反撃が始まり、すぐに熾烈なシローネ文学叩きへと発展した。以後、新しい著作が文学賞の選考から外されて波紋を呼んだり、書評に政治的要素が介入したりして、一般読者にも少なからず偏見を植えつける結果をもたらすことになる。

状況が好転するのは、一九六〇年代も半ばになってからだった。当時の新聞や雑誌の関連記事からは、ソ連におけるスターリン批判やハンガリー動乱を経て、イタリア国内でも左派の一枚岩的性格が徐々に失われ、社会全体が古い概念から解放されていく動きと、シローネ文学の再評価とが無縁ではない様子が伝わってくる。

一九六八年から七〇年代初頭になると、ペーパーバックや学校用の『フォンタマーラ』、ほかの作品の抜粋集などが刊行され、若い世代に歴史を伝える証言として広く読まれるようになった。

もっとも、ようやく作品の重要性がイタリアでもみなの認めるところになった後も、文体については、どこまで理解が進んだかというと、いささか疑問が残る。というのも、書評などではしばしば、「文体はさておき」、と前置きして、あたかも表現方法はなおざりだが、それを埋め合わせるだけの中身、メッセージがあるのだと言わんばかりの扱いが、なかなかなくならないからだ。寒村を舞台としながら、意識的に方言の使用を避けたことをはじめ、どう表現するかはシローネにとって極めて重要な問題であったにもかかわらず、無視か批判の対象にしかならなかった。

それに対して、文体にこそ、シローネ文学の真髄、奥義があると主張したのは、『イニャツィオ・シローネの作品　批評と文献ガイド』（一九七一）の著者ルーチェ・デーラモである。後のシローネ研究に貴重で不可欠な土台を提供したこの大著は、全著作の世界的な広がりを網羅、ことにイタリア国内外の評価の差を精査し、文体の特徴を分析する。そこから浮かび上がるのは、まさに、『フォンタマーラ』序文の「使う言葉は借り物でも、語り方はわれわれのものだ」という宣言そのものだ。

デーラモは、シローネにとって、読者との関係がいかに大事だったかを強調する。まだ少年だった頃、トルストイの作品を文字の読めない農民たちに読んで聞かせた時に、一緒に闘うためには、理解に至る道を一緒に歩む必要があると直感したのがシローネの原点で、声なき虐げられた民衆に言葉と考える力をという欲求に駆られたからこそ、労働運動の世界に入ったのだ。そして、ファシズム体制下の非合法な宣伝活動が、言葉の伴うリスクに一層敏感にさせ、表現方法は戦略と一体になる。どうすれば、数少ない言葉でより的確にメッセージを伝えることができるのか。抽象的で難解な理論では、既存の概念にがんじがらめになっている人々に自由を獲得する必要を実感させることなどできない。それを補うのが文学であり、虐げられた者の言葉の世界から出発しなければならない。社会を支配しているのが支配者たちの言葉なら、その機能を逆手にとって、自分たちの言葉に変えるのだ。どん百姓《カフォーネ》と呼ぶのが侮辱なら、背筋をしゃんと伸ばして虐待者を見返してやるどん百姓《カフォーネ》になればいい。

一九七八年の暮れ、その夏に他界したシローネの追悼講演会で、デーラモは「政治的敗北の雪辱を果たした文体」と題するスピーチをこう結んだ。

シローネは、私たちが無意識に使っている言葉の概念を覆して、それに新しい装いを与えることで、かなりの数の古い概念を駆逐しました。政治については、自らを同時代最大の敗北者と定義した彼ですが、少なくとも文体の闘いでは、勝利をおさめたのです。

日本におけるシローネ

日本語でシローネの作品がいちばん初めに紹介されたのは、一九四六年九月、京都の世界文学社から出た菅泰男（一九一五〜二〇〇七）訳の『パリへの旅』だった。同題の短編と『狐』（いずれも初期の作品）を収録した一四〇ページのこの本は、版権取得はおろか、著者への打診、報告もなしに出版されたものだったが、戦後間もない当時の、しかも占領下にあった日本の状況ではやむを得なかったのかもしれない。決して上等とは言えない藁半紙のページ、平綴じに重ねられた同じ厚さの紙の表紙からは、やっと戦争が終わって戻って来た、自由に外国文学の読める世界への期待と知的な飢えが彷彿と蘇ってくるようにすら感じられる。英語版から翻訳したと思しき菅泰男は、京都大学で教鞭をとる英米文学者で演劇の専門家。後記で、日本ではまだあまり知られていないが国際的には著名なイタリアの亡命作家を、『フォンタマーラ』と二作目の小説『パンと葡萄酒』を中心に紹介している。菅は、まず前者について、

この小説は、その題材と、その扱ひ方―文體の双方から「爆弾のやうな書物」として各國に反響をよんだやうである。「この物語をこのやうに爆發的にさせたのは、その内容にあるよりは、その文體―農民自身のものと思はれる言葉で書かれたその様式にある」といふ評判もあつた。「彼は性格を創造し、情緒的な同感を

惹起し、滑稽な場面や悲劇的な場面をつくり出すことが出來る。……彼こそアイロニイの達人であり、笑ひと怒りとを同様に容易に喚起することが出來る」といふ批評もあつた。

しかし、この題材と作者の扱ひ方に好意的でない批評を下すものもあつた。例へばロンドンのタイムズ文藝附碌（一九三四年十一月一日號）の如きは、中正を尊ぶイギリスの批評を最もよく代表して、この小説が「黨派的な物の見方から現實の物語を扱つてゐる」のに不滿を表し、農民の描寫が全くの無智な田夫の型たるに終つてリアリスティックでないのを批難してゐる。〔中略〕

しかし、これは、正にシローネの如き立場にある作家にとつて、第一の問題となるところでなければならない。政治的主張と藝術との問題。宣傳と作品との問題。政治的な主義を持つ者としての作家と、人間としての、更に藝術家としての作家の問題。

と捉えてから、『パンと葡萄酒』で作家がより高き立場に到達し、前作での批判点を完全に克服したとして、二作目を「うかがふよきよすがとなるので」同じ批評誌の新しい書評を広く引用する。そして、訳した『狐』の登場人物の会話を踏まえて、ファシズムの僞瞞と暴力に對しては、反立するドグマを提示するだけで問題は解決しないことをシローネは知つた。問題はもつと根本的なところにあつた。［中略］」

シローネのもつユーモアは獨自のものである。全く彼こそ眞のユーモアの作家の一人と言ふべきであらう。そしてそれはイングリッシュ・ユーモアともアメリカン・ユーモアともフランスのエスプリとも全く違つた型のものである。それは單に知的な諷刺ではない。さりとて感情に溺れたセンティメンタリズムでは勿論ないが、さりげなくひらめかすメスの裏には人間の心情の涙が光つてゐる。彼の皮肉の底には人間への廣く、深い理解を持ちつくした人の眼がある。

タイムズ文藝附碌評子は彼の農民生活についてのユーモアと彼のよりシアリアスな意圖とがうまく調和してゐないと言つてゐるが、しかしどうだらうか。このユーモアの底に潛む廣い視界と豊かな心情の故に、彼の作品は單なる反ファシズムの宣傳―政治小説に終つてゐない、とも言へるかも知れない。彼の主題がより深い人間と社會への探求を含んでゐること、、彼の文體、彼のユーモアとは無關係ではない。

あえて長く引用したが、いみじくも戦後の作品にまで通じるシローネ像を的確かつ余すところなく捉えているさまには、目をみはるものがある。
『パリへの旅』に次いで翻訳された本は、菅も取り上げた『パンと葡萄酒』で、一九五一年の夏、月曜書房から上下巻で刊行された。英語版から訳したのは、橋本福夫（一九〇六〜一九八七）と山室静（一九〇六〜二〇〇〇）。前者は、黒人文学など米文学の研究者、後者は北欧の児童文学の紹介で知られる文学者、詩人で、ともに翻訳の業績が多い。山室静は上巻末にこう記す。「イニャツィオ・シローネについて、一二度紹介の雑文を描いたのを機縁に、その『パンと葡萄酒』の譯を手傳うことになつた。イタリヤ文學を専攻する人は別にあり、僕としては遠慮したかつたのだが、大いそぎで出版したいとのことで、適當の譯者を求めている暇もなく、紹介した責任をとる意味で、あえて一半を引き受けてしまつた。この作者について、それだけの愛着はもつているからである」

確かに山室は、一九四六年一月から刊行され始めた雑誌《近代文学》の創刊号に「三人の作家　ウンセント・シローネ・チメルマン」と題する文章を寄せている。『パリへの旅』の邦訳が出たのがその年の九月なので、日本でシローネを論じた最初のケースかもしれない。

以後一九六〇年までに、奥野拓哉訳の『フォンタマーラ』（底本は一九四九年版、一九五二年、岩波現代叢書）のほか、ジッド、スティブン・スペンサー、アーサー・ケストラーら六人の知識人が共産主義を捨てた経緯を書いたリチャード・クロッスマン編『神は躓く』のシローネのエッセイ「非常口」［雑誌《日本評論》に連載後、同題の単行本として村上芳雄・鑓田研一共訳で青渓書院から出版］と、同じくエッセイの「わが少年の日の思い出」［《カトリックダイジェスト》収録。原題は「ある風変わりな神父との出会い」で、イタリアでは一九六五年出版の随筆集『非常口』に収録］など、数本の随筆、評論が雑誌に掲載された。『フォンタマーラ』を除き、いずれも英語からの翻訳とみられる。

以後は、邦訳も評論で取り上げられることもほとんどないまま、忘れられた存在になっていたが、今世紀に入ってから、『パンと葡萄酒』の戦後版で一九五五年刊行の

『葡萄酒とパン』(白水社、二〇〇〇)と、一九三八年に発表された鼎談『独裁者の学校』の戦後改訂版(一九六二)、邦題『独裁者になるために』(岩波書店、二〇〇二、ともに拙訳)が刊行され、増加中の日本語で読めるイタリア文学のリストに加わった。

登場人物の名前について

すでに邦訳されている『フォンタマーラ』を改めて訳したのには、いくつか理由がある。

まず、この本が、絶版になって久しい二十世紀のヨーロッパ文学の古典の一つであること。ことに、イタリアとイタリア文学が七十年前に比べて日本でも遥かに身近になったことを考慮するなら、『フォンタマーラ』の邦訳は欠かせない。また、近年の新訳ブームは日本だけの現象ではないが、語学学習でも下調べでも比較にならないほど恵まれた環境に生きるグローバル世代の義務の一つだと私は考える。さらに、世の中の情勢が、残念ながら、『フォンタマーラ』の普遍性を再び認識させるような方向へ向かっていることもつけ加えておこう。ことに水資源をめぐる争いは、極めて時事性の高い課題だとすら言える。『蟹工船』が再び注目を集めていると聞いて複雑な思いに駆られたのはだいぶ前になるけれども、小林多喜二が共感を呼ぶのであれば、シローネの作品も、少なくとも二十世紀後半に比べて違和感なく理解されるのではないかと思う。

ただ、小林多喜二と決定的に異なるのは、菅泰男も指摘したとおり、シローネの書くものにはユーモアとアイロニーが溢れている点だろう。悲劇的な『フォンタマーラ』でさえ例外ではない。伊和辞典が存在すらしなかった時代に訳された旧訳からは、会話の吟味された語調や巧妙な言葉の遊びがどこまで伝わっているのか、いささか心許ない。言い換えれば、訳すだけで充分に意味をなした戦後間もない当時と、日本語の文体、読みやすさも求められるようになった今日とでは、必然的に読書環境が著しく異なり、新訳はその変化に適応すべくなされたものである。

この小説に散り鏤《ちりば》められたユーモアの一例に、訳者泣かせの登場人物名があげられる。できるだけ原語の効果を保とうとすると、日本語では改名せざるを得ない人物が少なからずいた。イタリアでは、聖人や祖父母の名をつけるファーストネームにバリエーションが少ないのに対し、苗字は多種多様で意味を考えると珍妙なものも少なくない。だから、原文では笑いながらすんなり受け入れられるのだが、翻訳となると、可笑しさと文字づらの忠実さのどちらかを犠牲にするしかない。この邦訳では、名が体もしくは特徴を表している場合に、思い切って後者を捨てることにした。彼らの本名はすでに本文注で明かされているが、ここで訳者の言い訳も添えてもう一度まとめておきたい。（登場順）

ホーニ・ツミナシ＝Innocenzo La Legge インノチェンツォ・ラ・レッジェ。インノチェンツォは「無邪気《インノチェンツァ》、無実」に由来し、ラ・レッジェは法なので、「法に罪なし」

ジュナンノ・キンヨービ＝Venerdi Santo ヴェネルディ・サント。すなわち、キリストが十字架にかけられた悲劇のクライマックス。「受難の金曜日」

キョーコーシスト＝Papasisto パーパシスト。パーパは教皇、シストはシクストゥス（一世から五世までこの名の教皇は五人いた）のイタリア名。「教皇シスト」

オショクジチュー氏＝don Carlo Magna ドン・カルロ・マーニャ。カール大帝のイタリア名、カルロ・マーニョ Carlo Magno に、動詞食べる《マンジャ》（三人称単数）の口語バリエーションをかけたもの。「お食事中」

リンキオーヘン弁護士＝don Circostanza ドン・チルコスタンツァ。チルコスタンツァは周囲の状況や情勢、事情なので、「臨機応変」

デモシカ司祭＝don Abbacchio ドン・アッバッキオ。アッバッキオは乳飲み子羊の意だが、この名前は、イタリア近代文学の祖マンゾーニの小説『いいなづけ I promessi sposi』の登場人物の一人、臆病で無気力、事なかれ主義の神父ドン・アッボンディオ Don Abbondio をもじったもの。「でもしか神父」

フィリッポ・イケメン＝Filippo il Bello フィリッポ・イル・ベッロ。十三世期末のフランス王フィリップ四世の渾名「端麗王《ル・ベル》」のイタリア語呼称。渾名は、王が美男子だったことに由来。

レーノ・ショータイフメーノオトコ＝il Solito Sconosciuto イル・ソリト・スコノシュート。いつもの名無しの権兵衛、「例の正体不明の男」

尚、ポンテオ・ピラト（イタリア名：ポンツィオ・ピラート Ponzio Pilato）はイエス・キリストの処刑に関与したローマ帝国の総督と同名であり、居酒屋の女将マリエッタの苗字ソルカネーラは黒くて大きいドブネズミを、チッチョーネ弁護士のチッチョーネは太っちょ、最後に出てくる隣室のパツィエンツァ騎士の苗字は忍耐、我慢を意味する。

〈主要参考文献〉

Fondo Silone, Fondazione Filippo Turati, Firenze.（フィレンツェ、フィリッポ・トゥラーティ研究所シローネ文庫、未亡人寄贈の書籍および書類、書簡を所蔵）

Ignazio Silone Romanzi e saggi I e II, a cura di Bruno Falcetto, Milano, Mondadori, 1998.

Ignazio Silone, *Fontamara romanzo*, Londra, Jonathan Cape, n.d.

Luce d'Eramo, *Ignazio Silone*, a cura di Yukari Saito, Roma, Castelvecchi, 2014.

Richard W. B. Lewis, "*Introduzione all' opera di Ignazio Silone*," trad. Mario Picchi, Roma, Opere Nuove 1961.

Irving Howe, *Politics and the Novel*, New York, Horizon Press 1957（邦訳アーヴィング・ホウ『小説と政治』、中村保男訳　紀伊國屋書店、1958年）

Michael Hanne, "*The Power of the Story:Fiction and Political Change*," Providence–Oxford, Berghahn 1994.（ツルゲーネフ『猟人日記』、ストウ『アンクル・トムの小屋』、シローネ『フォンタマーラ』、ソルジェニーツィン『イワン・デニーソヴィチの一日』、ラシュディ『悪魔の詩』の政治的、社会的影響を分析。）

Eileen A. Millar, *British Reactions to Silone*（*with particular reference to* Fontamara）, in «Quaderni d'italianista» Vol. XVII, No. 2 Autunno 1996

Deborah Homes, *Ignazio Silone in Exile: Writing and Antifascism in Switzerland*. Aldershot, Ashgate, 2005.

La coperta abruzzese. Il filo della vita di Ignazio Silone, a cura di Maria Moscartelli, Lanuvio, Arucne 2004

Silone tra l'Abruzzo e il mondo, a cura di Antonio Gasbarrini e Annibale Gentile, L'Aquila, Marcello Ferri Ed. 1979.（カミッラ・ラヴェーラ談）

Giulio Napoleone, *Il segreto di Fontamara*, Roma, Castelvecchi, 2018.

イニャツィオ・シローネ（セコンディーノ・トランクイッリ）年譜

一九〇〇年

五月一日イタリア中部アブルッツォ地方ラクイラ県ペシーナに生まれる。本名セコンディーノ・トランクイッリ。父は自作農、母は織り物職人。七人兄弟の次男だが、うち四人は夭逝し三歳上の兄も一四歳で死亡。

一九一一年　一一歳

ブラジルに出稼ぎに行き帰国した父、肺炎で死亡。享年四一。

一九一二年　一二歳

地元の教区寄宿制中学に進学。

一九一五年　一五歳

一月一三日、三万人の死者を出したアヴェッツァーノ地震で母を失う。家族で唯一生き残った弟ロモロも負傷。母方祖母と被災者住宅で暮らす。六月からローマの寄宿学校で学業を再開するも校風に馴染めず、震災の被災児救済活動をしていた神父オリオーネ師に引き取られて一二月に北伊サンレモへ。

一九一六年　一六歳

一〇月、健康上の理由で気候温暖な南伊レッジョ・カラブリアの寄宿校へ転校。

一九一七年　一七歳

六月、同校を退学（高校卒業資格はローマで取得）し帰郷。九月、フーチノ農民連合の会合に参加。アブルッツォ地方農民連合書記長、次いで社会党青年部地方書記長に任命される。一一月、震災後復興事業の汚職を告発する記事を三本執筆し社会党機関紙《アヴァンティ（前進）！》に送るが、三本目は地元有力者の圧力で掲載中止に。

一九一八年　一八歳

病弱のため兵役免除になる。大学進学は断念し、オリオーネ師に信仰喪失を報告。政治活動に身を投じる決意を固め、ローマ社会主義連合に加入。

一九一九年　一九歳

六月、ロシア革命を支持するローマの集会で社会党青年部を代表し演説。党内主流の穏健な改革派と激突。一〇月、ローマ社会党青年部書記長に選出され、翌月、共産党インターナショナル青年部メンバー代行としてベルリンへ。帰国後、北伊でグラムシに会う。

一九二〇年　二〇歳

社会党青年部の週刊誌《アヴァングアルディア（前衛）》の編集長、同党機関紙《アヴァンティ！》の編集者。

一九二一年　二一歳

一月、リヴォルノで開かれた社会党総会に参加。社会党青年部の代表として共産党創立を支持。六月、イタリア代表団の一員としてコミンテルン第三回大会に参加のためモスクワへ。レーニンらに会う。一一月、北伊フィウメの共産党青年大会で、以降一〇年間の同志かつパートナー、ガブリエッラ・ザイデンフェルトと知り合う。トリエステの共産党機関紙《イル・ラヴォラトーレ（労働者）》の編集委員になる。

一九二二年　二二歳

一二月、《イル・ラヴォラトーレ》編集部メンバー全員逮捕。釈放後に出国。

一九二三年　二三歳

ベルリンを拠点にスペイン、フランスへ派遣され、各国共産党機関紙に寄稿。マドリッドでガブリエッラとともに逮捕される。この時期、シローネのペンネームをはじめて使用。

一九二四年　二四歳

バルセローナで再度逮捕されイタリアへ強制送還中に逃亡、パリに数ヶ月滞在。投獄、国外追放を繰り返しながらジャーナリストとしての活動を継続。

一九二五年　二五歳

党の指示で帰国。グラムシの指揮下、ローマで宣伝活動に従事。

一九二六年　二六歳

一月、兵役を終え帰郷した弟ロモロのもとへ。地元の農民闘争を追う。逮捕状が出ている中、ローマ、ジェノヴァ、ミラノなどで共産党の宣伝活動を指揮。

一九二七年　二七歳

党中央委員会政治部のメンバーになる。

五月、前年に投獄されたグラムシの後任トリアッティとともにイタリアを代表しコミンテルン執行部臨時総会に出席。モスクワ滞在中、トロツキー糾弾文書の承認前開示をスターリンに求めるがならず、帰路にそれが自身を含む「全員賛成で採択」されたと知り衝撃を受ける。七月、国内での地下活動が不可能になってスイスに避難。

一九二八年　二八歳

四月、兄のいるスイスへ亡命しようとした弟ロモロがファシスト警察に逮捕され、国王狙撃テロへの加担容疑で激しい拷問を受ける。党の組織などによる国外世論の喚起で冤罪が判明、処刑を免れるが、共産党所属の廉で禁錮一二年になる。この時期、弟を救うため旧知のファシスト警察幹部に接触。

一九二九年　二九歳

パリ、ベルリンに滞在。自身も胸の病が悪化、党の活動から一時退いてスイスで療養。『フォンタマーラ』の執筆開始。スターリン路線に抗した親友アンジェロ・タスカ、党から追放される。治療の傍ら党宣伝部で執筆活動を継続。

一九三〇年　三〇歳

党首脳部の内紛激化。スターリンとトロツキーのどちらにも与せず国内闘争方針でも主流派に異を唱えるシローネは孤立。非主流派の追放。スイスの知識人や芸術家たちと親交。様々なアルバイトをしながらガブリエッラと貧困生活を送る。ファシズム分析の論文を執筆。一二月、滞在許可証不所持で逮捕されるが、スイスの友人たちの支援により強制送還を免れ、政治活動禁止を条件に亡命者として滞在を認められる。

一九三一年　三一歳
七月、党から追放される。ファシズム論および小説『フォンタマーラ』を脱稿。

一九三二年　三二歳
六月から一九三四年二月までバウハウス系の建築家や文筆家たちとドイツ語の総合文化誌《インフォルマシオン》を刊行。一〇月、弟ロモロが拷問の後遺症悪化のためプロチダで獄中死。

一九三三年　三三歳
四月、友人ネティエ・ストゥロが自主的にドイツ語訳した『フォンタマーラ』、知人らの予約払いでオプレヒト書店から出版される。この春から一九四四年の帰国まで、亡命者支援に熱心な美術収集家で慈善家のマルセル・フライシュマンのチューリッヒ宅に滞在。ナチスを逃れスイスに亡命中のドイツの文化人らとの交友始まる。

一九三四年　三四歳
短編集『パリへの旅』、論文『ファシズム-起源と発展』ともにドイツ語訳出版。『フォンタマーラ』の印税でイタリア移民啓発のため書店を開きガブリエッラが運営するが、経営難で翌年閉店。

一九三六年　三六歳
伊語書籍の出版社ヌオヴェ・エディツィオーニ・ディ・カポラーゴ（カポラーゴ新出版）を在スイスの亡命仲間と創立。移民を対象にファシズム政権下で刊行不可能な作品の出版、普及を目指す。小説『パンと葡萄酒』を同社から刊行。夏、スペイン市民戦争の取材で同国へ向かうが、体調を崩し引き返す。

一九三八年　三八歳
政治鼎談『独裁者の学校』（邦訳「独裁者になるために」）刊行。

一九三九年〜四〇年　四〇歳
第二次世界大戦勃発。翌年、ナチスのフランス占領でスイスは陸の孤島となる。米国への亡命をルーズベルト米大統領夫人らに勧められるが、戦後を視野に祖国の近くに留まることを選択。米進歩派誌に頻繁に寄稿。

一九四一年　四一歳
フランスなどに亡命中のイタリア社会党首脳部からスイスでの党再建の指揮を依頼される。一二月、小説『雪の下の種』のイタリア語版およびドイツ語訳刊行。

一九四二年　四二歳
英BBCが英語版『フォンタマーラ』をラジオドラマ化。英訳を出したロンドンの出版社が著者の承諾なしに印刷した原語版の『フォンタマーラ』と

『パンと葡萄酒』が連合軍によりイタリア兵捕虜に無料配布される。一二月、伊社会党機関誌《イル・テルツォ・フロンテ（第三戦線）》を創刊し『市民不服従宣言』を発表。同誌のイタリア国内配布計画がスイス警察に発覚し関係者一同が逮捕、投獄される。『スイス獄中回想記』執筆。戦時で強制送還が不可のため帰国までダヴォスなどのサナトリウムで拘留生活を送る。

一九四三年　四三歳

戯曲『そして、彼は隠れた』執筆（二年後、チューリッヒのシャウシュピールハウスで初演）。欧州連邦構想に共鳴。

一九四四年　四四歳

隔週刊誌《ラッヴェニーレ・デイ・ラヴォラトーリ（労働者の未来）》を編集刊行。一〇月、ナチス軍の占領から解放されたローマに戻る。一二月、三年前に知りあったアイルランド人のジャーナリスト、ダリーナ・ラレイシーと結婚。

一九四五年　四五歳

社会党機関紙《アヴァンティ！》ローマ版の編集長に就任。

一九四六年　四六歳

一月、平和条約の準備交渉のため英国労働党に招かれ訪英。ジョージ・オーウェルと親交。伊社会党首脳部に参入。六月、憲法制定議会議員に選出される。本名をイニャツィオ・シローネに改名（苗字の正式変更は翌年一月）。

一九四七年　四七歳
社会党分裂。在仏大使への任命を固辞。欧州連邦主義と社会主義の調和を模索。

一九四八年　四八歳
国政選挙への出馬依頼を断る。

一九四九年　四九歳
『フォンタマーラ』戦後改訂版、刊行。一二月、社会主義統一党書記長に就任。

一九五〇年　五〇歳
自伝的随筆「非常口」がリチャード・クロスマン編『神は躓けり　共産主義をめぐる六つの研究』に収録されロンドンで刊行。イタリアでは前年末に原文が雑誌に掲載されて以降、共産党によるシローネ叩きが激化。六月、西ベルリンで第一回《文化の自由のための会議》に参加。一〇月、社会主義統一党書記長を辞任し政界から引退。一二月、《文化の自由のためのイタリア協会》を創設。

一九五一年　五一歳
協会の会報《文化の自由》創刊。

一九五二年　五二歳
小説『一握りの桑の実』を出版。

一九五五年　五五歳
亡命中の作品『パンと葡萄酒』に大幅に手を入れ『葡萄酒とパン』と改題して刊行。

一九五六年　五六歳
四月、評論家のニコラ・キアロモンテと独立系政治文化総合月刊誌《テンポ・プレゼンテ（現代）》を創刊。同系統の仏誌と合同で共産圏の文筆家らと交流を図る。少年時代の体験をもとにした小説『ルーカの秘密』を上梓。

一九五八年　五八歳
東西問題に加え南北問題へ関心を拡大。

一九六〇年　六〇歳
一月、盟友アルベール・カミュの事故死。五月、スイスを舞台にした小説『狐と椿』出版（献辞は亡命中、世話になったフライシュマンに）。

一九六一年　六一歳
『雪の下の種』戦後改訂版を刊行。イタリア国営放送局（ＲＡＩ）会長任命を固辞。一〇月、ローマでアラブ現代文学をテーマに国際学会を主催。レバノン、ヨルダン、エジプト訪問。

一九六二年　六二歳
『独裁者の学校』戦後改訂版を刊行。翌年にかけて南北米など海外を訪問。

一九六五年　六五歳
この年出た自伝的随筆集『非常口』がストレーガ文学賞の候補から外されて波紋を呼ぶが、マルツォット文学賞受賞。伊文壇でもシローネの評価が漸く確固たるものになる。

一九六六年　六六歳
四月、ニューヨーク・タイムズ紙、米中央情報局（ＣＩＡ）の資金による欧州の《文化の自由のための協会》懐柔策をスクープ。同協会内に分断発生。『狐と椿』のテレビドラマ化（以後、他の小説も次々ドラマ、映画化される）。

一九六八年　六八歳
三月、戯曲『ある慎しきキリスト教徒の物語』を上梓。観客絶賛、受賞多数。年末、《テンポ・プレゼンテ》廃刊。

一九六九年　六九歳
三月、エルサレム賞受賞（前年の受賞者は、バートランド・ラッセル）。以後も国内外からの名誉学位、称号授与が相次ぐ。

一九七五年　七五歳
小説『尼僧セヴェリーナ』（未完）執筆。

一九七七年　七七歳
秋に健康状態悪化。

一九七八年　七八歳
八月二二日、療養先ジュネーヴの病院で死去。遺言で遺骨は故郷に埋葬。

訳者あとがき

子ども時代、少年時代の思い出は、私にとっての唯一の武器であった。あの体験こそ、人生の苦しみに直面したときの道徳的、さらには宗教的支えを与えてくれたからだ。

イニャツィオ・シローネ

題辞に小さな字体でこう書かれた本、フランカ・マニャーニ著『あるイタリアの家族』（邦題『亡命家族の肖像　ムッソリーニのイタリアを逃れて』）をトリノの某書店の新刊書コーナーで手に取ってみたのは、三十年近く前のことです。シローネの名前を意識して読んだのは、その時が初めてだったような。留学でイタリアに渡ってすでに数年、つねに近現代史研究者や読書家の友人たちに囲まれて暮らしていたのに、一度も耳にしたことのない名前だったのは確かです。そして、その本を購入した日のうちに読み始め、読了後すぐに日本の知人に翻訳の相談にのってもらうための手紙を書いたのも、訳している最中からなんとなく好奇心をそそられてシローネの作品を年代順に次々読んだのも、いま振り返ってみると、すべてが見えざる手だか運命だかのいたずらで起こったことのような不思議な感じがしてなりません（そういえば、著者のマニャーニさんは、シローネに勧められて書いた本だと言っていましたっけ）。

　翻訳は、少なくとも私の場合、作者の日本語の声になる試みなので、声色を真似できそうにない作家は最初から願望の対象にならないのですが、シローネは、すでに二冊訳し、ほかの作品も候補に挙げながら、『フォンタマーラ』だけはずっと避けていました。根っからの「都会人」である私にはとても歯が立たないと諦めていたのが、最近、挑戦する意欲へと変化したのも、ひょっとすると見えざる手の仕業だったのかも。ともあれ、文章に託された著者の思いを理解する機が熟したのだと信じたいところです。読者に、やっぱり無理だったんじゃない？　と言われないことを祈りつつ。

　さて、解説に、作家シローネの祖国における評価が晩年にはほぼ回復したように書きましたが、じつは、それには後日談があります。没後二十年を控えた一九九〇年代後半、二人の現代史研究者が、作家の意外な過去を発見したとマスコミに発表。反ファシズムの闘士どころか、本当はファシスト警察のスパイだったと主張したのです。

証拠に挙げられたのは、ファシスト政権の秘密警察にいた旧知の警部宛ての一九三〇年四月付の手紙で、差出人名は偽名でも筆跡は確かにシローネのものでした。袋小路にある自らの境遇を嘆き自責の念を吐露、苦境を人生の転機とすべく相手に別れを告げるという内容は即、共産党の同志を裏切った悔いに違いないと解釈されて、一緒に保管されていただけの関連性の疑わしい資料までが裏付けとして提示されました。このセンセーショナルな報道に、やっぱりとほくそ笑む人もいれば、そんなことはあり得ないと反論する人もあり、有罪論者と無罪論者の激しい議論がイタリアから米国へ波及、謎に包まれたスパイストーリーに尾鰭がついて、ついには精神異常説から警部と若き活動家の男色説にまで発展、伝記仕立ての小説も複数書かれたようです。一方、全作品をスパイ説観点から読み直す評論家や、この説を鵜呑みにし二十世紀イタリアを代表する思想家グラムシの伝記を書く歴史家などもいて、疑惑の霧は濃くなるばかり。

と思いきや、二〇一五年になって、漸くこの議論に終止符を打つ新事実が明らかにされました。諜報活動の決定的証拠として示された数々の文書が、なんと別のプロのスパイに属するもので、要するに人違いだったことが検証されたというのです。元の資料を仔細に考証した秘密警察史の専門家や古参のシローネ研究者たちの間では、獄中にいる弟を救うためにファシズム台頭以前に知り合った警部に近づき、党と合意の上であたり障りのない情報を提供して助けを求めたのだとする解釈が定着していたものの、全く拍子抜けするような終わり方でした。しかし、スパイ説論者からの反論や弁明はなく、マスコミもほとんど注目しなかったため、国外はもちろんイタリアでも、いまだ疑惑が完全に晴れたとは言えない状況です。

それにしても、なぜこのスパイ説がかくも広く信憑性を認められたのか、疑問が残ります。そもそも、党幹部として重要な情報をたくさん提供できたはずなのに、弟の命すら救えず『フォンタマーラ』の成功までお金に苦労し続けたことといい、戦前戦中、ことに小説家になった後、ムッソリーニのファシスト政権から徹頭徹尾敵視されていたことといい、あるいは、戦後、副首相や法務大臣も歴任したトリアッティの率いる共産党から目の敵にされながら暴露されることも抹殺されることもなく七十八歳の寿命を全うできたことなど、スパイ説の主張者たちさえ否定できなかった事実が数多あるにもかかわらず、この仮説が一笑に付されなかったのは、どうしてなのか。ふと筆者の脳裏に浮かんだのは、アメリカの文芸評論家アーヴィング・ハウの指摘です。

曰く、シローネの作家、政治家としての生き方が迎合的な多くのインテリに後ろめたさを感じさせて正当な評価を阻んでいる(『小説と政治』、邦訳一九五八年刊)。スパイ説に関しては、お金や権力をあくまで忌避し続けたこの作家のスタンスが、ごく一般的な価値観では理解し難いため、なかなか額面どおりには受け取ってもらえない事情も加わっていたのかもしれません。

本訳の底本には、モンダドーリ社刊一九五三年版『フォンタマーラ』と主要な作家の著作集、同社のメリディアーニ叢書『シローネ　小説と評論』上巻を使用しました。翻訳完成には、同書の監修者ブルーノ・ファルチェット氏とシローネ文庫のあるフィレンツェのトゥラーティ研究所の協力を得、刊行にあたっては、光文社の中町俊伸氏のお世話になりました。お二人と研究所およびここまで導いてくれた見えざる手に、心から感謝をこめて。

二〇二〇年秋

光文社古典新訳文庫

フォンタマーラ

著者 シローネ

訳者 齋藤《さいとう》ゆかり

2021年10月20日 初版第1刷発行

発行者 田邉浩司

印刷 萩原印刷

製本 ナショナル製本

発行所 株式会社光文社

〒112-8011東京都文京区音羽1-16-6

電話 03（5395）8162（編集部）

03（5395）8116（書籍販売部）

03（5395）8125（業務部）

www.kobunsha.com

落丁本・乱丁本は業務部へご連絡くだされば、お取り替えいたします。

ISBN978-4-334-75451-8 Printed in Japan

いま、息をしている言葉で、もういちど古典を

長い年月をかけて世界中で読み継がれてきたのが古典です。奥の深い味わいある作品ばかりがそろっており、この「古典の森」に分け入ることは人生のもっとも大きな喜びであることに異論のある人はいないはずです。しかしながら、こんなに豊饒で魅力に満ちた古典を、なぜわたしたちはこれほどまで疎んじてきたのでしょうか。

ひとつには古臭い教養主義からの逃走だったのかもしれません。真面目に文学や思想を論じることは、ある種の権威化であるという思いから、その呪縛から逃れるために、教養そのものを否定しすぎてしまったのではないでしょうか。

いま、時代は大きな転換期を迎えています。まれに見るスピードで歴史が動いていくのを多くの人々が実感していると思います。

こんな時わたしたちを支え、導いてくれるものが古典なのです。「いま、息をしている言葉で」――光文社の古典新訳文庫は、さまよえる現代人の心の奥底まで届くような言葉で、古典を現代に蘇らせることを意図して創刊されました。気取らず、自由に、心の赴くままに、気軽に手に取って楽しめる古典作品を、新訳という光のもとに読者に届けていくこと。それがこの文庫の使命だとわたしたちは考えています。

光文社古典新訳文庫　好評既刊

猫とともに去りぬ
ロダーリ
関口英子 訳

猫の半分が元・人間だってこと、ご存知でしたか？　ピアノを武器にするカウボーイなど、人類愛、反差別、自由の概念を織り込んだ、知的ファンタジー十六編を収録。

羊飼いの指輪　ファンタジーの練習帳
ロダーリ
関口英子 訳

それぞれの物語には結末が三つあります。あなたはどれを選ぶ？　表題作ほか「魔法の小太鼓」「哀れな幽霊たち」「星へ向かうタクシー」ほか読者参加型の愉快な短篇全二十！

神を見た犬
ブッツァーティ
関口英子 訳

突然出現した謎の犬におびえる人々を描く表題作。老いた山賊の首領が手下に見放されて「護送大隊襲撃」。幻想と恐怖が横溢する、イタリアの奇想作家ブッツァーティの代表作二十二編。

月を見つけたチャウラ　ピランデッロ短篇集
ピランデッロ
関口英子 訳

いわく言いがたい感動に包まれる表題作に、作家が作中の人物の悩みを聞く「登場人物の悲劇」など。ノーベル賞作家が、人生の真実を時に優しく時に辛辣に描く珠玉の十五篇。

天使の蝶
プリーモ・レーヴィ
関口英子 訳

アウシュビッツ体験を核に問題作を書き続け、ついに自死に至った作家の「本当に描きたかったもうひとつの世界」。化学、マシン、人間の神秘を綴った幻想短編集。（解説・堤 康徳）

光文社古典新訳文庫　好評既刊

薔薇とハナムグリ
シュルレアリスム・風刺短篇集

モラヴィア
関口英子 訳

官能的な寓話「薔薇とハナムグリ」ほか、現実にはありえない世界をリアルに、悪意を孕む筆致で描くモラヴィアの傑作短篇15作。「読まねば恥辱」級の面白さ。本邦初訳多数。

鏡の前のチェス盤

ボンテンペッリ
橋本勝雄 訳

10歳の少年が、罰で閉じ込められた部屋にある古い鏡に映ったチェスの駒に誘われる。「向こうの世界」には祖母や泥棒がいて……。20世紀前半のイタリア文学を代表する幻想譚。

ピノッキオの冒険

カルロ・コッローディ
大岡玲 訳

一本の棒っきれから作られた少年ピノッキオは周囲の大人を裏切り、騒動に次ぐ騒動を巻き起こす。アニメや絵本とは異なる〝トラブルメーカー〟という真の姿がよみがえる鮮烈な新訳。

19世紀イタリア怪奇幻想短篇集

橋本勝雄 編・訳

男爵の心と体が二重の感覚に支配されていく「木苺のなかの魂」ほか、世紀をまたいで魅力が見直される9作家の、粒ぞろいの知られざる傑作を収録。9作品すべて本邦初訳。

二十六人の男と一人の女
ゴーリキー傑作選

ゴーリキー
中村唯史 訳

パン職人たちの哀歓を歌った表題作、港町のアウトローの郷愁と矜持を描いた「チェルカッシ」など、社会の底辺で生きる人々の活力と哀愁に満ちた、初期・中期の4篇を厳選。

★続刊

イタリア紀行(上・下)　ゲーテ／鈴木芳子・訳

長年の憧れであるイタリアに旅立ったゲーテ、37歳。ヴェネツィアからローマ、ナポリ、シチリアへ……。約二年間の旅でふれた美術や自然、人々の生活について書きとめた書簡や日記をもとにした紀行文。「ゲーテをゲーテたらしめた」記念碑的作品。

未成年1　ドストエフスキー／亀山郁夫・訳

知識人の貴族ヴェルシーロフと使用人との間に生まれたアルカージー。生い立ちのコンプレックスを抱えた彼は、父の愛を求めながら、富と力を手にする理想を胸にもがく。未成年の魂の遍歴を描くドストエフスキー五大長篇の一つ。(全3巻)

フロイト、無意識について語る　フロイト／中山 元・訳

精神分析の中心的な概念である無意識について、個人の心理の側面と集団の心理の側面から考察した論文集。意識とは異なる前意識と対比して、快感原則と現実原則、抵抗の概念から説明を試み、さらに社会哲学的、文化論的に考察する6つの論文を収録。